Ellis Peters

Der Tod und die lachende Jungfrau

Ein Inspektor-Felse-Roman

Aus dem Englischen von
Mechtild Sandberg

GOLDMANN

Buch

Als der vierzehnjährige Dominic Felse Kitty Norris zum ersten Mal sieht, schwebt sie barfuß, in einem Kleid aus lavendelfarbenem Chiffon, über die Balustrade eines Jachtklubs. In jeder Hand baumelt eine silberne Sandalette. Die Welt um Dominic versinkt, wie gebannt starrt er hinauf zu der schönen jungen Frau – da fällt Kitty eine ihrer Sandaletten aus der Hand, direkt in Dominics Arme. Noch monatelang erinnert sich Dominic an die ätherische Erscheinung, offenbar hat er sich zum ersten Mal in seinem Leben verliebt. Aber es vergeht über ein Jahr, bevor Dominic der bezaubernden jungen Dame wieder begegnet. Diesmal lernen sie einander kennen, sprechen miteinander, werden Freunde. Doch dann gerät Kitty in Schwierigkeiten: Als der schwer reiche Brauereibesitzer Alfred Armiger, der größte Konkurrent ihres Vaters, ermordet aufgefunden wird, verdächtigt ausgerechnet Dominics Vater die junge Frau des Mordes. Aber Dominic ist von ihrer Unschuld überzeugt und tut alles, um den Irrtum seines Vaters aufzuklären …

Autorin

Ellis Peters, 1913 in Wales geboren, arbeitete nach ihrer Schulzeit als Apothekenhelferin, verlor aber ihr Ziel, Schriftstellerin zu werden, niemals aus den Augen. 1959 begann ihre Karriere als Krimiautorin, und bereits zwei Jahre später, 1961, wurde sie für *Der Tod und die lachende Jungfrau* mit dem *Edgar-Allan-Poe-Award* ausgezeichnet. Ellis Peters starb 1995.

Von Ellis Peters außerdem im Goldmann Verlag lieferbar:

Die goldene Totenmaske (2130)
Figaro wird ermordet (3211)
Falsche Propheten (5396)
Die Primadonna lachte (5912)
Die Nacht am Wasser (5973)

Die Originalausgabe erschien 1961 unter dem Titel
»Death and the Joyful Woman«.

Umwelthinweis:
Alle bedruckten Materialien dieses Taschenbuches
sind chlorfrei und umweltschonend.

5. Auflage
Wiederveröffentlichung Mai 2004

Umschlaggestaltung: Design Team München
Umschlagfoto: Premium/Fiala
Satz: DTP Service Apel, Hannover
Krimi 4236
JE · Herstellung: Max Widmaier
Made in Germany
ISBN 3-442-04236-4
www.goldmann-verlag.de

1

Als Dominic Felse Kitty Norris zum ersten Mal sah, schwebte sie in einer Wolke lavendelblauen Chiffons barfuß über die Balustrade der Terrasse des Jachtklubs. In jeder Hand baumelte eine silberne Sandalette. Es war der Abend nach der Comerbourne-Regatta, der Abend des Sommernachtsfestes, und da waren solche Darbietungen keineswegs besonders überraschend, obwohl die Akteure im Allgemeinen dem männlichen Geschlecht angehörten. Und es war Leslie Armigers Polterabend. Dominic allerdings hatte davon keine Ahnung, und selbst wenn er es gewusst hätte, dann hätte er nicht verstanden, weshalb diese Tatsache so bedeutungsvoll sein sollte.

Er war auf dem Heimweg vom Musikunterricht, einer Stunde unerträglicher Langeweile, die er wöchentlich einmal über sich ergehen lassen musste. Die Nacht war mild und warm, deshalb hatte er den Bus davonfahren lassen, um die knapp zwei Kilometer bis Comerford zu Fuß zu gehen. Am Stadtrand führte die Uferstraße unterhalb der Terrasse des Klubhauses vorbei. Musik wehte herüber, und das Gewirr fröhlicher Stimmen drang über die Balustrade. Und dort, etwa drei Meter über ihm, auf dem Geländer, schwebte Kitty in ihrem festlichen Kleid, in den gespreizten Händen die hübschen Silbersandaletten mit den hohen Absätzen. Verschiedene Männerstimmen beschworen sie in eindringlichem Ton, vernünftig zu sein und herunterzukommen. Zwei junge Männer bahnten sich hastig einen Weg durch die Tischreihen auf der Terrasse. In ihrem Eifer achteten sie nicht auf den Kellner, der ihnen mit einem voll beladenen Tablett entgegenkam. Glas klirrte, erschreckte und verwirrte Schreie ertönten, und die Terrasse schwamm in Cocktails. Unbeirrt tanzte Kitty weiter. Die Lämpchen auf den Tischen beleuchteten von unten ihr Gesicht, das in einem Ausdruck kindlicher Konzentration erstarrt schien, die Lippen leicht geöffnet, die Zungenspitze vorgeschoben. Niemals zuvor hatte Dominic ein so von strahlender Heiterkeit erfülltes Wesen gesehen.

Im ersten Augenblick hatte er mit milder Verachtung gedacht, wenn sie schon jetzt, um Viertel vor zehn, so außer Rand und Band sind, wie werden sie sich erst um eins benehmen? Doch das war nur eine automatische Reaktion seiner jugendlichen Überheblichkeit, die sogleich von seiner Neugier verdrängt wurde. Im Lauf des vergangenen Jahres hatte er, gewissermaßen zur Vervollständigung seiner persönlichen Erfahrungen, häufig heimlich geraucht. Doch dieses Laster der Erwachsenen hatte den Reiz des Neuen verloren, ohne dass er entdeckt hatte, worin sein Genuss lag. Jetzt, da er die Wirkung des Alkohols von fern beobachtete, wuchs in ihm die Überzeugung, dass es etwas Wunderbares sein musste, wenn die Erwachsenen es so auskosteten und so eifersüchtig darüber wachten. Die Albernheiten, die sich über ihm abspielten, gehörten zum Ritual; Dominic schürzte verächtlich die Lippen, doch er blieb in der Dunkelheit unter der Terrasse stehen, um einen Blick vom verbotenen Paradies zu erhaschen. Und als er Kitty sah, versank die Welt um ihn herum.

Sie war der Mittelpunkt der geräuschvollen Gesellschaft, doch sie selbst hüllte sich in Schweigen, und vielleicht trug gerade das zu dem überwältigenden Eindruck körperloser Schönheit bei. Sie war höchstens mittelgroß, doch so schlank, dass sie hoch gewachsen wirkte. Und sie sah blass aus, beinahe durchsichtig, obwohl sie in Wirklichkeit sonnenverbrannt und kräftig war. Alles um sie herum schien, wie ihr Körper, in eine Wolke hauchzarter Illusion gehüllt, und mitten im Herzen dieses fantastischen Bildes war Kitty selbst, wirklich und körperlich.

Mit aufgerissenen Augen stand er unten in der Dunkelheit und hielt den Atem an, aus Angst, dass sie fallen könnte. Ein junger Mann streckte den Arm nach ihr aus. In einer tollkühnen Drehung wirbelte sie herum und wich ihm aus. Ihr weiter Rock schwang hoch. Dominic, der fasziniert nach oben starrte, erhaschte einen Blick auf lange, schlanke Beine, glatte, goldene Haut. Hastig wandte er die Augen ab, doch ebenso rasch hob er den Blick wieder. Wer konnte ihn denn schon sehen? Sie würde es nicht merken. Keiner wusste, dass er da war.

»Kitty, du fällst gleich runter! Sei doch vernünftig!«, flehte der ängstliche junge Mann und griff nach ihrer Hand. Sie stieß einen schrillen Protestschrei aus, und eine ihrer Sandaletten plumpste in Dominics Hände. Dominic hielt den Schuh vorsichtig von sich ab, als sei er mit den unberechenbaren Einheiten der Verzauberung geladen. Er war so verdattert, dass er eine Weile brauchte, ehe er bemerkte, wie still es oben plötzlich geworden war. Als er schließlich den Kopf hob, sah er drei oder vier Gesichter, die sich über die hölzerne Balustrade beugten und zu ihm hinunterstarrten. Nur eines dieser Gesichter war für ihn von Bedeutung, er verschwendete keinen Blick an die anderen.

»Es tut mir schrecklich Leid«, sagte Kitty. »Hoffentlich hast du dir nicht wehgetan. Wenn ich gewusst hätte, dass dort unten jemand ist, hätte ich mich nicht so schlecht benommen.«

Sie besaß eine klare, volle Stimme und sprach in so höflichem Ton, dass er noch verwirrter wurde als vorhin durch ihr ungewöhnliches Gebaren. Sie war nicht betrunken, nicht einmal beschwipst. Sobald sie ihn bemerkt hatte, sprach sie mit ihm wie ein wohlerzogenes Kind mit einem Fremden. Und wo war jetzt ihre Heiterkeit? Mit großen traurigen Augen blickte sie zu ihm hinunter, das Gesicht von langem, weichem, lichtbraunem Haar umrahmt, und ihr Ausdruck änderte sich auch nicht, als sie sich klar wurde, wer dort unter ihr stand. Dominic war an nachsichtige Herablassung gewöhnt, mit der man seiner Jugend begegnete, doch Kitty betrachtete ihn weiterhin mit dem neugierigen, ein wenig misstrauischen, höflichen Blick eines Gleichgestellten und Altersgenossen.

Er fand keine Worte. Was immer er auch sagen würde, es musste albern klingen. Er wusste nicht, wie er den Bann abwerfen sollte. Zornig über sich selbst und rot bis über beide Ohren, stand er da und wand sich vor Verlegenheit, wünschte, dass er nicht hier stehen geblieben, dass die Nacht dunkler wäre und dass die Idioten dort oben endlich aufhören würden zu grinsen oder, noch besser, sich verzögen.

»Du kannst den Schuh heraufwerfen«, rief Kitty. »Es ist schon in Ordnung. Ich kann fangen.«

Sie konnte es wirklich. Er berechnete sorgfältig die Entfernung und warf die Sandalette mit leichtem Schwung in ihre ausgestreckten Hände. Einen Augenblick hielt sie den Schuh hoch, sodass er ihn sehen konnte, und es war ihm, als winke sie ihm noch einmal zu. Dann bückte sie sich, um ihn überzustreifen. Das war das Ende der Episode. Einer der jungen Männer legte ihr den Arm um die Schultern, und sie ließ sich von ihm zum Tanz führen. Nur einmal blickte sie zurück, mit einem Ausdruck des Zögerns und des Bedauerns, als wisse sie, dass sie den Seelenfrieden eines wehrlosen Mitmenschen gefährlich ins Wanken gebracht hatte. Ein goldener Schimmer lag über dem ovalen Gesicht mit den klaren, ausgeprägten Zügen; es war von braunem Haar umschattet. Die veilchenblauen Augen blickten groß und dunkel, mit einem Ausdruck trauriger Verwunderung. Nie hatte er einen Blick so voller Traurigkeit gesehen. Dann war sie verschwunden.

Doch den ganzen Heimweg beschäftigten sich seine Gedanken mit ihr, und monatelang brachte die Erinnerung an sie sein Leben und seine Gewohnheiten in Aufruhr. In der Schule rutschte er vom ersten auf den fünften Platz, und beim Rugby schien er plötzlich zwei linke Hände zu haben. Er konnte mit keinem Menschen über Kitty sprechen. Selbst seine besten

Freunde hätten ihm, ohne böse Absicht, das Leben zur Hölle gemacht, und seinen Eltern konnte er sich auf keinen Fall anvertrauen, denn seine Mutter war ja schließlich eine Frau, und rein instinktiv wusste er, dass er nichts Dümmeres tun konnte, als ihr von einer anderen Frau zu erzählen, die ihr den ersten Platz in seinem Herzen streitig machte. Sein Vater wiederum war ein Mann und noch immer jung und gut aussehend genug, um in gewisser Weise als Rivale zu gelten. Selbst wenn er ihnen sein Herz hätte ausschütten wollen, hätte Dominic nicht gewusst, was er eigentlich sagen sollte. Er verstand selbst nicht, was mit ihm geschehen war.

Wenn man vierzehn Jahre alt ist, kann das Erlebnis der Liebe überwältigend sein, umso mehr, als es völlig unbegreiflich ist. Doch Dominic war ebenso normal wie seine verwirrten Gefühle. Er litt weder an Appetit- noch an Schlaflosigkeit, und wenn auch das, was ihm geschah, recht beunruhigend war, so bedrückte es ihn nicht, und schließlich kam er darüber hinweg. Über ein Jahr später, als er dem Mädchen wieder begegnete, war er wieder Klassenprimus, hatte nichts anderes im Kopf als Sportwagen und gerade einen Feldzug gestartet, der seinen Vater veranlassen sollte, ihm ein Motorrad zu kaufen. Er hatte beinahe vergessen, wie Kitty aussah. Er hatte niemals herausgefunden, wer sie war, er hatte es aber auch niemals versucht, weil Fragen in dieser Richtung ihn zwangsläufig verraten hätten. Sie war eben einfach Kitty, eine Erinnerung von melancholischer Schönheit, die schon zu verblassen begann.

Zum zweiten Mal begegneten sie sich bei einer Blutspendeaktion Ende September im Turnsaal des Comerbourne-Gymnasiums. Dominic war länger in der Schule geblieben, weil er noch auf dem Fußballplatz trainierte, und nachdem er geduscht hatte, fiel ihm ein, dass er in der Bibliothek etwas nachschlagen wollte. Als er schließlich eine Stunde später das Gebäude verließ, war es bereits dämmrig. Er sah den Sanitätswagen vor dem Seitenflügel stehen, in dem sich die Turnhalle befand. Eine

Krankenschwester eilte, mit Papieren und Instrumenten beladen, über den Hof. Jedes Vierteljahr wurde zu dieser Aktion aufgerufen. Er hatte sich niemals darum gekümmert und hätte es auch an diesem Tag nicht getan, wenn nicht gerade in diesem Augenblick ein knallroter Karmann-Ghia angekommen wäre, der hinter dem Sanitätswagen parkte. Voller Bewunderung für den Wagen blieb er stehen, und als die Tür geöffnet wurde, wandte er nur zögernd den Blick von der Karosserie, um zu sehen, wer der glückliche Besitzer war. Lange, schlanke Beine schwangen sich aus dem Auto. Das Mädchen schritt langsam auf die Tür zur Turnhalle zu, als sei ihm bei dem Gedanken an das, was ihm bevorstand, nicht ganz geheuer. Das Mädchen war Kitty.

Dämmerung, Tag oder schwarze Nacht, Dominic hätte sie erkannt. Sie brauchte nur in Erscheinung zu treten, selbst nach fünfzehn Monaten, und der Rest der Welt versank. Der Sanitätswagen, die erleuchteten Fenster, hinter denen die Schwestern geschäftig hin und her eilten, die ganze Blutspendeaktion erlangte plötzlich lebenswichtige Bedeutung für Dominic, weil Kitty Blut spenden wollte. Er wusste, er hätte nach Hause gehen und seine Hausaufgaben machen sollen, doch er konnte sich nicht aufraffen, auch nur einen Schritt zu tun. Als er sich schließlich in Bewegung setzte, schlug er die Richtung zum Turnsaal ein und nicht die zum Schultor.

Na ja, diesen Bus hätte er wahrscheinlich sowieso verpasst, und der nächste fuhr erst in fünfundzwanzig Minuten. Wenn er jetzt ging, würde sich ihm nie mehr eine solche Gelegenheit bieten. Diesmal war sie nicht von einem Schwarm junger Männer umgeben, sie schwebte nicht drei Meter über ihm auf der Balustrade einer Terrasse. Jeder konnte ihr in die Turnhalle folgen. Es kostete nicht mehr als einen Liter Blut. Außerdem war es ja auch eine gute Tat, und selbst wenn sie eine Liste regelmäßiger Spender besaßen, so würden sie doch einen Freiwilligen, der zum ersten Mal kam, sicher nicht wegschicken. Ich sollte mir über diese Spendenaktion wirklich häufiger Gedanken machen, überlegte er tugendhaft. Besonders mit Rücksicht auf Vaters Stellung. Ich muss ihm doch Ehre einlegen. Jetzt oder nie, drängte eine weniger heuchlerische Stimme. Sie ist noch allein, aber wenn du dich nicht schnell entschließt, stürzen sich die Schwestern auf sie. Und dann hast du ganz umsonst einen Liter Blut gespendet, setzte die Stimme boshaft hinzu und zerstörte damit die Vorspiegelung, dass er dieses Opfer bringen wolle, weil ihm ganz plötzlich das Wohl der Allgemeinheit am Herzen lag. Doch er wurde sich des Streitgesprächs der beiden Stimmen gar nicht richtig bewusst, denn er stieß bereits die Schwingtür auf, die in den Korridor führte.

Sie saß allein auf einem der Stühle, die man an der Wand aufgestellt hatte, und sah ein wenig verstört und ein wenig verloren aus, als frage sie sich, wie sie hierher gekommen war. Sie hob hastig den Kopf, als er hereinkam, erfreut darüber, nicht mehr die Einzige zu sein. Eine Locke schweren, lichtbraunen Haares streifte ihre Wange, und die großen Augen strahlten ihn hoffnungsvoll an.

»Hallo«, sagte sie beinahe schüchtern, beinahe dankbar.

Sie erkannte ihn nicht, das merkte er sofort, sondern hieß in ihm nur einen Leidensgenossen willkommen.

»Hallo«, erwiderte er mit einem zaghaften Lächeln. Er stapelte seine Bücher auf dem Fensterbrett auf und ließ sich einige Stühle von ihr entfernt nieder, aus Angst, sich ihr aufzudrängen.

»Wir sind zu früh dran«, bemerkte Kitty. »Sie sind noch nicht so weit. Es macht mich ganz nervös, wenn ich bei solchen Gelegenheiten auch noch warten muss. Dich nicht? Bist du zum ersten Mal hier?«

»Ja«, antwortete Dominic etwas steif, da er glaubte, sie mache eine versteckte Anspielung auf seine Jugend.

»Ich auch«, erklärte sie erfreut, und er sah ein, dass er sie falsch beurteilt hatte. »Ich hatte einfach das Gefühl, einmal etwas tun zu müssen. Das überkommt mich so von Zeit zu Zeit. Ich komme mir immer so unnütz vor, aber wenigstens habe ich Blut. Zumindest hoffe ich das! Hat dich auch dein Gewissen hierher getrieben?«

Sie lächelte verschmitzt und verschwörerisch. Er spürte, dass seine Steifheit dahinschmolz wie Eis in der Sonne.

»Hm, eigentlich war es schon mehr ein plötzlicher Entschluss«, gestand er und grinste schüchtern, obwohl er sonst nie mit Schüchternheit zu kämpfen hatte, sondern eher ein wenig vorlaut war. »Ich bin zufällig später aus der Schule gekommen, und da sah ich den Wagen hier und dachte mir, dass ich vielleicht – wissen Sie, mein Vater ist bei der Polizei.«

»Oh, wirklich?« Kitty war beeindruckt. Die großen Augen weiteten sich. Sie waren eigentlich gar nicht veilchenblau, sondern eher tiefviolett wie Stiefmütterchen.

»Ja, er ist bei der Kriminalpolizei«, erklärte Dominic und errötete, weil es so dramatisch klang und er nur zu gut wusste, dass es in Wirklichkeit alles andere als dramatisch war. Doch das Wort »Kripo« allein birgt so viel Aufregung, dass niemand sich vorstellen kann, wie alltäglich das Leben eines Kriminalbeamten verläuft.

»Toll«, meinte Kitty mit einem Ausdruck der Hochachtung. »Da muss ich mich ja mit dir auf guten Fuß stellen. Wer weiß, wann ich einmal einen Freund gebrauchen kann. Besonders bei diesen Geschwindigkeitsbegrenzungen und Parkverboten. Da kann es mir ohne weiteres passieren, dass mich die Polizei einmal als Verkehrssünderin ertappt.« Sie lachte, als sie bemerkte, dass er sie unverwandt anstarrte. »Ich rede schrecklich viel, nicht wahr? Und weißt du, warum? Weil mir ganz schwummrig ist. Natürlich weiß ich, dass es gar nicht schlimm ist, Blut zu spenden, aber irgendwie ist mir bei dem Gedanken, angezapft zu werden wie ein Fass, einfach unbehaglich.«

»Ich habe auch Angst«, sagte Dominic.

Es entsprach nicht der Wahrheit. Nicht einen einzigen Gedanken hatte er an das Kommende verschwendet. Doch er meinte es gut, und es kam ihm gar nicht in den Sinn, dass sie jetzt nur unter Schwierigkeiten eine Antwort finden konnte, die seine Selbstachtung nicht verletzte. Doch es gelang ihr. Irgendein guter Geist musste sie ihr eingegeben haben. Sie blickte ihn erfreut an, dann ein wenig zweifelnd, und schließlich lächelte sie strahlend.

»Das glaube ich dir nicht«, meinte sie ganz überzeugt. »Aber es ist nett von dir, das zu sagen. Versprich mir, dass du auch schreist, wenn ich schreie, damit ich mir in meiner Feigheit nicht so allein vorkomme.«

»Ich schrei' wahrscheinlich zuerst«, versetzte er galant, rot vor Freude und Verlegenheit.

Eine Tür öffnete sich, und eine mollige junge Schwester steckte den Kopf heraus. »Na so was«, rief sie mit der aufreizenden Munterkeit, die nun einmal zu diesem Beruf zu gehören scheint. »Wir sind aber früh dran! Wir können es wohl gar nicht erwarten, unser Scherflein beizutragen, nicht wahr?«

»Ja, nicht wahr?«, echote Kitty und wandte den Blick von Dominic, um zu vermeiden, dass sie beide in unkontrolliertes Kichern ausbrachen.

»Wenn Sie es hinter sich bringen wollen, dann kommen Sie herein.«

Sie traten den Opfergang gemeinsam an. Eine Reihe schmaler Feldbetten und zwei Schwestern erwarteten sie, während eine ältere Schwester, die an einem kleinen Tisch in Papieren gekramt hatte, sie über die Gläser ihrer randlosen Brille musterte.

»Guten Abend«, sagte sie kurz. »Ihre Namen?« Als sie Kitty ansah, erhellte sich ihr Gesicht. »Ach natürlich!«, meinte sie und hakte einen Namen auf ihrer Liste ab. »Das ist eine reizende Geste von Ihnen, mein Kind. Wir sind Ihnen wirklich dankbar. Es tut gut, wenn so junge Leute ein Beispiel geben.«

Sie war wirklich höchst leutselig, stellte Dominic fest. Offenbar war Kitty eine wichtige Persönlichkeit. Na ja, ein Mädchen, das einen Karmann-Ghia fuhr, musste schon jemand sein. Aber wenn die alte Schachtel doch wenigstens gewartet hätte, bis sie ihren Namen sagte. Er versuchte, die Namen auf der Liste zu entziffern, doch die scharfen blaugrauen Augen richteten sich streng auf ihn. »Namen, bitte!«

Er gab seinen Namen an. Sie überflog rasch die Liste. »Ich habe deinen Namen nicht hier. Offenbar haben wir dich nicht erwartet.« Sie begutachtete ihn eingehend, und dann verzog sich ihr hartes, vom Leben gezeichnetes Gesicht zu einem nachsichtigen Lächeln.

»Nein, ich bin nur ...«, begann er, doch sie hob mahnend den Zeigefinger und fiel ihm mit freundlicher Stimme ins Wort.

»Du bist doch nie im Leben achtzehn, mein Junge. Kennst du die Vorschriften nicht?«

»Ich bin sechzehn«, erwiderte er mit Würde, innerlich vor Hass, dass ihr das nicht entgangen war und sie es auch noch mit Stentorstimme ausposaunen musste. Sie lächelte mit so viel nachsichtiger Herablassung, dass er sich vorkam wie ein Wickelkind. »Ich dachte, es geht von sechzehn bis sechzig«, erklärte er voller Unbehagen.

»Es geht von achtzehn bis fünfundsechzig, mein Junge, aber es ist nett von dir, dass du dich bemüht hast. Wir können Kinder nicht annehmen, sie brauchen ihre ganze Kraft für das Wachstum. Geh jetzt nach Hause und komm in ein paar Jahren wieder. Wir werden uns freuen, dich zu sehen. Aber vergiss nicht, die Einverständniserklärung der Eltern mitzubringen.«

Die jüngere Schwester kicherte. Sogar Kitty, deren Gesicht er nicht sehen konnte, schien zu lächeln. Nicht boshaft, das wusste er, aber deshalb wurde seine Erniedrigung nicht weniger schmachvoll. Er hatte wirklich gedacht, die Altersgrenze sei sechzehn. Er hätte darauf schwören können.

»Wissen Sie das bestimmt? Früher war es doch sechzehn?«

Sie schüttelte den Kopf und lächelte breit. »Tut mir Leid. Seit ich Schwester bin, war immer achtzehn das Mindestalter. Die Krankheit Jugend heilt die Zeit schneller, als du meinst.«

Es blieb ihm gar nichts anderes übrig, als zu verschwinden. Kitty spähte von ihrem Feldbett aus über die Schulter der Krankenschwester und sah, wie er niedergeschlagen und schweigend auf die Tür zusteuerte. Der arme Junge war so verschüchtert, dass er sich nicht einmal von ihr verabschieden wollte.

»He, geh nicht!«, rief Kitty ihm nach. »Warte auf mich. Ich fahr' dich dann nach Hause.« Sie bemühte sich, den jammervollen Ton eines Kindes anzuschlagen, das nicht allein gelassen werden will, um ihm sein Selbstvertrauen wieder zu geben, und sie hatte die Verlockung der Autofahrt hinzugefügt, um ihn auf andere Gedanken zu bringen.

Das Aufleuchten seiner Augen, als er sich umdrehte, belohnte ihre Mühe. Sie schrieb es der Aussicht auf die Autofahrt zu. Das schien logisch, war aber falsch. »Du könntest dich doch ein bisschen mit mir unterhalten«, sagte sie. »Ich habe fest gehofft, dass du mich ablenken würdest, damit ich nicht immer an diese scheußliche Flasche denken muss.«

Keiner glaubte daran, dass sie unterhalten werden musste, doch Mädchen wie Kitty gestattet man solche Launen.

»Ja, wenn Sie wirklich wollen«, begann er, während sein Selbstvertrauen allmählich zurückkehrte.

»Ist schon in Ordnung«, erklärte die Matrone und lächelte milde. »Warte ruhig, mein Junge. Niemand möchte einen so hilfsbereiten jungen Mann wie dich vertreiben.«

Er maß sie mit einem Blick, den sie in ihrer Selbstgefälligkeit gar nicht verstand. Aber sie war jetzt sowieso nicht mehr wichtig, jetzt, da Kitty ihn zurückgerufen hatte.

»So«, sagte die junge Schwester und stellte einen Stuhl neben Kittys Feldbett. »Setz dich hin und sprich mit deiner Freundin. Nachher bringe ich eine gute Tasse Tee.«

Dominic setzte sich. Kitty blickte ihn an, während sie es

sorgfältig vermied, ihre Augen auf die Flasche zu richten, die sich langsam mit ihrem Blut füllte. Aber sie tat es nicht, weil sie sich davon abgestoßen fühlte, stellte er fest. Lautloses Lachen schüttelte sie, und als sein schlanker Körper sie den Blicken der Aufnahmeschwester verbarg, flüsterte sie verschwörerisch: »Ich könnte mich totlachen über die Leute hier.«

Es war wunderbar, dass sie es so sah. Er hatte sich lächerlich gemacht, und sie schien es gar nicht bemerkt zu haben; die Schwestern benahmen sich, wie man es von ihnen erwarten konnte, höchstens ein klein wenig überspitzt, und sie konnte sich darüber totlachen.

»Ich habe wirklich gedacht, das Mindestalter ist sechzehn«, erklärte er, noch immer in der Wunde wühlend, doch schon angesteckt von ihrer Fröhlichkeit.

»Klar«, bestätigte Kitty. »Ich habe überhaupt nicht gewusst, dass es eine Altersgrenze gibt, obwohl das eigentlich ganz vernünftig ist. Bin ich fertig? Schau du nach. Ich mag nicht.«

Er mochte auch nicht. Der Gedanke, dass ihr Blut langsam aus dem runden, braunen Arm gesogen wurde, bereitete ihm fast körperliche Qual. »Beinahe«, sagte er und wandte seine Augen ab. »Da, jetzt kommt unsere gute Tasse Tee.«

Der Tee schmeckte natürlich gar nicht gut. Er war sehr stark und viel zu süß. Als die Schwester wieder gegangen war, um sie in Ruhe trinken zu lassen, setzte sich Kitty auf, beugte ein paar Mal ihren Arm, auf dem jetzt ein Pflaster klebte, und nippte vorsichtig an der Tasse. Ihr Gesicht verzog sich zu einer Grimasse des Abscheues.

»Ich weiß«, meinte Dominic entschuldigend. »Ich mag ihn auch nicht mit Zucker, aber das braucht man angeblich nach der Tortur. Es gibt einem die Energie zurück, die man verloren hat.«

»Ich fühle mich gar nicht geschwächt«, stellte Kitty leicht überrascht fest und blickte nachdenklich auf das Pflaster. »Ich bin gar nicht so sicher, dass in der Flasche wirklich Blut ist«, erklärte sie geheimnisvoll. »Sieht es nicht eher aus wie Bier?« Sie bemerkte seine Verwirrung und fügte hastig hinzu: »Na ja, davon lebe ich letzten Endes.«

Er starrte sie verständnislos an. Er hoffte, er habe sich verhört, aber wie sollte er sich Gewissheit verschaffen? Nichts wusste er von ihr, nur, dass sie das bezauberndste und verwirrendste Wesen war, dem er je begegnet war. Und wenn er an ihre artistische Darbietung im Jachtklub dachte ...

»Ich meine nicht, dass ich mich davon ernähre«, erklärte sie hastig. »Ich meine, davon lebe ich, davon bezahle ich die Rechnungen, weißt du. Ich hätte dir längst meinen Namen sagen sollen. Ich bin Kitty Norris. Sagt dir das etwas? Nun, es ist nicht weiter wichtig«, fuhr sie fort. »Ich bin einfach Norris-Biere. Das habe ich gemeint.« Sie sagte es resigniert, als spreche sie über einen Geburtsfehler, an den sie selbst sich längst gewöhnt hatte, der jedoch einen Fremden in Verlegenheit bringen musste.

»Ach ja, natürlich«, erwiderte Dominic erleichtert und beschämt zugleich. Was musste sie von ihm denken, der ihre Erklärung so wörtlich genommen hatte? Er hätte es doch wissen müssen. Katherine Norris, die Bier-Erbin, deren Name mit schöner Regelmäßigkeit in den Schlagzeilen erscheint. Er musste doch schon einmal ein Foto von ihr gesehen haben. Ihr Name prangte auf jedem dritten Gasthausschild in der Grafschaft, also auf allen, die nicht zum Imperium der Armiger-Brauerei gehörten. Und hatte man nicht einmal gemunkelt, dass sie den Sohn des alten Armiger heiraten würde? Dominic zerbrach sich den Kopf, doch die Gesellschaftsspalte der örtlichen Zeitungen hielt er nicht für lesenswert, und so musste ihm wohl entgangen sein, was die geplante Fusion verhindert hatte. »Ich hätte es wissen müssen«, meinte er. »Ich heiße Dominic Felse.«

»Prost, Dominic!« Sie trank ihm mit Tee zu. Dann sprang sie auf und zog den Ärmel über das Pflaster.

Es war fast vorüber, dachte er, während er ihr folgte. Ein

Strom von Blutspendern kam ihnen entgegen. Draußen war es dunkel geworden, und plötzliche Kälte schlug ihnen entgegen. Jetzt würde sie in den Karmann-Ghia steigen, ihm freundlich, aber gedankenlos zuwinken und wegfahren. Und er musste allein zur Bushaltestelle wandern und nach Hause fahren. Ob er sie jemals wieder sah?

»Wohin kann ich dich bringen?«, fragte sie vergnügt, während sie sich vom Fahrersitz herüberbeugte, um die Tür zu öffnen.

Er zögerte einen Augenblick, überlegte, ob er das Angebot annehmen sollte, ob er ihr nicht wirklich zur Last falle.

»Vielen Dank«, sagte er und schluckte. »Aber ich gehe nur bis zur Bushaltestelle. Nur ein Katzensprung.«

»Ehrlich?«, erkundigte sich Kitty unbewegten Gesichts. »Übernachtest du da immer?«

»Ich meine, da warte ich auf den Omnibus.«

»Komm, steig ein«, forderte Kitty ihn auf. »Und sag mir, wo du wohnst. Sonst denke ich noch, dir gefällt mein Auto nicht. Bist du schon mal in so einem gefahren?«

Er saß neben ihr, Schulter an Schulter, sein Ärmel streifte ihren. Er schwebte auf Wolken der Wonne. Kitty ließ den Motor an und stieß zurück. Die Büsche hinter ihr bewegten sich leicht in der Dunkelheit. Sie schaltete den Rückfahrscheinwerfer ein, um zu sehen, wie viel Platz sie hatte, und rechtfertigte den Stolz und die Bewunderung, die Dominic für sie empfand, als sie den Wagen in engem Bogen herumschwang und mit aufheulendem Motor wie ein Rennfahrer-Ass auf das Tor zuschoss. Sie überholten sämtliche Fahrzeuge auf der Howard Road und verminderten erst vor der Verkehrsampel die Geschwindigkeit.

»Du hast mir immer noch nicht gesagt, wohin ich dich bringen soll«, bemerkte Kitty.

Er musste kapitulieren. Ganz benommen vor Freude erklärte er ihr, wo er wohnte.

»Comerford. Das ist ja nicht einmal weit genug, um richtig

aufs Gas zu treten. Weißt du was, wir machen einen Umweg.« Sie reihte sich links ein, sodass der folgende Wagen rechts an ihr vorbeifahren konnte. Der Fahrer kurbelte das Fenster herunter, rief ihnen im Vorbeifahren etwas Unverständliches zu und deutete auf die Hinterräder des Karmann. Dominic, der nichts begriffen hatte, war um Kittys willen empört, doch Kitty schimpfte, grinste und hob hastig die Hand zum Zeichen, dass sie verstanden hatte.

»Verdammt«, sagte sie, während sie den Rückfahrscheinwerfer ausschaltete. »Das passiert mir jedes Mal. Nächstes Mal kauf' ich mir einen Wagen, bei dem sich das Ding automatisch abstellt. Verpetz mich nur nicht bei deinem Vater, bitte. Gewisse Dinge an einem Auto wollen mir einfach nicht in den Kopf. Der Rückfahrscheinwerfer und das Benzin. Ich kann dir gar nicht sagen, wie oft ich in diesem Jahr schon den Tank leergefahren habe.«

»Sie haben wohl keine Benzinuhr?«, erkundigte er sich und musterte das Armaturenbrett.

»Nein. Ich kann nur auf Reserve schalten. Ich hielt das für besser, weil man da ungefähr weiß, dass man nur noch fünf Liter im Tank hat.«

»Hat sich das bewährt?«, fragte Dominic.

»Ja und nein. Wenn ich lange Fahrten mache schon, weil ich dann nicht weiß, wie weit die Tankstellen voneinander entfernt sind, und deshalb immer an der ersten nach dem Umstellen anhalte. Aber im Stadtverkehr gondele ich quietschvergnügt weiter und denke, ach was, keine Sorge, es sind ja noch fünf Liter im Tank, und überall wimmelt es von Tankstellen. Dann vergesse ich es einfach, und mitten auf der Hauptstraße bleibt mir der Wagen stehen. Ich lerne es nie«, gestand Kitty kläglich. »An meinem alten Wagen hatte ich eine Benzinuhr, aber ich habe nie hingeschaut. Wozu also? So bin ich eben. Einfach zerfahren.«

»Sie fahren ganz prima«, erklärte Dominic, um sie zu trösten. Ihre Selbstironie, komisch und traurig zugleich, hatte sich in seinem Herzen einen bisher unentdeckten Platz erobert, wie ein Schlüssel, der eine Geheimtür öffnet.

»Meinst du das im Ernst? Ehrlich?«

»Natürlich. Sie müssen doch wissen, dass Sie gut fahren.«

»Ach!«, sagte Kitty. »Trotzdem höre ich es gern. Gefällt dir der Wagen?«

Bei diesem Thema wenigstens ließ ihn seine Beredsamkeit nicht im Stich, umso weniger, als es um Kittys Auto ging. Die ganze Fahrt nach Comerford unterhielten sie sich fachmännisch über Sportwagen, und als sie vor seinem Haus anhielt, trafen ihn die Rückkehr in seine gewohnte Welt und der Gedanke an den alltäglichen Trott wie ein unerwarteter Schlag. Er musste für dieses kleine Wunder dankbar sein, das ihm nicht ein zweites Mal widerfahren würde. Langsam kletterte er aus dem Wagen, ernüchtert von dem Sturz in die Wirklichkeit, und stand linkisch neben der Wagentür auf ihrer Seite. Er suchte nach Worten, die dieses Erlebnis nicht ins Triviale und Banale zogen.

»Vielen Dank, dass Sie mich mitgenommen haben.«

»Es war mir eine Freude«, sagte Kitty lächelnd. »Danke dir, dass du mir so hilfreich beigestanden hast. Ich kann mir nicht vorstellen, in wessen Gesellschaft ich lieber mein Blut vergießen würde.«

»Fühlen Sie sich auch wirklich wohl?«, war alles, was ihm einfiel.

Ein Stückchen Pflaster sah unter Kittys Ärmel hervor. Sie riss es mit einem Ruck herunter, und beide lachten.

»Ich fühle mich glänzend«, meinte Kitty. »Vielleicht habe ich vorher zu hohen Blutdruck gehabt und bin jetzt geheilt.«

Sie schwiegen einen Moment. Das warme Licht, das hinter den Vorhängen seines Elternhauses hervordrang, lag weich auf ihrem vollen, klar gezeichneten Mund. Augen und Stirn waren im Schatten. Wie weich dieser Mund war und doch so entschlossen, mit den geschlossenen Lippen und den tiefen Grübchen an den Winkeln, wie sinnlich, wie verwundbar und wie traurig. Der Schimmer der Freude in Dominics Herz verwandelte sich in zarten Schmerz, als er sah, wie sich ihr Abschiedslächeln vertiefte.

»Also danke – und auf Wiedersehen.«

»Bis zur nächsten Blutspende«, rief Kitty fröhlich und fuhr los, die Hand zum Gruß erhoben. Er stand da und schaute ihr nach. Er hielt den Atem an, bis das Blut in seinen Ohren zu dröhnen begann.

Doch sie sah ihn früher wieder, als sie ahnte, und unter ganz anderen Umständen; und das Blut, um das es bei dieser Gelegenheit ging, das weder von ihm noch von ihr stammte, war bereits in überreichlichem Maß vergossen worden.

2

Das neueste Hotel, das dem Imperium der Armiger-Brauerei einverleibt worden war, »Zur lachenden Barfrau«, öffnete seine Türen in den letzten Septembertagen. Es stand an einer Landstraße zweiter Ordnung, einen guten halben Kilometer von Comerford entfernt und etwa eineinhalb Kilometer vor Comerbourne. Auf den ersten Blick schien die Lage kaum günstig, doch wenn es darum ging, Geld zu scheffeln, dann wusste der alte Armiger stets, was er tat; nur wenige Leute zweifelten daran, dass er aus dem Lokal eine Goldgrube machen würde. Die engsten Vertrauten des Bierbarons fragten sich bereits im Stillen, ob er irgendwelche vertraulichen Informationen über die umstrittene Umgehungsstraße erhalten hatte, und ob es sich – wenn es zu ihrem Bau kommen sollte – nicht herausstellen würde, dass sie unmittelbar an dem neuen Hotel vorbeiführte. Vor sieben Monaten hatte er das Haus gekauft, und ein Heer von Maurern, Architekten und Innenarchitekten war in Aktion getreten. Am Abend der festlichen Eröffnung strömte alle Welt zusammen, um das Ergebnis in Augenschein zu nehmen.

Sergeant George Felse von der Landeskriminalpolizei kam nach Dienstschluss aus reiner Neugier vorbei. Oft hatte er das Fachwerkhaus bewundert und bedauert, dass es langsam, aber stetig zu einer zwar malerischen, aber nutzlosen Ruine verfiel. Damals hatten es zwei alte Damen bewohnt. Wie so viele Menschen, die miteinander alt geworden sind, starben sie kurz hintereinander, und das Gebäude hatte beinahe ein Jahr leer gestanden, ehe sich der Erbe entschlossen hatte, es zu verkaufen. Das Haus war so groß und so baufällig, dass ihm gar keine andere Wahl blieb. Die Frage war nur gewesen, ob er einen Käufer finden würde. Und er hatte ihn gefunden. Alfred Armiger, weit und breit der Mann mit der besten Nase für günstige Gelegenheiten, hatte es erworben.

George begriff es noch immer nicht, als er die neue, im Tudor-Stil gehaltene Tür aufstieß und ins Foyer mit dunkler Holztäfelung, schwarzen Eichenbalken und geschnitzten Bänken trat. Seiner Schätzung nach musste der Umbau mindestens zehntausend Pfund gekostet haben, und er konnte sich nicht vorstellen, wie Armiger das jemals herauswirtschaften wollte. Selbst wenn das Haus Abend für Abend so voll sein sollte wie heute am Eröffnungstag, was an sich schon zweifelhaft war, würden die Unkosten die Einnahmen übersteigen.

An diesem Abend ging es entschieden lebhaft zu. In der überfüllten Schankstube zur Linken, auf alt gemacht, mit Laternenbeleuchtung und einem imitierten offenen Kamin, an dem ebenso imitierte schmiedeeiserne Schürhaken und Feuerzangen hingen, erkannte George den größten Teil der Bohemiens aus Comerbourne. Die junge Generation war in der Überzahl. Die beiden Aufenthaltsräume zur Rechten wahrten den Stil des achtzehnten Jahrhunderts, mit einigen hübschen brokatbezogenen Sesseln und bequemen Sofas, auf denen sich die wesentlich unromantischeren Hinterteile einiger ehrbarer

Bürger niedergelassen hatten. Nach der Zahl der befrackten Kellner zu urteilen, die geschäftig hin und her eilten, war auch das Restaurant gut besucht. Die meisten Kellner schienen hier fremd zu sein. Wahrscheinlich hatte man sie neu eingestellt. George kannte nur den alten Bennie vom »Weißen Ross« in Comerbourne, den man wohl wegen seiner Ortskundigkeit hierher verpflanzt hatte. Er würde sich bezahlt machen, weil er nicht nur die Honoratioren kannte, sondern auch die Randalierer.

In der Bar war das Publikum gemischt. Der große Raum war völlig umgebaut worden. Eine schwere Hand hatte ihn in einen Saal aus der Zeit der Tudors verwandelt. Die Deckenbalken waren zu tief, zu erdrückend, wahllos mit schimmerndem Kupfer verziert, was aufdringlich und schamlos neu wirkte. Armiger wusste immer genau, was er wollte, und wenn er es bei den Stilmöbelfabrikanten nicht bekommen konnte, dann ließ er es eben anfertigen, selbst wenn sich daraus manchmal recht überraschende Anachronismen ergaben. Aber die Gäste hier waren wenigstens echt, Bauern, Geschäftsleute, Vertreter und Arbeiter und ab und zu ein Landtagsmitglied, dem diese Gesellschaft noch immer die liebste war.

Geduldig bahnte sich George einen Weg zur Bar und bestellte ein helles Bier. Eine Blondine mit hochtoupiertem Lockentuff und langen rosa Fingernägeln stellte das Glas vor ihn hin und teilte ihm mit einem leutseligen Lächeln mit, dass heute Abend, mit den Empfehlungen Mr Armigers, alles auf Kosten des Hauses gehe. Daher also das Getümmel, dachte er. Zweifellos würden noch vor Geschäftsschluss Hunderte von dieser einmaligen Gelegenheit Wind bekommen. George beließ es im Allgemeinen bei nur einem Drink, wenn es nichts kostete, ja, hätte er das gewusst, so hätte er wahrscheinlich seine Neugier auf einen anderen Abend vertröstet. Aber nun war er einmal hier, und das Schauspiel schien interessant. Bestimmt waren zahlreiche Mitglieder des Gemeinderates und des Landrates hier vertreten. Armiger brauchte nur den kleinen Finger zu krümmen, und die Leute kamen angelaufen, aber wie viele von ihnen kamen aus Freundschaft und Zuneigung? An einer Hand kann man sie abzählen, dachte George.

Er war gerade auf dem Weg zu einem ruhigen Plätzchen, als eine schwere Hand auf seine Schulter niederfiel und eine dröhnende, selbstsichere Stimme ihn aus seinen Gedanken riss. »Nanu, mein Junge, ist das eine Ehre oder eine Warnung?«

»Keine Sorge«, erwiderte George und grinste seinen Gastgeber über die Schulter an. »Ich bin außer Dienst. Der Durst hat mich hergetrieben. Danke für das Bier, das hatte ich gar nicht erwartet. Prost!«

Armiger hielt ein Whiskyglas in der Rechten. Er prostete George zu und spülte den Alkohol mit einem Zug hinunter. Er war kein großer Mann, kaum mittelgroß, doch massig wie ein Bulle, mit wuchtigen Schultern, kurzem Hals und einem breiten Schädel, der ständig zum Angriff gesenkt schien. Gesenkten Hauptes rannte er gegen das Leben an, meisterte seine Geschäfte, setzte seine Ideen durch, überrannte seine Rivalen und alles, was ihm in den Weg kam. Er war dunkel, trug einen kurzen, schwarzen Schnurrbart und hatte das schüttere Haar über die sonnengebräunte Glatze gebürstet. Sein bläuliches Kinn und die roten Wangen wirkten irgendwie billig, auch wenn er noch so konservativ gekleidet war. Vielleicht hatte er bereits ein beträchtliches Maß seiner eigenen Produkte konsumiert, vielleicht aber war er einfach von Stolz geschwellt und von Freude berauscht; er hatte ein neues Spielzeug, in das er offenbar große Hoffnungen setzte. Es war eigentlich ziemlich unwahrscheinlich, dass er jemals dem Alkohol verfiele. Zu lange hatte er über sein Bier-Reich geherrscht, Kapital daraus geschlagen, sich seine Mitmenschen kraft der Macht, die ihm gleichsam durch den Alkohol verliehen worden war, nutzbar gemacht, als dass er in diesem späten Stadium noch für diese Art des Rausches empfänglich gewesen wäre. Alles an ihm strahlte vor Erregung und Selbstzufriedenheit. Die hellen, listigen Augen blitzten.

»Na, wie gefällt Ihnen mein kleines Reich? Habe ich es gut gemacht?«

»Fantastisch«, sagte George ehrfürchtig. »Glauben Sie wirklich, es wird sich lohnen, hier außerhalb der Stadt? Macht doch einen ziemlich kostspieligen Eindruck.«

»Sie kennen mich doch. Ich gebe niemals Geld aus, wenn ich nicht überzeugt bin, dass es wieder hereinkommt, mit Profit. Keine Sorge, es wird sich lohnen.«

Mit einem selbstsicheren Grinsen schlug er George wieder auf die Schulter und schob sich gesenkten Hauptes, die wuchtigen Schultern vorgeschoben, durch die Menge, ließ sich hier zu einem Grußwort, dort zu einem Händedruck herbei. Ein Erfolgsmensch, von dem Wellen unerschöpflicher Energie auszugehen schienen. Ein Selfmademan auf der Höhe seiner Macht, das war Alfred Armiger; mancher weniger vitale Sterbliche war bei seinem unbeirrbaren Vormarsch auf der Strecke geblieben. Einige Opfer waren an diesem Abend anwesend, und mehr als ein Blick, der die triumphierende Gestalt auf ihrem Weg durch die Säle verfolgte, hätte getötet, wenn das möglich gewesen wäre.

»Er ist in Hochstimmung«, sagte eine Stimme an Georges Ohr. »Das ist er immer, wenn er anderen eins ausgewischt hat.«

Barney Wilson, der Architekt, rutschte neben ihm auf die Bank und stützte die Ellbogen auf den Tisch. Ein hoch gewachsener, düsterer junger Mann ohne Illusionen. »Scheren Sie sich nicht um mich«, bemerkte er mit einem bitteren Lächeln, als er Georges neugierigen Blick sah. »Ich bin voreingenommen. Ich hatte mal die Hoffnung, dieses Haus selbst zu erwerben. Den verfallenen Teil wollte ich abreißen lassen, und den Rest wollte ich in ein Zuhause umbauen. Ich bin immer noch wütend auf ihn. Wozu braucht er noch ein Hotel? Er hat doch sowieso mehr, als er zählen kann.«

»Für einen Privatmann wäre die Renovierung aber recht kostspielig gewesen«, meinte George und sah ihn nachdenklich an.

»Schon, aber ich hätte mich zunächst mit dem Notwendigsten begnügt, damit Nell und die Kinder einziehen konnten, und das Übrige hätte ich dann Schritt für Schritt gemacht. Bei der heutigen Lage auf dem Immobilienmarkt kann ich sowieso nur an ein großes Haus herankommen, das sich nicht mehr lohnt. Jeder will einen modernen, komfortablen Bungalow, und das hat die Preise in die Höhe getrieben. Diese großen Häuser dagegen gibt es zu Schleuderpreisen. Angeblich kann man da ohne Hausangestellte nicht auskommen, und der Unterhalt kostet ein Vermögen. Aber für die Instandhaltung hätte ich ohne weiteres sorgen können, und Nell ist auf einem Bauernhof in Wales aufgewachsen und weiß genau, wie man ein großes Haus mit einem Minimum an Mühe und Arbeit sauber hält. Wir dachten, wir hätten es schon. Ich hatte sogar schon angefangen, die Pläne für den Umbau zu skizzieren, so sicher war ich. Aber als ich seinen Mann bei der Versteigerung sah, wusste ich, dass wir auf verlorenem Posten standen. Wenn er nicht gewesen wäre, hätten wir das Haus zum veranschlagten Preis kaufen können. Kein Mensch interessierte sich dafür.« Er blickte trübselig in sein Glas und seufzte. »Aber nein, er musste es uns vor der Nase wegschnappen und eine Scheußlichkeit daraus machen. Von einem Mann, der ›Die lachende Jungfrau‹ in eine ›Lachende Barfrau‹ verwandelt, kann man alles erwarten.«

»Hieß es früher so?«, erkundigte sich George überrascht und beeindruckt. »Das habe ich nie gehört.«

»In der Geschichte dieses Hauses weiß ich Bescheid. Als ich noch glaubte, dass ich einmal darin wohnen würde, habe ich in den Archiven nachgeschlagen. Jahrhundertelang war es ein Gasthaus und hieß ›Zur lachenden Jungfrau‹. Hübsch, nicht? Und vorher war es ein Privathaus, und noch früher gehörte es zum Kloster Charnok. Jetzt ist es ›Die lachende Barfrau‹.«

»Geschäft ist Geschäft«, meinte George weise.

»Zum Teufel mit dem Geschäft. Er ist bereit, sogar einen Verlust auf sich zu nehmen, wenn er damit vermeiden kann, dass das Haus seinem Sohn in die Hände fällt. Das ist alles.«

»Wollte denn sein Sohn das Haus auch kaufen?«

»Ja, er und ich gemeinsam. Wir haben zusammen die Versteigerungssumme aufgebracht. Wir wollten den Seitenflügel, den ehemaligen Stall, in eine kleine Wohnung für ihn und Jean umwandeln, und Nell, ich und die Kinder sollten im Haus wohnen. Sie kennen doch den Stall? Er liegt drüben, auf der anderen Seite des Hofes, wo er den Parkplatz angelegt hat. Der Stall ist aus Backstein und hält bestimmt ewig. Für eine kleine Wohnung wäre er ideal gewesen. Aber irgendwie hat sein liebevoller Vater davon Wind bekommen und hielt es offenbar für angebracht, ein paar Tausender in das Haus zu investieren, wenn er damit seinem Sohn eins auswischen konnte.«

Der Familienstreit der Armigers war George bekannt, wie jedem Bewohner von Comerbourne und Umgebung. Es war natürlich, dass Armiger, aus eigener Kraft nach oben gekommen, ehrgeizig und energiegeladen, seinen einzigen Sohn als seinen Nachfolger mit einer Bier-Erbin verheiraten wollte, deren Mitgift sein Imperium fast um das Doppelte vergrößert hätte. Und vielleicht war es ebenso natürlich, dass der Sohn von den Plänen seines Vaters nichts wissen wollte und es abgelehnt hatte, Bierbaron Armiger II. zu werden. Man erzählte sich, dass Leslie Maler werden wollte, und höchstwahrscheinlich wäre es früher oder später zum Bruch gekommen, wenn er den Gang der Dinge nicht dadurch noch beschleunigt hätte, dass er sich mit einer Stenotypistin seines Vaters verlobte, anstatt sich nach den Wünschen des alten Armiger zu richten. Über diesen Punkt waren die unglaublichsten Gerüchte in Umlauf. Es stand jedoch fest, dass Leslie ohne einen Pfennig von seinem Vater hinausgeworfen worden war und dass das Mädchen entweder gekündigt hatte oder entlassen worden war. Sie hatten so schnell wie möglich standesamtlich geheiratet. Dann waren sie dem Blickfeld der Neugierigen entschwunden, und allmählich wuchs Gras über die Geschichte. Es war allerdings neu, dass Armiger die beiden so mit seinem Zorn verfolgte, dass er ihnen nicht einmal ein eigenes Heim gönnte.

»Er wollte doch aber bei der Versteigerung bestimmt nicht über ein Fixum hinausgehen«, bemerkte George. »Armiger hängt am Geld.«

Wilson schüttelte den Kopf. »Wir gingen bis zu unserer Grenze, und seine Mittel waren noch längst nicht erschöpft. Vielleicht hängt er am Geld, aber er hat mehr als genug, und ihm liegt noch mehr daran, seinen Kopf durchzusetzen.«

»Aber Leslie hätte doch bestimmt Kredit bekommen bei seinen Aussichten.«

»Er hat keine Aussichten. Er hat keinen Vater mehr. Das ist endgültig, hat sich auch herumgesprochen. Die Leute kennen ihren Armiger. Kein Mensch würde Leslie Geld leihen. Er hat ungefähr tausend Pfund von seiner Mutter geerbt und das, was er verdient. Können Sie mir vielleicht jemanden nennen, der sich mit einem einlassen möchte, dem der alte Armiger Kampf bis aufs Messer geschworen hat?«

Das konnte George nicht. Nicht nur das Geld und die Macht würden die Leute abschrecken, sondern ebenso die ungebrochene Kraft dieser rücksichtslosen Persönlichkeit. Es gibt Menschen, mit denen nur Helden es aufnehmen können, und Helden gibt es wenige.

»Was macht denn der junge Leslie?«, fragte George.

»Er arbeitet als Packer und Träger und Mädchen für alles bei Malden«, erwiderte Wilson bitter. »Er hat nie etwas gelernt, der arme Teufel, und mit seiner Malerei kann er nicht einmal den Milchmann bezahlen. Außerdem ist ein Baby unterwegs. Jean muss also bald ihre Stellung aufgeben.«

Armiger hatte die Bar wieder betreten, bat die Neuankömmlinge mit großartiger Geste zur Theke, strömte über vor Gastfreundlichkeit großen Stils. Georges Augen folgten dem energischen Schritt des Mannes. Seine Augen blickten nachdenklich. Armiger war jetzt von einer Gesellschaft umgeben und zog sich mit seinen Begleitern in eine Ecke des großen Raumes zurück.

»Meistens söhnen sich die Eltern mit ihren Sprösslingen am Ende wieder aus, auch wenn sie am Anfang starrköpfig sind«, erklärte George ohne viel Überzeugung.

»Eltern ja, Granitblöcke nein. Leslie hatte immer nur eine Mutter, keinen Vater. Sie starb vor drei Jahren, sonst hätte sie sich sicher für ihn eingesetzt, als es zur Krise kam. Aber sie hatte ja sowieso nie besonders viel Einfluss, die arme Seele.«

Wilson reckte den Hals, um zu der Gruppe in der anderen Ecke hinüberzuspähen. Ein Kellner mit beladenem Tablett hatte soeben einen Durchgang zum Tisch gebahnt. »Ordinäres kleines Ungeheuer«, sagte eine Frauenstimme, und ein Mann murmelte: »Es war also Kittys roter Wagen, den ich auf dem Parkplatz sah.«

Drei Personen saßen bei Armiger. Der Mann verkörperte Armigers Gegenstück und war gerade aus diesem Grund wertvoll für den Bierbaron. George wusste um den Kontrast und alles, was er in sich barg. Häuser, die Armigers energiegeladener Aggression verschlossen blieben, öffneten dem großen, eleganten Raymond Shelley mit dem gesetzten Benehmen lautlos ihre Türen. Wenn es darauf ankam, Verhandlungen zu führen, bei denen Fingerspitzengefühl gebraucht wurde, dann schickte Armiger Shelley vor. Dem Namen nach war Shelley sein Rechtsberater. In Wirklichkeit war er jedoch sein zweites Gesicht, das je nach den Umständen gezeigt oder verborgen wurde. Ein Mann mittleren Alters, ruhig, freundlich, nicht sonderlich tatkräftig, besaß er doch das, was Armiger brauchte, und dafür erhielt er von Armiger wiederum das, was er selbst am nötigsten brauchte, nämlich Geld. Gleichzeitig war er der Vermögensverwalter von Kitty Norris, deren Vater ein enger Freund von ihm gewesen war. Und Kitty saß jetzt neben ihm, in einem schwarzen Kleid mit weitem Rock, das sie noch jünger erscheinen ließ, eine schimmernde Seidenstola um die Schultern, in der Hand ein halb volles Glas. Das also, dachte George, während er das klare Profil bewunderte, ist das Mädchen, das unseren Dom neulich abends nach Hause gefahren hat. Und Dom sprach über nichts anderes als das Auto. Wie einfach das Leben ist, wenn man so jung ist.

Die dritte Person war eine gut aussehende Frau von fünfundvierzig Jahren, ruhig, mit einem Ausdruck der Resignation auf dem Gesicht. Die Bewegungen ihrer schmalen langen Hände waren anmutig und kraftvoll, ebenso wie ihr Körper in dem streng geschnittenen schwarzen Kostüm. Sie überließ es den Männern, die Unterhaltung zu führen. Intelligente, nüchterne Augen wanderten ohne sonderliche innere Bewegung von einem Gesicht zum anderen. Nur wenn sie Kitty ansah, lächelte sie kurz und bedeutungsvoll, als verbinde sie etwas mit ihr, das die Männer ausschloss. Frauen, die so tüchtig sind wie Ruth Hamilton, die in die Geheimnisse ihrer Arbeitgeber eingeweiht sind, empfinden häufig leichte Verachtung für die Götter, denen sie dienen.

»Seine Sekretärin«, flüsterte eine Männerstimme. »Schon seit zwanzig Jahren. Man munkelt, dass sie nicht nur seine Briefe tippt.«

Auch das war nicht neu. Schon seit zehn Jahren zerrissen sich die Leute darüber die Mäuler. Es war höchstens überraschend, dass man es jetzt noch erwähnenswert fand. Es war schon so lange als Selbstverständlichkeit hingenommen worden, gleichgültig, ob man es glaubte oder nicht, dass es keinerlei Sensation mehr brachte. Das Entstehen des Gerüchts war nicht zu vermeiden gewesen, denn Miss Hamilton hatte nicht nur über das Büro geherrscht, sondern auch den Haushalt der Armigers geführt, seit Mrs Armiger erkrankt war, und das war schon eine Reihe von Jahren her.

Wilson leerte sein Glas. »Jean ist ein feiner Kerl. Aber manchmal frage ich mich, wie Leslie sie überhaupt bemerken konnte, da er doch Miss Norris kannte. Damit will ich keineswegs sagen, dass er einen Fehler gemacht hat, nein. Aber sehen Sie sie an!«

Georges Gedanken hatten sich in ähnlichen Bahnen bewegt, obwohl er Jean Armiger nicht kannte. Junge Männer können sich nicht einmal für das bezauberndste Mädchen begeistern, dachte er, wenn es ihnen von ihrem Vater aufgedrängt wird. Armiger war sicherlich mit der gleichen Haltung an dieses Unterfangen herangegangen wie an alle anderen, gesenkten Hauptes, zum Kampf bereit. Und doch – man brauchte sie nur anzusehen!

Als er gegen zehn Uhr die Bar verließ, drehte er sich noch einmal nach ihr um. Sie saß ganz still und sprach wenig. Obwohl Armiger verschwunden war und Miss Hamilton Anstalten zum Aufbruch machte, saß Kitty reglos. Dann schloss sich die Schwingtür sanft, das schwermütige Gesicht entschwand seinen Blicken. George schlug den Mantelkragen hoch und schlenderte durch die Halle zum Ausgang.

Der alte Bennie Blocksidge, ein drahtiger kleiner Gnom, durchquerte das Foyer mit einem leeren Tablett. Er blieb stehen und nickte in Richtung der Seitentür, die auf den Hof führte.

»Er ist außer Rand und Band heute Abend, Mr Felse.«

Er, das konnte nur Armiger sein. »Ich habe festgestellt, dass er verschwunden ist«, bemerkte George. »Was hat er denn jetzt noch in petto? Man sollte meinen, der Triumph des Abends hätte ihm genügt.«

»Er hat sich gerade mit einer Flasche Champagner unter dem Arm davongemacht, er will irgendjemandem den neuen Tanzsaal zeigen. Das ist der alte Stall auf der anderen Seite des Hofes. Er wollte ihn diese Woche schon eröffnen, aber die Inneneinrichtung ist eben erst fertig geworden. Er ist unheimlich stolz darauf, aber es hat ihn auch eine ganze Stange Geld gekostet.«

Das war also aus Leslies kleiner Wohnung geworden. George trat zur Seite und blickte Ruth Hamilton und Raymond Shelley nach, die das Foyer durchquerten und durch das geöffnete, beschlagene Portal ins Freie traten. Dann hörte er den Motor eines Wagens und sah Shelleys Austin in Richtung Comerbourne davonfahren.

»Er hat uns gesagt, wir sollten ihn nicht stören«, erzählte Bennie schnüffelnd. »Er käme schon wieder, wenn er so weit sei. Für zehn hat er seinen Wagen bestellt, und jetzt ist es zehn. ›Der kann verdammt warten, bis ich fertig bin, und wenn es Mitternacht wird‹, hat er gesagt. Clayton sitzt draußen im Bentley und flucht wie ein Fuhrknecht. Aber das hilft auch nichts. Wenn einem was an seiner Stellung liegt, dann muss man sich eben nach ihm richten, was anderes bleibt gar nicht übrig.«

»Und liegt Ihnen etwas an Ihrer Stellung, Bennie?«

»Mir?«, fragte Bennie grinsend und zuckte die Achseln. »Ich hab' mich dran gewöhnt. Ich schwimme mit dem Strom. Es gibt schlimmere Chefs. Die jungen Kerle sind immer unzufrieden.«

»Na ja, hoffen wir, dass er bald seinen Champagner trinkt und Clayton ihn nach Hause fahren kann.«

»Es war eine große Flasche. Zwei Liter. Typisch.«

»Hm«, machte George. Auch die »Lachende Barfrau« war typisch für Armigers Größenwahn. »Gute Nacht, Bennie.«

»Gute Nacht, Mr Felse.«

George wanderte nach Comerford und erstattete seiner Frau und seinem Sohn einen kurzen Bericht über die Ereignisse des Abends.

»Deine Freundin war auch da, Dom«, sagte er und blinzelte Dominic spitzbübisch zu, der noch über seinen Hausaufgaben saß. Er knipste rasch die Schreibtischlampe aus, um das verräterische Rot, das ihm in die Wangen gestiegen war, zu verbergen. Wie ein Tier, das in höchster Gefahr die Farbe wechselt, sagte er hastig: »Ach wirklich? Hast du den Wagen gesehen? Ist er nicht fantastisch?«

»Den Wagen habe ich mir gar nicht angesehen.«

»Also so was!«, meinte Dominic empört und verzog sich ausnahmsweise ohne Widerspruch in sein Schlafzimmer. Er hatte seinen Eltern von der Fahrt in dem Karmann erzählt, weil er wusste, dass sie, wenn sie es auch nicht selbst gesehen hatten, früher oder später von einem Nachbarn davon erfahren würden. Es war klüger, ihnen gleich seine eigene, zensierte Version zu unterbreiten, und der Wagen kam als Deckmantel gerade recht. Doch wenn sein Vater sich darin gefiel, versteckte Anspielungen zu machen, dann würde sich Dominic künftig in dunkle Ecken verkriechen müssen.

Bunty Felse erwachte kurz nach Mitternacht. Eine seltsame Frage quälte sie. »George«, sagte sie, während er verschlafen und protestierend grunzte, »kannst du dich noch an diese Sängerin in Weston-super-Mare erinnern, die Dom immer zuzwinkerte und so?«

»Hm«, machte George, unwirsch, dass er wegen einer solchen Belanglosigkeit aus dem Schlaf gerissen wurde. »Was ist mit ihr?«

»Na, *das* Mädchen hat er aber bestimmt nicht übersehen.«

»Das konnte er nicht gut«, meinte George, »sie fiel ihm ja fast um den Hals. Ich möchte wissen, wie sie ihn auf die Bühne gekriegt hat? Ich bin direkt rot geworden für ihn.«

»Du schon«, sagte Bunty bedeutungsvoll, »aber er nicht. Tagelang hat er damit geprahlt. Einen netten Käfer hat er sie genannt.«

»Das hat er aus den Büchern, die er liest.«

»Na ja, und diese Kitty Norris ist offenbar tatsächlich ›ein netter Käfer‹. Aber darüber hat er nie etwas gesagt. Warum wohl?«

»Über Geschmack lässt sich streiten«, murmelte George. »Vielleicht findet er nicht, dass sie ein ›netter Käfer‹ ist.«

»Und warum nicht? Jeder findet das. Du auch«, brummte Bunty, die langsam wieder eindöste. Sie zerbrach sich noch immer den Kopf über diese Eigentümlichkeit, als das Telefon neben dem Bett zu läuten begann.

»Verdammt und zugenäht«, schimpfte George und setzte sich auf. Er griff nach dem Hörer. »Was ist denn jetzt wieder los?«

Eine zitternde Stimme quäkte aus dem Telefon. Schließlich erkannte er, dass es Bennie Blocksidge war. »Mr Felse?«, jammerte er. »Oh, Mr Felse, ich weiß nicht, ob ich richtig gehandelt habe, aber mir ist lieber, ich sage es Ihnen, und weil Sie doch in der Nähe wohnen und heute Abend so nett waren, dachte ich, ich würde Sie anrufen. Wir stecken hier in bösen Schwierigkeiten. Es ist der Chef, Mr Armiger. Er ist nicht wieder gekommen. Es war schon nach Lokalschluss, und er kam und kam einfach nicht. Elf Uhr, halb zwölf, und da drinnen brannte immer noch Licht. Und Mr Calverley machte sich Sorgen, na ja, und nach einigem Hin und Her gingen sie rein, um zu sehen, ob alles in Ordnung war –«

»Machen Sie es kurz«, befahl George und angelte sich seine Hausschuhe. »Was ist geschehen? Ich bin schon auf dem Weg. Los, was ist passiert? Sagen Sie es in drei Worten, nicht in dreihundert.«

»Er ist tot«, sagte Bennie. »Im Stall, ganz allein, mausetot, und alles voll Blut.«

3

Der Tod überraschte Armiger in dem Tanzsaal, der so groß war wie eine Arena. Er lag im strahlenden Glanz der neuen Lüster auf dem Bauch, Arme und Beine schlaff gespreizt, die rechte Wange an das schimmernde Parkett geschmiegt. Das grob geschnittene Gesicht war vom Tode unberührt geblieben. Doch seinen Hinterkopf hatte es getroffen, dunkles Blut quoll aus den Verletzungen. Rund um Kopf und Schultern waren Blut und Champagner vergossen, doch nicht in so übertriebener Menge, wie Bennie vorgegeben hatte. Man konnte sich dem leblosen Körper nähern, ohne die Schuhe zu beschmutzen, zumindest von hinten; von hinten, dachte George, der sich über die Leiche beugte, war auch der Tod an Alfred Armiger herangetreten. Es war verständlich, dass der Feind Armigers es vorgezogen hatte, ihm nicht ins Gesicht zu sehen, als er endlich zum Gegenschlag ausholte. Der Flaschenhals lag in der Lache in der Nähe des zerschmetterten Schädels, und auf den wuchtigen Schultern blitzten Glassplitter.

Hier zumindest, dachte George grimmig, bleibt uns das klassische Rätseln zwischen Unfall, Selbstmord oder Mord erspart. Armiger war ermordet worden, daran bestand kein Zweifel.

Er hatte seine Dienststelle in Comerbourne angerufen, bevor er von zu Hause weggegangen war, und hatte nochmals telefoniert, nachdem er einen ersten Blick auf den Tatort geworfen hatte. Dann hatte er sämtliche Umstehenden angewiesen, den Tanzsaal zu verlassen, bis der Sanitätswagen und die Kriminalbeamten eintrafen. Im Augenblick beherrschte ihn nichts weiter als ein Gefühl des Schocks und der Ungläubigkeit darüber, dass so viel Energie mit einem Schlag ausgelöscht werden konnte.

Er trat vorsichtig wieder zurück und sah sich im Raum um. Nichts schien wirklich, es war eine Kulisse, üppig und geschmacklos, vor der sich der Vorhang zu einem Reißer gehoben hatte. Der Stall war offenbar früher die Vorhalle des alten Hauses gewesen. Seine Maße waren wohl ausgewogen. Die von Säulen getragene Decke musste schön gewesen sein, bis Armiger Hand daran gelegt hatte. Die Säulen, die geschwungenen Strebebalken, alles war vergoldet worden, während die Felder zwischen den einzelnen Streben glänzend weiß lackiert waren. Und von der Mitte der Wölbung hingen vier spinnenarmige, moderne elektrische Leuchter. Ihr Licht war erbarmungslos.

Die Wände entlang hatte er eine erhöhte Galerie bauen lassen, mit einem Podium für die Kapelle am einen Ende und einer glas- und chromblitzenden Bar am anderen. Eine breite Treppe schwang sich in groteskem, völlig aus dem Rahmen fallenden barocken Bogen von der Tanzfläche zur Galerie. George war benommen von so viel stilloser Scheußlichkeit. Armer Leslie Armiger, dachte er, niemals würde er die in ihrer Schlichtheit großartige Halle wieder erkennen, die sein Heim hätte werden sollen. Aber er hätte diesen Raum ja sowieso niemals heizen können, und im Winter wäre es hier eiskalt gewesen.

So weit der Tatort. Außer der Leiche störten nur noch zwei Dinge die makellose Ordnung des Raumes. Eine der Gipsstatuetten, welche die Nische neben der Tür zierten, lag zerschmettert am Boden. Ein Grund dafür war nicht zu erkennen, sie lag gut fünfzehn Meter von Armigers Körper entfernt, und abgesehen von den Scherben ließen keinerlei Anzeichen auf einen Kampf schließen. Die zweite Ungereimtheit wirkte seltsam ironisch. Jemand, höchstwahrscheinlich Armiger selbst, hatte zwei Champagnergläser auf den kleinen Tisch neben dem vergoldeten Podium auf der Galerie gestellt. Offenbar hatte er nichts geahnt, war noch immer in Hochstimmung gewesen; doch er war niemals dazugekommen, die Champagnerflasche zu öffnen.

Nachdenklich schritt George die wenigen Meter ab, die die gespreizten Füße in den handgemachten Schuhen vom Fuß der Treppe trennten. Auf dem glänzenden Parkett waren keine Spuren zu sehen. Er musterte die zerbrochene Flasche. Aller Wahrscheinlichkeit nach war sie das Mordwerkzeug gewesen. Bis zu der goldenen Folie am Korken war sie blutverschmiert, und mit bloßem Auge konnte man Spuren seines Haares und seiner Haut am Rand des Flaschenbodens erkennen.

George blickte sich noch ein letztes Mal in dem blendend erleuchteten Tanzsaal um. Dann ging er hinaus zu den drei Männern, die voller Nervosität im Hof warteten.

»Wer von Ihnen hat ihn gefunden?«

»Clayton und ich sind zusammen hineingegangen«, sagte Calverley.

Alle Männer, die Armiger sich als Direktoren seiner Häuser ausgesucht hatte, verband eine gewisse Artverwandtschaft, und plötzlich wusste George auch, was es war: Sie ähnelten alle Armiger. Er wählte Menschen aus, die in ihrer körperlichen und geistigen Veranlagung seiner eigenen Persönlichkeit entsprachen. Calverley war noch relativ jung, untersetzt, doch athletisch wie ein ehemaliger Fußballspieler, ohne ein Gramm überflüssigen Fetts. Er trug einen Schnurrbart, war selbstsicher und zäh. Verständlicherweise hatte ihn seine joviale Gelassenheit im Augenblick im Stich gelassen. Sein Gesicht war aschfahl, und die flinken Augen, geschult, auf Profit und Unannehmlichkeiten gleichermaßen zu achten, verrieten Bestürzung und Sorge darüber, dass ihn diese Sache mehr anging, als ihm lieb war. Es schien, als habe er versucht, das Risiko dadurch zu vermindern, dass er sich einen Genossen suchte. Leute, deren tägliches Leben sich im Schatten Alfred Armigers abspielte, lernten schnell, vorsichtig zu werden.

»Wann war das ungefähr?« Sie konnten ihm die Zeit auf die Minute genau sagen. Über eine Stunde lang hatten sie unablässig auf die Uhr gesehen, darauf gewartet, dass Armiger endlich aufbrechen würde.

»Etwa vier oder fünf Minuten nach Mitternacht«, erwiderte Calverley und befeuchtete die Lippen. Jetzt war es noch nicht ein Uhr. »Wir hatten ausgemacht, bis Mitternacht zu warten. Deshalb wissen wir die Zeit so genau. Wir haben seit Lokalschluss auf ihn gewartet, aber er wollte ja nicht gestört werden. Aber so gegen halb zwölf begannen wir uns Gedanken zu machen, ob wirklich alles in Ordnung war, und wir einigten uns, ihm noch bis zwölf Zeit zu geben und dann hineinzugehen. Das haben wir getan. Punkt zwölf gingen wir raus und direkt hier herüber.«

»Waren alle Lichter an, so wie jetzt? Haben Sie nichts berührt? War die Tür offen oder geschlossen?«

»Geschlossen.« Clayton suchte nach einer Zigarette und riss ein Streichholz an. Ein schlanker, drahtiger Mann undefinierbaren Alters, der mit sechzig wahrscheinlich noch genauso aussehen würde wie in diesem Moment. Aschblondes Haar, eine schmale Stirn, intelligente, harte Augen, die Georges Blick nicht auswichen. Seine Hände zitterten nicht. »Ich trat zuerst ein. Ich machte die Tür auf. Ja, die Lichter brannten. Dann sahen wir ihn. Wir haben überhaupt nichts angerührt. Wir gingen nur ein wenig näher an ihn heran und stellten fest, dass er tot war. Dann rannte ich ins Haus zurück, um Bennie zu sagen, er solle die Polizei anrufen. Mr Calverley wartete an der Tür.«

»Hat irgendjemand Mr Armiger gesehen, nachdem er in den Tanzsaal gegangen war?« George blickte den alten Bennie an, der fröstelnd im Hintergrund stand.

»Nicht dass ich wüsste, Mr Felse. Vom Haus war niemand hier drüben. Als er den Champagner und das Eis geholt hatte, ging er weg und kam nicht wieder. Ich sah ihn zur Seitentür hinausgehen. Sie wissen doch, Mr Felse, Sie kamen gerade ins Foyer.«

»Ich weiß«, bestätigte George. »Haben Sie eine Ahnung, wer der Mann war, dem er den Tanzsaal zeigen wollte? Sie haben ihn wohl nicht gesehen?«

»Nein, er war nicht bei ihm, als ich ihn weggehen sah.«

»Und er sagte ausdrücklich, dass er nicht gestört werden wolle?«

»Nun –«, Bennie zögerte. »Mr Armiger gab immer klare Anweisungen, wissen Sie. Es war nichts Besonderes.«

»Können Sie sich noch an seine Worte entsinnen? Versuchen Sie's. Diese Verabredung interessiert mich.«

»Also, ich sage zu ihm: ›Mr Clayton ist mit dem Wagen da.‹ Und er sagt: ›Dann kann er, verdammt noch mal, warten, bis ich so weit bin, und wenn es Mitternacht wird. Ich geh' nur rüber, um einem Freund den Tanzsaal zu zeigen. Er behauptet, es interessiert ihn, was man aus so einem Raum machen kann, wenn man das nötige Kleingeld dazu hat. Und ich möchte nicht, dass uns jemand stört. Ich komm' zurück, wann ich Lust dazu habe. Früher nicht.‹ Und dann ist er gegangen.«

»Aber er machte keinen erregten oder ärgerlichen Eindruck?«

»O nein, Mr Felse. Er war richtig aufgekratzt. Na ja, wie schon den ganzen Abend. Sie haben ihn ja selbst getroffen.«

»Komisch, dass er keinen Namen nannte.«

»Mit so viel Geld«, erklärte Clayton mit seiner kühlen Stimme, »konnte er es sich leisten, komisch zu sein.«

»Er lachte sich halb tot«, erzählte Bennie. »Als er sagte, er wollte jemandem den Tanzsaal zeigen, war er vor Vergnügen ganz außer sich.«

»Irgend jemand muss den Mann gesehen haben«, meinte George. »Wir werden mit dem anderen Personal sprechen müssen, aber diejenigen, die nicht im Haus wohnen, sind wohl längst nach Haus gegangen, was?« Sobald die Leiche abgeholt worden war, musste mit den Verhören begonnen werden. »Wohnen außer Ben noch andere Angestellte hier?«

»Zwei Kellner und zwei Mädchen«, erklärte Calverley. »Sie sind noch auf. Ich dachte mir, man würde sie brauchen, obwohl ich nicht glaube, dass sie etwas wissen. Meine Frau ist auch noch auf.«

»Gut. Wir wollen sie alle so bald wie möglich zu Bett gehen lassen.« Er hörte mehrere Autos von der Straße abbiegen. »Da sind sie schon. Machen Sie doch bitte das Licht an, Bennie! Und dann, glaube ich, könnten Sie drei zu den anderen gehen, die drinnen im Haus warten.«

Sie zogen sich dankbar zurück. Der Leichenwagen polterte in den Hof, gefolgt vom Wagen des Chefinspektors Christopher Duckett. Der Fall Armiger geriet ins Räderwerk der Landeskriminalpolizei. Es war ein Beweis für die zwingende Macht des Verstorbenen, dass der Chef selbst sich aus seinem Bett bequemt hatte. Höchstens ein Mord an seinem Vorgesetzten hätte ihn mehr konsterniert. Zum Schutz gegen die Nachtkühle in einen dicken Mantel gehüllt, beugte er sich über die Leiche.

»Eine verdammte Geschichte, George. Als Sie mich anriefen und mir Bescheid gaben, dachte ich, entweder bei mir oder bei Ihnen sei eine Schraube locker.«

»So ähnlich ist es mir auch gegangen«, bestätigte George. »Aber es ist leider keine Einbildung.«

Chefinspektor Duckett untersuchte eingehend den Tatort, nahm die Leiche und das Mordwerkzeug in Augenschein und sprach kein Wort, bis der Arzt sich über den leblosen Körper beugte und vorsichtig den verletzten Schädel untersuchte. »Wie viele Schläge?«, erkundigte sich Duckett knurrend.

»Mehrere. Ich kann es noch nicht bestimmt sagen, aber sechs oder sieben mindestens. Die letzten wahrscheinlich, als er schon tot war.«

»Und ich dachte immer, wenn überhaupt, würde er mal am Schlaganfall sterben«, bemerkte Duckett. »Wie lange ist er tot?«

»Würde sagen, spätestens seit halb zwölf, vielleicht länger. Später kann ich's Ihnen genauer sagen, aber sagen wir, die Zeit zwischen Viertel nach zehn und halb zwölf käme als Todeszeit in Frage. Die meisten Schläge wurden geführt, während er hier an dieser Stelle lag. Offenbar lag er ganz still.«

»Aha. Der erste hat ihm wohl das Bewusstsein geraubt, und dann hat der Angreifer wie ein Wahnsinniger drauflosgeschlagen, um sicherzugehen, dass Armiger nie mehr aufstehen würde.«

»Nein, nicht wie ein Wahnsinniger. Die Schläge sind zu genau. Jeder sitzt. Man könnte vielleicht sagen, der Schläger war in einem Rausch. Er schlug weiter zu, auch als es längst nicht mehr nötig war.«

»Ja, sieht ganz danach aus. Er hat erst aufgehört, als die Flasche zerbrach. Eigenartig, dass sie nicht schon früher zerbrochen ist. George, von diesen Einzelheiten wird nichts verlautbart«, wandte sich Duckett an George. »Tot, ja. An Kopfwunden, so weit müssen wir schon Farbe bekennen, aber das Übrige behalten wir vorläufig für uns. Ich werde selbst eine Erklärung abgeben. Schicken Sie die Reporter zu mir. Und geben Sie den Männern, die ihn gefunden haben, Bescheid. Ich möchte, dass nichts von dieser Sache an die Öffentlichkeit dringt, bevor ich nicht selbst klar sehe.«

»Gut«, meinte George. »Können Sie mit dieser zerbrochenen Statuette etwas anfangen?«

Duckett trat einen Schritt näher und starrte stirnrunzelnd darauf nieder. Dann nahm er die unversehrte Statuette und grunzte verwundert über das geringe Gewicht. Er drehte sie um und betrachtete sie voller Missfallen. »Talmi, wie alles hier.« Er stellte die Figur wieder an ihren Platz und rüttelte versuchsweise an dem Sockel darunter. Die Statuette stand fest auf ihrem breiten Sockel und wackelte nicht einmal. »Die fällt nicht mal runter, wenn daneben die Wand einbricht. Man muss sie schon hinunterstoßen. An den Scherben sind keine anderen Spuren festzustellen, es ist nichts geworfen worden. Keine abgesprungene Farbe. Na, und eigentlich hätte das Ding ja in leichtem Bogen herunterfallen müssen, sodass es ein Stück von der Wand entfernt zu liegen gekommen wäre. Aber es liegt ja direkt an der Wand. Vielleicht ist das völlig nebensächlich, vielleicht auch nicht. Machen Sie ein Foto, Loder. Fingerabdrücke kriegen wir da sowieso nicht, die Oberfläche ist zu rau, aber Johnson soll es trotzdem mal versuchen.« Der Fotograf, der Armigers Leiche aus allen Blickwinkeln aufnahm, nickte geistesabwesend.

»Die Champagnergläser«, bemerkte George.

»Ich hab' sie gesehen. Wessen Fingerabdrücke wir darauf feststellen werden, ist nicht schwer zu erraten. Es wäre ja ein Wunder, wenn auch noch andere darauf zu finden wären. Höchstens die von dem Mädchen, das die Gläser abgetrocknet hat. Na ja, trotzdem werden wir es prüfen. Die Tür natürlich,

Johnson, sämtliche möglichen Flächen, das Treppengeländer und die Scherben da.«

»Wer immer auch die Flasche in der Hand gehalten hat«, meinte George, »muss Blutflecken abbekommen haben. Schuhe und Hose müssen bespritzt gewesen sein, wenn auch vielleicht nicht so auffallend, dass es Aufmerksamkeit erregt hätte. Ich würde sagen, er stand auf dieser Seite. Er hat sorgfältig darauf geachtet, nicht in die Blutlachen zu treten. Zwischen der Leiche und der Tür sind keinerlei Spuren.«

»Hm«, sagte Duckett unzufrieden. »Erzählen Sie mir, was Sie wissen.«

George gab ihm einen raschen Bericht und erwähnte auch seine kurze Unterhaltung mit Bennie an diesem Abend.

»Und die anderen beiden? Was haben sie zwischen zehn und zwölf getan?«

»Clayton saß vorn im Auto, als ich ging. Das wird kurz nach zehn gewesen sein. Er behauptet, er habe den Wagen gegen zwanzig nach zehn in den Hof gefahren, da Armiger nicht kam, und er war bis zum Geschäftsschluss im Lokal. Das ist alles. Von halb elf bis elf wartete er beim Wagen. Aber sein Chef erschien noch immer nicht. Dann forderte ihn Calverley auf, zu ihm ins Wohnzimmer zu kommen, und dort saß er dann mit Calverley und seiner Frau bis zwölf Uhr herum. Die Aussagen der drei stimmen überein. Bennie räumte zusammen mit den anderen Kellnern auf und passte auf, ob Armiger zurückkam, damit er Clayton Bescheid geben konnte. Gegen halb zwölf wurden Calverley und Clayton unruhig. Sie sind alle gewohnt, das zu tun, was Armiger sagt, und zwar ohne viel Hin und Her. Andererseits erwartete aber Armiger von ihnen auch, dass sie automatisch zur Stelle sein sollten, wenn etwas nicht so verlief, wie er es sich vorgestellt hatte. Sie waren in einer Zwangslage, denn höchstwahrscheinlich würde gerade das, was sie taten, falsch sein. Es fragte sich also, was falsch sein würde: wenn sie ihn störten, obwohl er es sich ausdrücklich verbeten hatte, oder wenn sie weiter warteten, obwohl er vielleicht ihre Anwesenheit wünschte. Ich möchte nicht sagen, dass sie sich Sorgen um ihn machten, aber sie wurden allmählich unsicher und wussten nicht, wie sie sich eigentlich verhalten sollten. Als es dann zwölf Uhr war, beschlossen sie, das Risiko auf sich zu nehmen. Und sie gingen zusammen hinein und fanden ihn so vor. Lediglich für die Zeit zwischen halb elf und elf können sie nicht füreinander einstehen, aber ich nehme an, dass Ihnen das Hauspersonal ziemlich genau sagen kann, was Calverley während dieser Zeit getan hat. Clayton kann sich natürlich unbeobachtet draußen herumgetrieben haben. Ich hatte noch keine Gelegenheit, die anderen zu vernehmen, aber sie warten auf mich.«

»Da müssen wir eine Menge Mäuler stopfen«, meinte Duckett. »Ich bin überzeugt, dass die drei schon alles brühwarm berichtet haben.«

»Das bezweifle ich. Sie dürfen nicht vergessen, dass das Lokal erst heute Abend eröffnet wurde und dass die Angestellten, ausgenommen Bennie, sowohl untereinander als auch hier in der Gegend noch fremd sind. Wenn Fremde in so eine Sache verwickelt werden, halten sie, glaube ich, lieber den Mund als viel darüber zu reden. Letzten Endes kann ja die Person, die neben einem sitzt, der Mörder sein.«

»Also, dann knöpfen Sie sich die Leute jetzt vor. Wenn wir hier fertig sind und die Leiche weggebracht ist, lasse ich Sie hier, um die Stellung zu halten, George. Rufen Sie mich früh am Morgen an, dann schicke ich eine Ablösung.«

»Wenn es Ihnen nichts ausmacht«, entgegnete George, »möchte ich den ganzen Tag Dienst machen.« Ihm war es lieber, die kommende Nacht ungestört zu schlafen, als bei Tag im Bett zu dösen. »Soll ich Armigers Rechtsanwalt anrufen, oder tun Sie das?«

»Cui bono?«, fragte Duckett geistesabwesend. »Das übernehme ich. Sie befassen sich mit den Leuten hier, und ich schicke Ihnen Grocott, damit er Ihnen bei der Einvernahme des übrigen Personals hilft, wenn er morgen früh eintrudelt. Und machen Sie mir eine Liste, wer heute Abend alles da war.«

George verließ den Saal, um die verschreckten Mädchen und Kellner zu vernehmen, ebenso wie die hübsche Blondine, die Mrs Calverley war. Das Verhör erbrachte, ganz wie er erwartet hatte, reichlich wenig, doch immerhin konnte er aus dem bedrückenden Schweigen den Schluss ziehen, dass seine Voraussage sich bewahrheitet hatte und alle sich lieber schweigend ihr Teil gedacht hatten. Mit viel Mühe stellte er einen Bericht darüber zusammen, was Armiger während der letzten ein bis zwei Stunden seines Lebens unternommen hatte. Kurz vor zehn, so erzählte Mrs Calverley, hatte einer der Kellner – ein junger Mann namens Turner, der in Comerford wohnte – die Bar betreten und Mr Armiger eine Nachricht überbracht. Armiger hatte sich bei seinen Freunden entschuldigt und war dem Kellner hinausgefolgt. Wenige Minuten später war er zu der kleinen Gruppe zurückgekehrt, hatte sich kurz mit ihnen unterhalten und war dann wieder verschwunden. Es hatte den Anschein, als sei dies der Augenblick gewesen, in dem der unbekannte Freund ankam, dem er den Tanzsaal zeigen wollte. Denn gleich darauf holte er sich eine große Flasche Champagner und steuerte auf die Seitentür zu. Unterwegs traf er Bennie, gab ihm Anweisungen im Hinblick auf Clayton und den Wagen und ging. Danach hatte ihn niemand mehr lebend zu Gesicht bekommen.

Als George schließlich den letzten Angestellten vernommen hatte, war es fast Morgen. Längst hatte der Leichenwagen den Toten fortgebracht, wenn auch Johnson im Tanzsaal noch immer unermüdlich nach Fingerabdrücken suchte. George eilte nach Hause, nahm ein Bad und frühstückte. Nach kurzer, sorgenvoller Unterhaltung mit Bunty machte er sich schleunigst wieder auf den Weg, um nicht Dominic in die Arme zu laufen, der ihn erbarmungslos mit Fragen bombardiert hätte.

Er suchte die Pension auf, wo der Kellner Turner wohnte, und fand den jungen Mann in seinem Zimmer, halb angezogen und noch nicht rasiert. Turner stammte aus London. Sein Gesicht war ungesund blass, wie die Gesichter der meisten Großstädter, er war dünn, mit scharfem Blick, und offenbar nicht sonderlich begeistert von Comerford. Lange würde er es hier nicht aushalten. Das Schicksal der Leute, die in den Fall verwickelt waren, würde ihn wenig berühren, denn er kannte sie ja nicht, und auch der Besuch der Polizei beunruhigte ihn weniger, als er ihn neugierig machte.

Ja, erzählte er, kurz vor zehn, er könne die Zeit nicht genau sagen, habe er das Foyer durchquert, als ein junger Mann zur Tür hereingekommen sei, ihn aufgehalten habe und nach Mr Armiger gefragt habe. Er habe seinen Namen nicht genannt, sondern ihn lediglich beauftragt, Mr Armiger zu fragen, ob er ein paar Minuten Zeit habe, die Angelegenheit sei wichtig und würde ihn nicht lange aufhalten. Er hatte die Nachricht überbracht, und Mr Armiger war hinausgegangen ins Foyer, wo der Besucher auf ihn wartete. Danach hatte Turner die beiden nicht mehr gesehen, weil er wieder in den Speisesaal zurück musste. Auf Georges Frage, ob er den jungen Mann kenne, erwiderte er, er kenne überhaupt keinen Menschen hier, da er soeben erst angekommen sei. Könnte er ihn wenigstens beschreiben? Nun, er war nichts Besonderes. Jung, vielleicht fünf- oder sechsundzwanzig, dunkler Mantel und grauer Anzug. Kein Hut. Nicht übermäßig groß, braunes Haar, keinerlei Besonderheiten. Aber er würde ihn wieder erkennen. Auch auf einer Fotografie? Hm, wahrscheinlich schon, aber Fotos täuschten manchmal. Er könne es versuchen. Wozu überhaupt? Worum handelte es sich denn überhaupt? Was war geschehen?

George berichtete ihm rasch und schonungslos. Turners Gesicht zeigte keine Regung, nur seine Augen weiteten sich ein wenig, aber weder Furcht noch Argwohn standen in ihnen, nur Neugier und Sensationslust.

»Weiter«, forderte er George mit unverhohlenem Vergnügen auf. »Das ist ja toll.« Mit dem Mord an Armiger hatte der Kellner nach Georges Ansicht nichts zu tun. »Glauben Sie, dass es der Mann getan hat, den ich gesehen habe?«

»Es ist nur eine von vielen Spuren«, erwiderte George trocken. »Ich versuche lediglich, die Ereignisse des Abends lückenlos zu rekonstruieren. Wann sind Sie gestern Abend nach Hause gegangen?«

»Gegen zwanzig vor elf.« Der Gedanke, dass man auch von ihm ein Alibi fordern könne, hatte seine Selbstsicherheit nicht im Geringsten erschüttert. »Ich war noch vor elf Uhr hier. Meine Wirtin kann das bestätigen. Außerdem bin ich nicht allein heimgegangen, sondern Stokes, einer von den Kellnern, der auch hier in der Stadt bei Mrs Lewis wohnt, hat mich begleitet. Das ist ja wirklich toll«, murmelte er und pfiff durch die Zähne.

George stieg die düstere Treppe hinunter und machte sich auf den Weg zur »Lachenden Barfrau«. Er rief Duckett an, gab ihm einen kurzen Bericht über das Verhör und sein mageres Ergebnis und stellte dann mit Bennie Blocksidges Hilfe eine Liste aller Leute zusammen, die bei der Eröffnungsfeier zugegen waren.

Als sie schließlich mit vereinten Kräften ein Verzeichnis fertig gestellt hatten, das ihrer Meinung nach ziemlich vollständig sein musste, trafen Grocott und Price ein. George versah sie mit einer Namensliste aller Personen, deren Verhör ihm aussichtsreich schien, und rief dann Duckett wieder an. Die Frage »cui bono?« lag ihm noch immer auf dem Herzen, und vielleicht hatte Duckett sich bereits mit dem Rechtsanwalt in Verbindung gesetzt. Hatte Armiger seinen Sohn tatsächlich enterbt, oder hatte er ihm nur damit gedroht, in der Hoffnung, ihn gefügig zu machen? Vielleicht war es nur eine Laune gewesen, vielleicht hatte er seinen Sohn strafen, ihn fühlen lassen wollen, wie bitter die Armut schmeckte, um ihn später als reuigen Sünder wieder aufzunehmen.

Mit seiner Frau, der ehemaligen Stenotypistin, die ihn unablässig daran erinnert hätte, dass er als Vater eine Niederlage erlitten hatte? Nein, das war eigentlich kaum denkbar. Es stand hundert zu eins, dass Leslie Armiger im Testament seines Vaters gar nicht oder allenfalls auf höchst demütigende Weise bedacht wurde. Armigers Frau aber war schon seit einigen Jahren tot, und er hatte keine anderen Kinder. Das bedeutete demnach, dass irgendjemandem ganz unverhofft ein Vermögen in den Schoß gefallen war. Armiger hatte sein Reich bestimmt nicht unter verschiedenen Erben aufgeteilt. Und es war auch nicht mit seinem Charakter zu vereinbaren, dass er die Enterbung vielleicht aufgeschoben hatte, um darüber nachzudenken. Er hatte niemals lange nachgedacht, sondern war sogleich zum Angriff übergegangen.

»Ich habe mit Hartley gesprochen«, berichtete Duckett. »Auf den ersten Blick wird uns das Testament nicht viel weiterhelfen, aber es ist interessant. Höchst interessant. Er hat sein altes Testament vernichtet und am selben Tag, als er seinen Sohn hinauswarf, ein neues diktiert. Der Junge wird nicht einmal erwähnt. Sein Vater hat ihn offenbar als tot betrachtet.«

»Ich wette, dass er sein Vermögen nicht geteilt hat, stimmt's?«

»Stimmt. Sein ganzes Leben lang ist es sein Bestreben gewesen, seine Hausmacht zu vergrößern, und er wollte vermeiden, dass sein Reich sich nach seinem Tod auflöst. Natürlich hat er seinen Angestellten Legate hinterlassen, aber die sind ganz unerheblich. Für solche Beträge würde man nicht einmal eine Fliege töten. Ich glaube nicht, dass er aus Geiz so kleinlich war, sondern lediglich aus dem Instinkt heraus, sein Reich zusammenzuhalten. Sein ganzes Vermögen also, abgesehen von den Legaten, hat er – nun, können Sie erraten, wem er es hinterlassen hat?«

»Kaum«, erwiderte George. »Ich habe keinen Schimmer. Er hat wohl nicht zufällig die Möglichkeit in Betracht gezogen, dass ihm Enkel beschert werden könnten, und sein Vermögen bis zu ihrer Volljährigkeit einem Treuhänder anvertraut?«

»Keine Spur. Die Dynastie ist ausgelöscht. Er macht einen neuen, außerordentlich überraschenden Anfang. Also, George, alleinige Erbin ist Katherine Norris. Was sagen Sie dazu?«

4

Ja, was sagte George dazu? Wollte Armiger mit dem Testament seinen Sohn kränken? War es seine Reaktion darauf, dass Leslie Kitty Norris verschmäht und eine andere geheiratet hatte? Beabsichtigte er, Leslie besonders hart zu treffen, indem er das, was eigentlich seinem Sohn zustand, ausgerechnet dem Mädchen vermachte, das dieser verschmäht hatte? Ein Trost für Kitty sollte es sicher nicht sein. So plump war Armiger nicht, selbst wenn er wütend war. Oder steckte mehr dahinter? Auf jeden Fall war dieser Schritt dazu bestimmt, die beiden Imperien Norris und Armiger zu vereinigen und das Zepter an Kitty weiterzureichen. Aber war dieses Testament nicht vielleicht ein Schachzug gewesen, der noch zu seinen Lebzeiten ein ganz bestimmtes Ergebnis hätte zeitigen sollen? Hatte er Kitty seinen guten Willen beweisen wollen, um eine Fusion zu Stande zu bringen, die ihm am Herzen lag, die jedoch bis jetzt gescheitert war? Sollte Kitty dahingehend beeinflusst werden, dass sie einer Vereinigung der beiden Reiche zustimmte, die Armiger zeit seines Lebens beherrschen wollte, um sie nach seinem Tod an Kitty zu übergeben? Als Leslie für ihn nicht mehr existierte, dürfte es Armiger nicht schwer gefallen sein, seinen ganzen Besitz Kitty zu vermachen, da nahe Verwandte nicht vorhanden waren und er sein Geld nicht mitnehmen konnte. Irgendjemandem musste er es hinterlassen, warum also nicht Kitty, wenn sie mit Rücksicht darauf möglicherweise einer sofortigen Fusion zustimmte?

Angenommen, es bestand tatsächlich von Armigers Seite der

Vorschlag zu einer Fusion, dachte George, und die Norris-Brauerei verhielt sich zurückhaltend – das war verständlich, denn wenn die beiden Unternehmen erst einmal vereinigt waren, würde Armiger zweifellos absolut herrschen –, würde dann nicht gerade dieses Testament einen nicht zu verachtenden Trumpf in Armigers Hand darstellen? Was hatte er denn zu verlieren? Wenn sein Plan nicht verfing, konnte er dieses Testament ebenso gut vernichten wie das vorhergehende. Es war durchaus einen Versuch wert. Im Allgemeinen bekam Armiger das, was er wollte, deshalb war auch seine Reaktion in dem einen Fall, da ihm dies nicht gelungen war, so heftig und endgültig.

George ging zu seinem Wagen, setzte sich hinter das Steuer und überlegte seine nächsten Schritte. Seltsam eigentlich, dass der alte Norris die rechte Hand Armigers zum Treuhänder seiner Tochter gemacht hatte. Aber die drei Männer waren gute Freunde gewesen, und niemand hatte je Raymond Shelleys Integrität angezweifelt. Er hatte keine Ahnung, ob das treuhänderische Verhältnis jetzt, da Kitty volljährig war, aufgelöst worden war. Es gab eine Menge nicht unerheblicher Dinge, über die er nichts wusste, und eigentlich hatte er auch kein Recht, darüber Erkundigungen einzuziehen. Nur an eine einzige Person konnte er sich mit vollem Recht wenden, um Auskünfte über Kitty Norris einzuholen, und das war Kitty selbst. Sie war am Vorabend in der »Lachenden Barfrau« gewesen, hatte sich mit Armiger unterhalten, kurz bevor er verschwunden war, um mit seinem neuesten Spielzeug zu prahlen. Früher oder später musste George mit ihr sprechen. Entschlossen ließ er den Motor an und fuhr zu ihr.

Kitty besaß eine Wohnung in einer ruhigen Straße Comerbournes, nicht weit vom Zentrum entfernt. Obwohl die Straße vom Geschäftsverkehr verschont war, dauerte es eine Weile, ehe er einen Parkplatz für den Morris gefunden hatte. Der rote Karmann-Ghia stand brav am Randstein. Kitty war also zu

Hause. Es war fast Mittag. Als sie ihm die Tür öffnete, schaute sie ihn verwundert an.

»Mein Name ist Felse«, erklärte George. »Ich bin Polizeibeamter, Miss Norris.« Der verwirrte Ausdruck verschwand so schlagartig, und sie wich so bereitwillig zur Seite, um ihn hereinzulassen, dass er merkte, sie wusste Bescheid. »Sie haben wohl die traurige Nachricht schon erfahren?«

»Mr Shelley hat mich angerufen. Kommen Sie herein, Mr Felse.«

Sie musterte ihn ein wenig neugierig, und, so glaubte er zu wissen, diese Neugier bezog sich weniger auf sein Amt als auf seine Persönlichkeit. Er war Mensch und Mann genug, um sich durch ihre Aufmerksamkeit geschmeichelt zu fühlen. Es gibt genug Leute, die einem nicht gerade ins Gesicht sehen können, selbst wenn sie nichts zu verbergen haben. Kitty jedoch, dachte George, würde jedem Blick standhalten, auch wenn sie ein schlechtes Gewissen hatte. Das entsprach ihrem Charakter, und sie konnte nichts dagegen tun.

»Ich führe die Ermittlungen über Mr Armigers Tod, und es bestehen gewisse Unklarheiten, zu deren Klärung Sie, glaube ich, beitragen könnten. Ich werde Sie nicht lange aufhalten.«

»Ich habe sowieso nichts vor«, erwiderte sie und führte ihn in ein großes, in Pastellfarben gehaltenes Zimmer, das von der Sonne durchflutet war. »Bitte, setzen Sie sich, Mr Felse. Darf ich Ihnen etwas zu trinken anbieten?« Sie blickte ihn mit einem kleinen, traurigen Lächeln an. »Es klingt wie der Anfang eines Kriminalromans von Raymond Chandler, nicht wahr? Aber ich wollte sowieso ein Glas Sherry trinken. Außerdem sind Sie ja kein Privatdetektiv.«

»Nein«, sagte George. Es lief gar nicht so, wie er erwartet hatte, aber er wollte nichts forcieren. Häufig ergaben sich interessante Dinge, wenn man sich begnügte, die Unterhaltung treiben zu lassen.

»Ich hoffe, Sie mögen ihn trocken«, meinte Kitty. »Etwas anderes habe ich nicht da.« Die Hand, die ihm das Glas bot, war nicht ganz ruhig. Aber warum sollte sie unter diesen Umständen nicht zittern?

»Danke. Es muss ein schwerer Schock für Sie gewesen sein, Miss Norris. Ich meine Mr Armigers Tod.«

»Ja«, sagte sie leise und setzte sich ihm unmittelbar gegenüber. »Mr Shelley und Miss Hamilton haben mich angerufen. Ich wollte es nicht glauben. Sie wissen doch, was ich meine. Er war voller Leben. Ob man ihn nun mochte oder nicht, ob man seine Handlungsweise billigte oder nicht, man kann sich die Welt ohne ihn nicht vorstellen. Er hatte auch bewundernswerte Züge, wissen Sie. Er war tapfer und mutig. Bei seiner Geburt besaß er nichts, aber er nahm den Kampf auf, um das zu erreichen, was er erreicht hat. Und selbst als er so viel besaß, kannte er keine Furcht. Viele Menschen lernen die Angst kennen, wenn sie etwas zu verlieren haben, aber er fürchtete nichts. Er konnte auch großzügig sein – manchmal. Und Humor hatte er. Er schämte sich nicht, mit Kindern zu spielen, als sei er selbst ein Kind, obwohl in ihm doch eigentlich gar nichts Kindliches mehr steckte. Vielleicht kam das daher, dass Kinder für ihn williges Spielzeug waren, leicht zufrieden zu stellen und niemals aus Prinzip oder Überzeugung widerspenstig wie Erwachsene. Damals war es so leicht, mit ihm auszukommen. Und später wurde es so schwer.« Sie starrte in ihr Glas, und George bemerkte zum ersten Mal, was Dominic schon vor ihm gesehen hatte: die unauslöschliche Traurigkeit in ihrem Gesicht. Und wie Dominic verwirrte und fesselte sie ihn. Das Geheimnis ihrer Einsamkeit und Zurückgezogenheit schlug ihn in ihren Bann.

Sie lebt, dachte er, als sei ihr Weg vorgeschrieben, als bedeute ihr eigener Wille nichts, da er sich lange schon einem fremden Einfluss gebeugt hatte, der über sie verfügte. Nicht Armigers Einfluss, sonst hätte sie nicht so von ihm sprechen können. Vielleicht überhaupt keines Menschen Einfluss, sondern einfach eine Flut der Ereignisse, die sie mitgerissen hatte und der sie sich anvertraute, weil sie keine andere Wahl hatte.

»Wir haben alle Fehler«, sagte George und bemühte sich, ebenso einfach zu sprechen wie sie, ohne belehrend zu wirken. »Mir gefällt, was Sie eben über ihn gesagt haben.«

»Ich hätte viel gegen ihn vorzubringen«, entgegnete sie. »Deshalb möchte ich gerecht sein. Wenn ich Ihnen irgendwie helfen kann, tue ich das selbstverständlich gern.«

»Sie waren gestern zumindest für einen Teil des Abends mit ihm zusammen. Gegen zehn Uhr, so berichtete mir einer der Kellner, bat jemand Mr Armiger um eine kurze Unterredung, und Mr Armiger ging hinaus. Er kam gleich wieder zurück, wechselte einige Worte mit Ihnen und den anderen Personen, die an Ihrem Tisch saßen, und verschwand wieder. Ist das richtig?«

»Ich habe nicht auf die Uhr gesehen«, versetzte sie, »aber ich glaube, es stimmt. Ja, er kam zum Tisch und bat uns, ihn eine Viertelstunde zu entschuldigen, weil er mit jemandem sprechen wolle. Er wäre gleich wieder zurück und hoffe, dass wir auf ihn warten würden.«

»Ist das alles? Hat er keinen Namen erwähnt?«

»Nein, das ist alles. Er ging, und dann sagte Ruth, dass sie ebenfalls gehen müsse, weil sie einen Anruf von ihrer Schwester aus London erwarte und versprochen habe, pünktlich um Viertel vor elf zu Haus zu sein. Das ist Miss Hamilton, Mr Armigers Sekretärin. Mr Shelley hatte sie gebracht, und deshalb musste er mit ihr zusammen aufbrechen. Ich wollte erst warten, aber das habe ich dann doch nicht getan. Ich war müde und wollte bald ins Bett. Es muss ungefähr Viertel nach zehn gewesen sein, als ich mich auf den Heimweg machte. Vielleicht hat mich jemand gesehen. Mein Auto ist ziemlich auffallend.«

Ja, Clayton hatte sie gesehen, als er im Bentley seines Chefs wartete und fluchte. Fünf Minuten bevor er den Wagen wieder in den Hof gebracht hatte, war Kitty weggefahren. Er hatte beobachtet, wie sie den Wagen vom Parkplatz geholt und die Richtung nach Comerbourne eingeschlagen hatte.

»Aha«, bemerkte George. »Dann waren Sie also kurz nach halb elf zu Hause.«

»Oh, wahrscheinlich schon früher. Ich brauche höchstens zehn Minuten. O Gott!« Kitty schlug die Hand vor den Mund. »Das hätte ich Ihnen gar nicht erzählen sollen, nicht wahr?«

»Mit Bleistift und Papier bin ich hilflos. Ich kann es nicht ausrechnen«, beruhigte George sie lächelnd. Doch selbst wenn einen dieses Mädchen zum Lachen brachte, war man innerlich dem Weinen viel näher, und das ohne ersichtlichen Grund. Armigers Tod hatte ihr Herz nicht gebrochen. Sie war vielleicht erschüttert, aber es war nicht der Ausdruck der Erschütterung, der selbst ihr Lächeln beherrschte.

»Darf ich Ihnen einige persönliche Fragen stellen, Miss Norris? Sie mögen Ihnen unerheblich scheinen, doch ich glaube, dass ihre Beantwortung mir helfen wird.«

»Bitte«, forderte Kitty ihn auf. »Aber wenn es sich um geschäftliche Dinge handelt, dann werde ich wohl die Antworten selbst nicht wissen.«

»Soviel ich weiß, hat Ihr Vater bei seinem Tod sein Vermögen einem Treuhänder anvertraut, da Sie damals noch ein Kind waren. Können Sie mir sagen, ob dieses treuhänderische Verhältnis mit Ihrer Volljährigkeit gelöst wurde?«

»Ja«, antwortete sie leicht erstaunt. »Ich kann mit meinem Geld tun und lassen, was ich will. Man kann mich nur beraten. In Wirklichkeit geht alles so weiter wie bisher, aber das ist die rechtliche Lage.«

»Wenn also die Frage einer Fusion zwischen Armiger und Norris aufgeworfen worden wäre, hinge die Entscheidung allein von Ihnen ab?«

»Ja«, erwiderte sie so ruhig, dass er wusste, sie hatte erkannt, was hinter seiner Frage steckte. »Er strebte eine Fusion an«, erklärte sie. »Schon seit einiger Zeit. Die Leitung unseres Unternehmens hielt nicht viel davon, aber er war hartnäckig, und ich glaube, dass er am Ende seinen Willen durchgesetzt hätte. Aber bis jetzt war noch kein Schritt in dieser Richtung getan worden.«

»Und wie hätten Sie sich entschieden?«

»Ich wollte gar nicht entscheiden. Ich wollte nichts davon wissen, wollte überhaupt nicht darüber nachdenken. Ich hätte ihm gern zugestimmt, aber letzten Endes arbeiten bei uns eine Menge Leute, und für sie bedeutet es mehr als für mich. Es ist belastend, wenn man etwas besitzt, was für andere Menschen eine größere Rolle spielt als für einen selbst. Wenn ich wüsste, wie man vorgehen muss, oder wenn ich Ray Shelley dazu bringen könnte, mich zu verstehen, dann würde ich es diesen Menschen geben.«

»Dieser Gedanke, die beiden Firmen zu vereinigen, war doch nicht neu? Verzeihen Sie, dass ich mich so weit vorwage, aber man hatte allgemein den Eindruck, dass Mr Armiger schon früher mit der Idee spielte und beabsichtigte, sein Ziel auf andere Art zu erreichen; durch eine direkte Verbindung Ihrer beiden Familien nämlich.«

»Ja, es war sein Wunsch, dass Leslie mich heiraten sollte«, erwiderte sie so schlicht, dass er sich seiner umständlichen Redeweise schämte. Sie blickte von ihrem leeren Glas auf. »Aber der Einfall stammte von ihm, nicht von uns. Man kann solche Dinge nicht für andere Menschen arrangieren. Das hätte er wissen müssen. Zwischen Leslie und mir bestand niemals eine tiefere Bindung.«

Einen Augenblick schwiegen beide. Sie blickte ihn unverwandt an, und ihre Wangen wurden ein wenig blasser. Noch eine Frage wollte er ihr stellen, doch er wartete damit, bis er sich erhoben hatte. Dann drehte er sich ganz unbefangen um, als sei ihm plötzlich etwas Unwesentliches eingefallen, und fragte: »Kennen Sie zufällig den Inhalt von Mr Armigers Testament?«

»Nein«, entgegnete sie rasch. Ihr Kopf hob sich in einer unerwartet heftigen Bewegung, die großen, samtenen Augen blickten ihn an. Hoffnung flammte in ihnen auf, und es war, als habe jemand eine Lampe entzündet. Was wollte sie von ihm? An Geld schien ihr nichts zu liegen. Aber jetzt musste er Farbe bekennen, weil er wissen musste, ob das, was er ihr zu sagen hatte, auch das war, was sie erhoffte.

»Er hat sein ganzes Vermögen Ihnen hinterlassen«, erklärte George.

Der Hoffnungsschimmer erlosch, doch das war das wenigste. Sie starrte ihn offenen Mundes an, alle Farbe wich aus ihrem Gesicht. Ihre Knie drohten nachzugeben, und sie streckte Hilfe suchend die Hand nach der Sessellehne aus. Benommen setzte sie sich nieder, die Hände im Schoß zusammengepresst.

»O nein!«, stieß Kitty mit einem Seufzer hervor, in dem sich Enttäuschung, Verwirrung und Zorn mischten. Aber noch etwas anderes war darin enthalten, eine Art Verzweiflung, deren Ursache er nicht erraten konnte. »O Gott, ich hatte gehofft, er würde seine Drohung niemals wahr machen, oder er würde wenigstens seinen Sinn wieder ändern. Ich meine wegen Leslie. Er hat immer geschworen, dass er seinen Entschluss nicht geändert habe und auch nicht ändern würde, aber selbst wenn er es getan hätte, wäre er niemals fähig gewesen, das zuzugeben, sehen Sie. Und jetzt – Oh, Gott verfluche ihn!«, sagte sie hilflos. »Warum hat er das getan? Er wusste doch, dass ich sein Geld nicht brauche, dass ich es nicht haben wollte.«

»Er musste es jemandem hinterlassen«, meinte George sachlich. »Es stand ihm frei, über sein Eigentum zu verfügen. Es besteht kein Grund, weshalb Sie sich dafür verantwortlich fühlen sollten, dass ein anderer seines Erbes beraubt wurde. Das wissen Sie doch. Es lag nicht in Ihrer Hand.«

»Nein«, erwiderte sie tonlos. Müde stand sie wieder auf, um ihn hinauszubegleiten, und die ganze Zeit lag dieser verlorene Ausdruck in ihren Augen. Als die Tür sich geschlossen hatte, trat er drei Schritte von ihr weg zur Treppe hin, dann näherte er sich wieder lautlos der Tür. Sie war nicht ins Zimmer zurückgegangen. Sie lehnte auf der anderen Seite neben der Tür an der Wand, und er hörte, wie sie fassungslos wiederholte: »O Gott, o Gott, o Gott!« Es klang, als rufe sie einen uneinsichtigen Gott vergeblich um Verständnis an.

Was hatte er ihr angetan? Was denn nur? Selbst wenn man voraussetzte, dass sie das Geld nicht haben wollte, dass sie fand, Leslie hätte es erben sollen, so blieb dennoch unverständlich, weshalb sie die Nachricht so voller Entsetzen entgegennahm. Als stelle sie einen besonders niederträchtigen Angriff auf sie dar. Man konnte nicht leugnen, dass seine Worte bei ihr einige höchst interessante Reaktionen ausgelöst hatten, doch das Schlimme war, dass er keine Ahnung hatte, wie er sie auslegen sollte.

Unzufrieden mit sich selbst, beinahe beschämt, stieg er die Treppe hinunter. Er machte nicht einmal den Versuch, die Steine des Puzzlespiels zusammenzufügen. Zu wenige waren es noch. Als er zu seinem Wagen kam, erkannte er Dominic, der nachlässig am Kotflügel lehnte.

Er war ein wenig außer Atem, da er den ganzen Weg zum Auto gerannt war, während George noch auf der Treppe war, doch die Gedanken seines Vaters beschäftigten sich mit anderen Dingen, sodass er es nicht bemerkte. Das neugierige Lächeln wirkte natürlich, das »Tag, Papa!« klang normal, und George war nicht argwöhnisch.

»Tag!«, erwiderte er. »Was machst du denn hier?«

Schon zum dritten Mal hatte Dominic die Mittagspause in der Schule dazu benützt, sich in die Church Lane zu stehlen, in der Hoffnung, dort vielleicht Kitty zu sehen oder zu treffen. Nachdem sie ihm ihren Namen gesagt hatte, brauchte er nur im Telefonbuch nachzuschlagen, um ihre Adresse zu erfahren. Er hatte sich noch immer nicht ganz von dem Schrecken erholt, plötzlich seinen Vater im Treppenflur des Hauses zu erblicken, in dem Kitty wohnte, und wenn ihm beim Anblick des Wagens nicht eine rettende Idee gekommen wäre, dann wäre er wahrscheinlich immer noch gerannt.

»Ich habe für Chuck etwas erledigt«, erklärte er und bemühte sich, regelmäßig zu atmen. Chuck war der harmloseste der diversen Spitznamen, mit dem die Schüler des Gymnasiums ihren Direktor bedachten.

»Hier?«, fragte George, dem das unwahrscheinlich schien, obwohl er keinen Grund zum Argwohn hatte.

»Ich musste zum Pfarrer«, erwiderte Dominic fest und wies auf die Friedhofsmauer. »Dann sah ich den Wagen und hab' gewartet. Es ist ja schon fast halb eins, und ich dachte, mit ein bisschen Glück würdest du mich zum Mittagessen einladen.«

George dachte einen Moment nach und stimmte dann zu. Auch wenn Bierbarone sterben, geht das Leben weiter. »Steig ein«, forderte er Dominic auf und fuhr mit ihm in ein Restaurant in der Nähe der Schule. »Was ist mit Chuck? Kann die Antwort warten?«

»Keine Antwort«, versetzte Dominic. »Ist schon erledigt.« Das Eigenartige war, dass er sich gar nicht als Lügner fühlte; es war einfach unvorstellbar, dass jemand die Wahrheit wissen oder auch nur ahnen durfte, obwohl sie weder beschämend noch ungerecht war. Es war neu für ihn, dass er plötzlich das Bedürfnis empfand, etwas vollkommen für sich zu behalten. Seit er in die Schule gekommen war, hatte er ab und zu geschwindelt, wie das eben Kinder tun, wenn sie ein Geheimnis haben, aber er hatte niemals darüber nachgedacht, weshalb er es tat, und hatte nur selten gelogen, weil seine Eltern, besonders seine Mutter, es ihm immer leicht gemacht hatten, sich ihnen anzuvertrauen. Aber das hier war etwas anderes, etwas so Bedeutungsvolles, dass er lieber gestorben wäre als es zu verraten. Und doch würde er Dinge tun müssen, die vor der Gefahr der Entdeckung nicht sicher waren. Er musste, denn was hatte sein Vater ausgerechnet in dem Haus zu suchen, wo Kitty wohnte? Am Morgen nach dem Tod des alten Armiger, mit dem Kitty in der »Lachenden Barfrau« gewesen war? »Deine Freundin war da« – und jetzt dieser Besuch. Natürlich mussten sie mit allen Zeugen sprechen, aber weshalb schon so bald mit Kitty?

»Du gehst diesem Mordfall nach, nicht?«, erkundigte sich Dominic mit einem Versuch, Aufregung und Neugier in seine Stimme zu legen. »Mama hat mir heute Morgen erzählt, dass Armiger tot ist. So was! Ich habe meinen Freunden natürlich nichts gesagt, aber inzwischen weiß es schon die ganze Stadt. Sie haben schon ein halbes Dutzend Leute in Verdacht.«

»So?«, meinte George ruhig. »Und wer ist Favorit?«

Dominic warf seinen Köder aus und hoffte auf einen Fischzug. »Dieser Clayton. Ich wette, du weißt nicht, dass ihm gekündigt worden war!«

»Teufel, nein!«, bestätigte George und überlegte sich, ob Grocott das bereits herausgefunden hatte.

»Der Sohn von Armigers Gärtner ist in meiner Klasse. Vor drei Tagen hatten Clayton und Armiger einen Riesenkrach wegen der Arbeitszeit. Clayton sagte, er wollte sich nicht mehr zu jeder Tages- und Nachtzeit herumkommandieren lassen. Und dann hielt Armiger ihm vor, dass er mal wegen Diebstahls im Gefängnis war und ein andermal, weil er ein gestohlenes Auto in seinem Besitz hatte, und er sagte, er könne von Glück reden, dass er überhaupt eine Stellung habe, und dann warf er ihn raus. Wusstest du, dass er vorbestraft ist?«

»Ja, das wussten wir. Es ist zehn Jahre her. Kein Grund, ihm einen Strick daraus zu drehen.«

»Es war doch nicht vorsätzlicher Mord«, meinte Dominic.

»Ich hoffe, du entwickelst dich nicht zu einem Rechtsanwalt in Taschenformat«, bemerkte George. »Es war nur eine Redewendung.«

Er sperrte den Wagen ab und schob seinen Sohn vor sich her in das Restaurant »Zum geflügelten Ross«. Die Unterbrechung ist schlecht, überlegte Dominic, nachdem sie sich an einem

Tisch niedergelassen hatten. Jetzt muss ich ihn ganz unverblümt fragen.

»Hast du schon eine Spur?« Dominic litt darunter, dass er seinem Vater eine Komödie der Unbefangenheit und Neugier vorspielen musste, obwohl für ihn diese Sache von so lebenswichtiger Bedeutung war. Natürlich bewunderte er seinen Vater und zeigte stets großes Interesse für seine Fälle, aber jetzt saß er da und heuchelte, parodierte seine eigene Bewunderung, um sein Ziel zu erreichen. Er empfand beinahe körperlichen Schmerz, als sein Vater gutmütig lächelte und vorsichtig eine ausweichende Antwort gab.

»Reine Routine, Dom. Wir haben ja kaum angefangen. Es liegt noch ein langer Weg vor uns.«

»Wen hast du denn in der Church Lane besucht? Wohnen da auch Verdächtige?«

Nach einem Augenblick des Nachdenkens erwiderte George ruhig: »Ich habe Miss Norris aufgesucht. Wie gesagt, reine Routine. Ich muss mich durch eine ganze Liste durcharbeiten. Lauter Leute, die gestern Abend am Tatort waren. Das ist alles.«

»Und noch keine Spur? Na, sie hat dir wahrscheinlich auch nicht viel sagen können, was?«

»Praktisch nichts, was ich nicht schon wusste. Iss jetzt und versuch nicht, mich auszuhorchen.«

5

»Ja«, sagte Jean Armiger. »Ich weiß es schon. Es steht in den Mittagszeitungen. Ich habe Sie erwartet.«

Sie war ein zierliches Mädchen mit kurzem schwarzem Haar, das sich eng an ihren Kopf schmiegte. Das runde breite Gesicht war voll leidenschaftlicher Ausdrucksfähigkeit. Sie war höchstens vierundzwanzig Jahre alt. Aufrecht stand sie mitten in dem hässlichen Wohn-Schlafzimmer ihrer Wohnung in Mrs Harkness' schäbigem Haus, das in einem Hinterhof am Stadtrand lag. Ohne Furcht blickte sie George an. Trotz der gegenwärtigen Schwerfälligkeit ihres Körpers verriet jede Bewegung ihres Kopfes und ihrer Hände Anmut und Lebendigkeit. Aus irgendeinem Grund, vielleicht, weil in Kittys Gegenwart jede andere Frau farblos wirkte, hatte George nicht erwartet, ein so attraktives und lebhaftes Mädchen anzutreffen. Es war eigentlich gar nicht so unverständlich, dass Leslie Armiger sich trotz Kittys Nähe in Jean verliebt hatte.

»Sie werden sicher verstehen, dass unsere Pflicht uns dazu zwingt, jeden zu vernehmen. Waren Sie gestern Abend zu Haus, Mrs Armiger?«

Sie schürzte die Lippen bei der Frage und blickte sich in dem Zimmer um, das er als Zuhause bezeichnet hatte. Gut, draußen war zwar eine kleine Kochnische und im Garten ein Schuppen, wo Leslie seine Malutensilien aufbewahrte – aber Zuhause?

»Ja«, erwiderte sie. »Den ganzen Abend.«

»Und Ihr Gatte?«

»Leslie war auch hier. Nur um halb zehn ist er kurz weggegangen, um Briefe aufzugeben und frische Luft zu schöpfen. Er war gestern den ganzen Tag im Lager und hat gepackt, da brauchte er ein bisschen frische Luft. Aber er kam schon nach einer halben Stunde wieder.«

»Er war also um zehn wieder zu Hause?«

»Ich glaube sogar schon früher. Aber um zehn auf jeden Fall.«

»Und dann ist er nicht wieder ausgegangen?«

»Nein. Sie können ihn natürlich selbst fragen«, fügte sie verächtlich hinzu. Wenn alles nach Plan ging, dann verhörte genau in diesem Augenblick Grocott Leslie Armiger ganz diskret im Direktionsbüro von Malden. George wusste selbst nicht, weshalb er es so eingerichtet hatte, dass die beiden Verhöre zu gleicher Zeit stattfanden. Noch hatte er keinen Grund, dem jungen Paar zu misstrauen. Lediglich ein noch nicht erwiesener Verdacht lastete auf ihnen, doch er hatte gelernt, seine Ahnungen nicht zu missachten. Wenn sie beide die Wahrheit sagten, dann hatte er ihnen kein Unrecht angetan.

»Das werden wir natürlich tun«, meinte er ganz offen. »Mrs Armiger, sind Sie seit Ihrer Heirat mit Ihrem Schwiegervater in Berührung gekommen? Haben Sie ihn gesehen oder gesprochen?«

»Nein. Nie.« Ihr Tonfall verriet deutlich genug, dass sie selbst das nicht gewollt hatte.

»Und Ihr Gatte?«

»Er hat ihn nie besucht. Einmal hat er geschrieben, nur einmal, vor ein paar Monaten.«

»Wollte er eine Versöhnung in die Wege leiten?«

»Er wollte um Hilfe bitten«, erklärte Jean bitter und presste die Lippen zusammen.

»Mit Ihrer Einwilligung?«

»Nein!«

Sie machte wirklich kein Hehl aus ihren Gefühlen, dennoch war es nicht ihre Absicht gewesen, dieses eine Wort mit so viel Bitterkeit hervorzustoßen. Einen Augenblick wandte sie den Kopf ab, doch sie nahm nichts zurück und machte auch nicht den Versuch, die Schärfe zu mildern.

»Mit welchem Erfolg?«

»Ohne Erfolg. Er schrieb uns einen demütigenden Brief und weigerte sich.« Sie war dankbar dafür gewesen. Es hatte den Schmerz der Wunde gelindert, die Leslie, ohne es zu wollen, ihrem Stolz geschlagen hatte.

»Und danach ist Ihr Gatte nicht mehr an seinen Vater herangetreten?«

»Nein, meines Wissens nicht. Aber ich bin nicht sicher.«

Widerstrebend klärte George sie über Armigers Testament auf. »Ist das eine Überraschung für Sie, Mrs Armiger?«

»Nein«, erwiderte sie unberührt. »Weshalb sollte es? Er musste schließlich sein Geld jemandem hinterlassen, und er hatte keine Verwandten mehr, mit denen er sich noch nicht gestritten hatte.«

»Sie wussten nichts davon, dass er Miss Norris als Erbin einsetzen wollte?«

»Wir wussten nur, dass Leslie endgültig abgeschrieben war, alles Übrige interessierte uns nicht. Sein Vater hatte keinen Zweifel daran gelassen.«

Sie drehte den schmalen Ehering an ihrem Finger. George sah, dass er nur lose saß. Die Wangen, von dem schimmernden schwarzen Haar umrahmt, waren schmaler als ihr gut tat, vielleicht von Müdigkeit und Sorge. Sie erwartete ein Kind, führte den Haushalt und arbeitete halbtags, um das Budget aufzubessern. Aber vielleicht war es auch etwas anderes, das an ihren Kräften zehrte. Ein vernichtender Schlag der Enttäuschung hatte sie getroffen, als Leslie gleichsam zu Kreuze gekrochen war und seinem Vater geschrieben hatte. Vielleicht würde er es niemals wieder gutmachen können. Doch dank der rücksichtslosen Unbeugsamkeit seines Vaters bot sich ihm jetzt nochmals die Gelegenheit, ihre in ihn gesetzten Erwartungen zu rechtfertigen, wenn er den Charakter dazu besaß. Aber jetzt musste er erst den Beweis erbringen, vorher hatte sie bedingungslos daran geglaubt. Doch konnte George auch Leslie verstehen. Er musste seine Frau über alles lieben, sonst hätte er nicht alle Brücken um ihretwillen hinter sich abgebrochen. Sie hier zu sehen, von Mühen und Sorgen gequält, sich vorzustellen, dass sein Kind die ersten Monate seines Lebens hier verbringen sollte, das konnte ihn schon zu diesem Schritt treiben, mochte es auch noch so viel Überwindung kosten. Ja, man konnte sogar sagen, dass seine Haltung mehr Verantwortungsgefühl zeigte als ihre. Eines stand jedenfalls fest: Mit diesem von Herzen gut gemeinten Schritt hätte er beinahe seine junge Ehe zerstört.

»Ich möchte Sie nicht länger aufhalten, Mrs Armiger. Ich danke Ihnen für Ihre Hilfe.«

Er stand auf, und sie ging mit ihm zur Tür, schweigend, zu stolz, um etwas hinzuzufügen oder zu fragen. Oder um etwas zu verbergen? Nein, wenn sie es für richtig hielt, dann würde sie auch die Wahrheit verschweigen. Vielleicht würde er bald wissen, ob sie bereits etwas verschwiegen hatte.

Das Treppenhaus war eng und dunkel. Es roch nach verbrauchter Luft und Möbelpolitur. Mrs Harkness' kühle Freundlichkeit würde nicht viele Besuche der Polizei dulden. George hatte bereits festgestellt, dass im Haus kein Telefon war. Die nächste Zelle stand an einer Straßenecke, etwa fünfzig Meter entfernt. Er fuhr in entgegengesetzter Richtung davon. Doch an der nächsten Nebenstraße bog er ab, fuhr um den Häuserblock herum und parkte unter den Bäumen. Eine Viertelstunde saß er wartend im Wagen, die Augen auf das rote Telefonhäuschen gerichtet. Aber Jean Armiger kam nicht.

Er war froh darüber. Sie hatte ihm gefallen, und er hatte sich gewünscht, dass sie ehrlich sein möge. Obwohl er schon häufig Enttäuschungen erlitten hatte, hatte er es noch immer nicht gelernt, sich vor dem Wohlwollen zu hüten, mit dem er die Handlungen und Beweggründe solcher Leute beurteilte, die ihm auf den ersten Blick sympathisch waren. Doch der Form halber ließ er auch der Skepsis ihr Recht. Er würde sich nicht dazu verleiten lassen, ihr zu glauben, ehe er nicht Grocott angerufen hatte.

Das Gespräch schien seine Meinung, dass Jean ehrlich und ihre Aussage zuverlässig war, zu bestätigen. Leslie Armigers Geschichte stimmte in allen Punkten mit der seiner Frau überein. Er war nicht direkt nach Hause gegangen, nachdem er die Briefe aufgegeben hatte, sondern hatte noch einen Spaziergang gemacht. Er war nicht einmal eine halbe Stunde unterwegs gewesen, denn er war ziemlich sicher, dass die Kirchenuhr noch nicht geschlagen hatte, als er das Haus wieder betrat. Alles höchst einfach und durchaus im Bereich des Wahrscheinlichen, und die beiden hatten sich nicht miteinander in Verbindung gesetzt. Und doch veranlasste dieses Ergebnis George dazu, noch einmal über alles nachzudenken. Zweifel wurden in ihm wach. Ducketts Erklärung war, wie ja auch Jean unvorsichtigerweise zu wissen behauptet hatte, in den Mittagszeitungen veröffentlicht worden. Am Abend zuvor hatte man Armiger im Tanzsaal der »Lachenden Barfrau« tot aufgefunden. Die Ursache waren schwere Kopfverletzungen. Man konnte es zwischen den Zeilen lesen, dass die Polizei nicht an einen natürlichen Tod glaubte, obwohl Duckett es peinlich vermieden hatte, sich klar auszudrücken. Doch das war genug, um den enterbten Sohn und seine Frau, die bedingungslos zu ihm hielt, in Alarmbereitschaft zu versetzen. Schuldig oder nicht, sie mussten gewusst haben, dass sie über ihr Tun und Lassen an jenem Abend Rechenschaft würden ablegen müssen. Schuldig oder nicht, sie wussten, dass sie aufeinander angewiesen waren, und hatten schleunigst ihre Aussagen koordiniert, noch ehe die Fragen gestellt wurden. Zwischen dem Erscheinen der Mittagszeitungen und dem Zeitpunkt, den George für das Verhör festgesetzt hatte, war Zeit genug geblieben, um zu telefonieren. Niedergeschlagen bemühte sich George, diese Zweifel aus der Welt zu schaffen, doch es gelang ihm nicht.

»Was machte er für einen Eindruck?«, erkundigte er sich.

»Erschüttert natürlich, aber er gab gar nicht vor, dass er sich mit seinem Vater gut verstanden hätte oder dass er von Schmerz gebrochen sei. Das würde er übrigens sowieso nicht zeigen, selbst wenn es der Fall wäre. Sehr zurückgezogen und ein bisschen in Abwehrstellung.«

»Angst?«

»Das würde ich nicht sagen. Aber er ist sich klar darüber, dass er in einer Lage ist, die – nun sagen wir – die unwillkommene Aufmerksamkeit der Öffentlichkeit und der Polizei erregen dürfte. Er ist kein Narr und weiß, dass sein Privatleben sozusagen Gemeingut ist. Aber er weiß auch, dass die Tatsache, dass er durch den Tod seines Vaters nichts zu gewinnen hatte, seine stärkste Waffe ist.«

»Das hat er wohl deutlich durchblicken lassen?«

»Sie unterschätzen ihn«, erwiderte Grocott. »Er hält uns für klug genug, das selbst zu bemerken. Aber immer, wenn es ein bisschen unangenehm wurde, schien er daraus Kraft zu schöpfen.«

»Wie kommt er mit den Fahrern und Lagerarbeitern aus?«, fragte George neugierig.

»Überraschend gut. Sie scheinen ihn zu mögen, nennen ihn Les und behandeln ihn wie einen Gleichgestellten. Das liegt, glaube ich, in erster Linie daran, dass er ganz er selbst ist. Er versucht nicht, um ihre Gunst zu werben oder seine gepflegte Sprache aufzugeben, um sich der ihren anzupassen. Sonst würden die ihn schön links liegen lassen.«

Auch durch diese sympathische Beschreibung Leslie Armigers durfte sich George, und das wusste er, nicht dazu verleiten lassen, ihn für unschuldig zu halten. Geld ist nicht das einzige Mordmotiv. Auf der einen Seite stand die Erbin, die bereits so viel Geld besaß, dass dieses Motiv praktisch ausgeschlossen war, und auf der anderen Seite stand dieses junge Ehepaar, das zwar in Armut lebte, das jedoch durch Armigers Tod nichts zu gewinnen hatte. Ja, in gewisser Hinsicht wäre er für sie sogar besser am Leben geblieben, denn früher oder später hätte er sich vielleicht doch erweichen lassen und sie in Gnaden aufgenommen. Besonders jetzt, da ein Enkel unterwegs war. Andererseits wiederum behaupteten jene, die ihn am besten kannten, dass er seinen Entschluss niemals geändert hätte; jeder kann einmal von Wut übermannt werden, selbst wenn er nichts dabei zu gewinnen hat als die Befriedigung eines übermächtigen Hasses.

Aber es gab, abgesehen von seinem Sohn, auch noch andere, die ihn nicht geliebt hatten. Clayton, der ruhige zähe Bursche, dem gekündigt worden war, dem Armiger die Liste seiner Vorstrafen vorgehalten hatte, mit dem Hinweis, er könne »von Glück reden, dass er überhaupt eine Stellung habe«. War das nur eine im Zorn hingeworfene Beleidigung gewesen, oder hatte Armiger damit andeuten wollen, dass es in seiner Macht stand, den jungen Mann in den ganzen Midlands zu ächten? Schon aus viel unwesentlicheren Gründen sind Menschen zu Mördern geworden. Dann war da auch Barney Wilson, dem Armiger vor der Nase das Haus weggeschnappt hatte, an dem sein Herz hing. Und noch andere, auf deren Kosten Armiger sich bereichert hatte, die für ihn gearbeitet hatten.

George riss sich aus seiner Lethargie und fuhr zum Hauptbüro der Armiger-Brauerei. Die Brauerei selbst lag hinter dem Güterbahnhof, im Dunst und Ruß von Alt-Comerbourne. Doch die Geschäftsleitung war in einem modernen Gebäude untergebracht. Der Blick aus den Fenstern fiel auf grünen Rasen und üppige Bäume. Auf dem Parkplatz bemerkte George Miss Hamiltons alten Riley.

Sie fuhr gut. George hatte sie oft hinter dem Steuer sitzen sehen und ihre Ruhe und Sicherheit bewundert. Häufig saßen zwei oder drei Jungen in ihrem Wagen, wenn man sie im Sommer am Wochenende durch die Stadt fahren sah, Mitglieder des Jugendklubs, bei dessen Führung sie dem Beauftragten des Jugendamts half.

Raymond Shelley durchquerte gerade das Foyer, als George eintrat. Er blieb sofort stehen.

»Wollten Sie zu mir? Ich wollte gerade weg, aber –« Er hatte seine Aktenmappe unter dem Arm und den grauen Hut in der Hand. Das lange, scharfgeschnittene Gesicht sah müde und besorgt aus. »Heute Morgen war einer Ihrer Leute hier, deshalb dachte ich, Sie seien für heute mit uns fertig. Ich wollte eben zu Miss Norris. Aber ich kann es auch verschieben.«

»Aber nein«, widersprach George. »Ich möchte mit Miss Hamilton sprechen, wenn sie Zeit hat.«

»Brauchen Sie mich wirklich nicht? Es würde mich freuen, wenn ich Ihnen Ihre Arbeit erleichtern könnte. Zumindest werde ich Sie zu Ruths Büro begleiten. Wir haben selbstverständlich über unser Tun und Lassen schon Auskunft gegeben«, sagte er mit einem bitteren Lächeln.

»Ich selbst habe zufällig gesehen, wie Sie gestern Abend mit Miss Hamilton abfuhren.« George lächelte ebenfalls. »Ich war im Foyer.«

»Gut. Dann ist unsere Aussage ja kaum zu erschüttern. Ich wollte, all die anderen Schwierigkeiten lösten sich so leicht in Wohlgefallen auf«, meinte Shelley kummervoll. »Das ist eine grässliche Angelegenheit, Mr Felse.«

»Mord meistens, Mr Shelley.«

Bei dem Wort erstarrte er. »Ist es sicher, dass es sich um Mord handelt? Die offizielle Erklärung lässt diese Frage offen, und Ihr Beamter heute Morgen war sehr zurückhaltend.« Er stieg weiter die Treppe hinauf und bog nach rechts ab. »Ich will nicht vorgeben, dass mich das überrascht. Alles deutete darauf hin. Aber es wird lange dauern, bis wir uns daran gewöhnen, dass er nicht mehr da ist.«

»Das kann ich verstehen«, erwiderte George. »Sie haben viele Jahre mit ihm zusammengearbeitet. Sie haben ihn vielleicht besser gekannt als jeder andere. Sie werden ihn vermissen.«

»Ja.« Er begnügte sich mit dem einen Wort, versuchte nicht, seine Zuneigung zu beteuern, er schien höchstens erstaunt darüber, dass der Tod Alfred Armigers eine solche Lücke in sein Leben gerissen hatte. Er klopfte an die Tür und streckte den Kopf ins Zimmer. »Ein Besucher für Sie, Ruth«, meldete er und ging.

Sie stand hinter dem Schreibtisch, eine große, gelassene Frau, das glatte schwarze Haar in der Mitte gescheitelt und im Nacken zu einem Knoten aufgesteckt. Zwanzig Jahre lang hatte sie für Armiger gearbeitet. Es gab nicht viel, was sie über ihn oder seine Familie nicht wusste, und vielleicht hatte ihr Verständnis sie vieles verzeihen lassen. Sie war genauso ruhig wie sonst, doch ihre Züge trugen die Spuren der Erschütterung und der Anspannung. Bei seinem Eintritt zogen sich ihre Brauen zusammen, doch sie begrüßte ihn und setzte sich ihm gegenüber vor ihren Schreibtisch, zum Zeichen, dass sie ihn nicht in ihrer Eigenschaft als Alfred Armigers Sekretärin empfing.

»Ich wende mich an Sie, weil ich glaube, dass Sie mir am ehesten über Mr Armigers Verhältnisse Auskunft geben können«, sagte George offen. »Jede Kleinigkeit in Zusammenhang mit Mr Armigers persönlichem Leben oder seinen Geschäften kann von größter Wichtigkeit sein. Das wissen Sie wohl. Sie sind in der Lage, ein unbefangenes Urteil abzugeben, und deshalb möchte ich Sie bitten, mir alles über den Streit Mr Armigers mit seinem Sohn zu erzählen.«

Sie stellte ein Zigarettenetui und einen Aschenbecher auf den Schreibtisch und überlegte einen Augenblick. Er blickte sich im Zimmer um. An der Wand hingen zwei gerahmte Fotografien. Sie zeigten Gruppen von Jungen, die dem Jugendklub angehörten. Auf dem Schreibtisch stand ein drittes Foto, das sie selbst inmitten einer Gruppe von Jungen zeigte. Sie sah so hübsch und weiblich darauf aus, dass sich bestimmt jeder dieser labilen Sechzehnjährigen wie ein kleiner König vorkam, wenn sie ihm erlaubte, ihr eine Zigarette anzuzünden oder sie zum Tanz zu entführen. Was für eine Verschwendung, dachte George. Zwanzig Jahre ihres Lebens hatte diese Frau damit vergeudet, ein unpersönliches Büro zu leiten, die Launen Alfred Armigers zu ertragen.

»Die Fehler lagen auf beiden Seiten«, sagte sie schließlich. »Aber im Grunde genommen war Mr Armiger selbst für alles verantwortlich. Ich brauche Ihnen wohl nicht zu sagen, dass er ein schwieriger Mensch war. Sei es nun als Arbeitgeber oder als Vater. Nicht absichtlich, aber er konnte sich einfach nicht in andere Menschen hineinversetzen. Er war ehrlich davon überzeugt, dass alles sich um ihn drehen musste und jeder zu tun hatte, was er erwartete. Als Kind wurde Leslie entsetzlich verwöhnt. Jeder Wunsch wurde ihm erfüllt, vorausgesetzt, dass sein Vater nicht dagegen war; solange er ein Kind war, kam es natürlich nie zu einer richtigen Auseinandersetzung. Jede seiner Leistungen, wie zum Beispiel seine Malerei, alles, worin er sich auszeichnete, schmeichelte seinem Vater. Er wurde niemals bestraft, wenn es seinen Vater nicht ärgerte. Sie verstehen, was ich meine. Als Mrs Armiger zu kränkeln begann und sich fast nur noch in ihrem Zimmer aufhielt, baten sie mich, zu ihnen zu ziehen. Damals verbrachte Mr Armiger viel mehr Zeit zu Hause und führte einen großen Teil seiner Geschäfte von dort aus. Im Laufe der wenigen Jahre, die ich bei ihnen lebte, habe ich mein Bestes getan, um alles ins Lot zu bringen, aber es war schon ein wenig spät, um Leslie noch zu ändern. Der Schaden war schon angerichtet. Als Leslie erwachsener wurde und ein eigenes Leben beanspruchte, begannen die Zusammenstöße. Das können Sie sich wohl vorstellen. Vier oder fünf Jahre dauerte die Fehde. Natürlich blieb Mr Armiger stets Sieger. Er hatte alle vernichtenden Waffen in der Hand. Aber als die Streitobjekte immer wichtiger wurden, widersetzte sich Leslie immer stärker. Leslie malt gut, er wollte Maler werden, doch sein Vater erlaubte es nicht. Er zwang ihn, hier im Büro anzufangen. Alles musste so gehen, wie er es geplant hatte. Leslie sollte Kitty Norris heiraten. Aber noch während der Schlacht wegen Leslies Malerei lernte Leslie Jean kennen.«

»Hier im Büro?«

»Zunächst ja. Dann trafen sie sich von Zeit zu Zeit, nicht einmal heimlich, und Mr Armiger war wütend. Es kam zu einer entsetzlichen Szene, in deren Verlauf Mr Armiger Leslie verbot, sich weiter mit Jean zu treffen, und ihn klipp und klar vor die Wahl stellte: entweder er fügte sich und blieb, oder er fügte sich nicht, dann konnte er gehen. Ich glaube nicht, dass er es damals wirklich ernst meinte, er versuchte lediglich Leslie zu erpressen. Leslie hätte nachgeben und sich fügen sollen. Stattdessen ging er unmittelbar danach mit Jean tanzen und verlobte sich mit ihr.«

»Nicht gerade der günstigste Start für eine Ehe«, bemerkte George, »wenn er es nur aus Rebellion gegen seinen Vater tat.«

»Das war es nicht«, widersprach sie mit entschiedenem Kopfschütteln. »Durch die Auseinandersetzung mit seinem Vater war ihm nur klar geworden, was auf dem Spiel stand und welche Bedeutung es für ihn und sein Leben hatte. Und sobald er das erkannt hatte, griff er zu, wie ein vernünftiger Mensch, und hielt daran fest, obwohl die Folgen haarsträubend waren. Am nächsten Tag kam er zu seinem Vater ins Büro, stellte sich vor seinen Schreibtisch und verkündete ohne jede Überleitung, dass er sich verlobt habe. Selbst damals glaubte Mr Armiger noch, dass er ihm einfach befehlen könnte, die Verlobung zu lösen. Als er feststellen musste, dass dem nicht so war, erwartete ich fast, er würde einen Herzanfall bekommen. Er konnte es nicht fassen, dass ihm das geschah. Und als er schließlich eingesehen hatte, dass er nichts ändern konnte, warf er sie beide raus und meinte es ernst damit. ›Gut‹, sagte er, ›wenn du sie heiraten willst, wenn sie dir so viel wert ist, dann nimm sie. Hole sie jetzt und lass dich niemals wieder hier blicken.‹ Und Leslie sagte, o. k., das passe ihm gut, und ging hinunter, holte Jean ab und verließ mit ihr das Haus. Sie wohnte weiter in ihrem möblierten Zimmer, während er in ein Hotel zog, und während sie auf ihre Heiratspapiere warteten, suchten sie eine Wohnung. Leslie kam nur noch einmal nach Hause, um seine Sachen abzuholen, aber soviel ich weiß, hat er seinen Vater nicht wieder gesehen. Als es dann Ernst wurde, fand er keine Stellung, weil er ja nichts gelernt hatte. In Oxford hatte er lediglich seine Malerei ernst genommen. Er musste als ungelernter Arbeiter anfangen.«

»Hätte er jemals nachgegeben?«, erkundigte sich George.

»Mr Armiger? Niemals. Seine Pläne zu durchkreuzen war für ihn eine Blasphemie. Vielleicht wäre er mit neunzig senil und sentimental geworden und hätte eine Versöhnung gewünscht – aber niemals, solange er im Vollbesitz seiner geistigen und körperlichen Kräfte war.«

»Hat irgendjemand damals versucht, vernünftig mit ihm zu reden?« Sie lächelte bei dieser Frage, die, wie sie richtig vermutete, eigentlich anders lauten sollte, nämlich: Haben Sie vernünftig mit ihm geredet?

»Ja, Ray Shelley hat sich wochenlang die Zähne daran ausgebissen, und auch Kitty hat alles versucht. Sie war schrecklich erregt, denn in gewisser Weise fühlte sie sich verantwortlich. Ich habe mich ruhig verhalten. Ich kannte ihn. Ich wusste, dass es nichts nützen würde, und außerdem war mir klar, dass ihn das Gerede anderer nur noch störrischer machen würde, selbst wenn er im tiefsten Herzen den Wunsch zur Versöhnung hatte.«

»Haben Sie zufällig den Brief gesehen, den Leslie vor zwei Monaten seinem Vater schrieb?«

Die dunklen Augen blickten ihn forschend an. »Hat Leslie Ihnen davon erzählt?«

»Nein, seine Frau. Ich habe mit Leslie nicht gesprochen.«

»Ja, ich habe ihn gesehen«, antwortete sie ruhig. »Es war keineswegs ein unterwürfiger Brief, falls Sie nicht wissen sollten, was er enthielt. Eher halsstarrig, obwohl er natürlich in gewissem Sinn einer Kapitulation gleichkam. Offenbar hatte sich gerade mit Gewissheit herausgestellt, dass Jean ein Kind erwartet, und der arme Junge wurde sich seiner Verantwortung bewusst und fühlte sich ihr vielleicht nicht ganz gewachsen. Er teilte seinem Vater mit, dass das Kind unterwegs sei; er bat ihn, ihnen wenigstens dabei zu helfen, sich ein eigenes Dach über dem Kopf zu schaffen, da er sie des einen Hauses, das sie zu kaufen gehofft hatten, beraubt habe. Ich weiß nicht, ob Sie –«

»Doch, ich weiß«, sagte George. »Erzählen Sie weiter.«

»Mr Armigers Antwort war sehr erniedrigend. Er wiederholte, dass eine Beziehung zwischen ihm und Leslie nicht mehr existiere und dass Leslie allein für seine Familie verantwortlich sei. Er formulierte es absichtlich so, damit jede Hoffnung auf eine spätere Versöhnung ausgeschlossen war. Er gab vor, er habe niemals gewusst, dass Leslie an dem alten Haus interessiert gewesen sei, und schrieb zum Schluss, dass er – da sich Leslie ja für das Haus interessiere – als sein erstes und letztes Geschenk ein Andenken beilege. Als künftiger großer Maler, fügte er hinzu, würde Leslie das Geschenk sicherlich zu schätzen wissen. Es war das alte Wirtshausschild.«

»Von der ›Lachenden Jungfrau‹?«, bemerkte George.

»Hieß es so? Das wusste ich nicht. Ich sah es, als Mr Armiger es einpacken ließ. Es war eine ziemlich primitive Malerei, eine lachende Frau. Es wurde im Speicherraum gefunden, als die Maurer ihre Arbeit begannen. Es war eine dicke Holztafel, sehr schmutzig und beschädigt. Ein Firmenwagen hat es bei Leslies Wirtin abgegeben.«

Jean hatte von diesem Geschenk nichts erzählt, lediglich das kurze, endgültige Schreiben hatte sie erwähnt. Aber das war wahrscheinlich völlig bedeutungslos, da das Geschenk ja nur kränken sollte und dem Brief Nachdruck verleihen. Das ist alles, was ihr von mir zu erwarten habt, hieß es. Und es ist das Einzige, was euch jemals von der »Lachenden Jungfrau« gehören wird.

»Leslie hat sich nicht mehr gemeldet?«

»Niemals, soviel ich weiß.«

Und ich, dachte George, habe eine bestimmte Möglichkeit ausgeschlossen, weil ich so sicher war, dass – wenn Leslie wirklich um eine Unterredung bitten sollte – Armiger sie ihm nicht gewähren würde; dass er, wenn er wider Erwarten doch mit seinem Sohn sprechen sollte, ihn kaum mit überschäumender Herzlichkeit und Champagner empfangen würde, um ihm den neuen Tanzsaal zu zeigen. Vielleicht aber hatte er gerade das getan, um Salz in Leslies Wunden zu streuen, um ihn bis aufs Blut zu reizen. An einem Abend des Erfolgs und des Triumphs entsprach dieser ätzende Zynismus vielleicht eher seinem Charakter als offener Ärger. Es wird ihn interessieren, was man mit Geld aus diesem Haus machen kann. Er war ganz außer sich vor Vergnügen.

»Miss Hamilton, haben Sie zufällig ein neueres Foto von Leslie?«

Sie musterte ihn nachdenklich, als erwäge sie, ob er das Foto zu einem guten Zweck brauche und ob sie, wenn sie es ihm verwehrte, nicht nur das Unvermeidliche hinauszögern würde. Dann stand sie wortlos auf, trat hinter den Schreibtisch und holte eine Porträtaufnahme aus einer der Schubladen. Sie hielt sie ihm mit einem dünnen, traurigen Lächeln hin. Früher musste sie gerahmt gewesen sein, denn die Ränder waren etwas dunkler. Dann hatte sie jemand zerrissen, und danach waren die beiden Teile sorgfältig mit Klebstreifen wieder zusammengefügt worden.

George blickte die Frau hinter dem Schreibtisch an.

»Ja«, sagte sie. »Ich habe es aus seinem Papierkorb geholt und wieder zusammengeklebt. Ich weiß selbst nicht, warum. Leslie hat mir nie sonderlich nahe gestanden, aber ich habe ihn aufwachsen sehen, und es widerstrebte mir einfach, dass die letzten Spuren seines Daseins so endgültig ausgelöscht werden sollten. Das Foto ist zwei Jahre alt, aber es ist das einzige, das er hier im Büro hatte. Ich glaube, es dürfte ziemlich zwecklos sein, in seinem Haus nach einem besseren zu suchen.«

»Danke, Miss Hamilton. Ich werde dafür sorgen, dass Sie es wieder zurückbekommen.«

Leslies Bild stand noch immer vor seinen Augen, als er hinaus zu seinem Wagen ging. Er war seinem Vater nicht sehr ähnlich. Größer, mit langen, schmalen Gliedern, die Stirn hoch, und die Augen blickten offen und hell, mit jener scheuen Wildheit leicht entflammbarer Wesen. Und auch im Schwung seiner Lippen wiederholte sich diese Sensibilität. Er war seinem Vater nicht gewachsen, das sah man auf den ersten Blick.

Es war gerade vier Uhr. Dominic schlenderte zum Bus. Gewöhnlich schaute er auf dem Weg ins Polizeirevier hinein, in der Hoffnung, dort seinen Vater mit dem Wagen anzutreffen. Manchmal hatte er Glück, und George war gerade im Begriff, nach Haus zu fahren. An diesem Tag las ihn George an der Ecke auf und nahm ihn mit ins Revier. Dann fuhren sie zusammen nach Hause.

»Ich muss rasch noch etwas erledigen«, sagte George. »Es dauert nicht lange.«

»Bist du dann für heute fertig?« Dominics Augen forschten in den Zügen seines Vaters. Am liebsten hätte er sich ganz unverblümt erkundigt, ob sich irgendetwas Definitives ergeben hatte, ob Kitty von jedem Verdacht befreit war, doch wie sollte er das machen? Seit Jahren bestand ein stillschweigendes Abkommen zwischen ihnen in Bezug auf Georges Arbeit, dessen Bedingungen heilig waren. Und schon einmal hatte ihn sein Vater heute gewarnt, sie nicht zu missachten. Man fragte nicht. Man durfte zuhören, wenn Informationen freiwillig gegeben wurden, man durfte Vorschläge machen, wenn man dazu aufgefordert wurde, aber man durfte keine Fragen stellen. Und schweigen musste man. Dieses Schweigen war ebenso unverletzbar wie das Beichtgeheimnis.

»Ich weiß noch nicht, Dom. Es hängt davon ab, was ich hier erfahre. Wenn der Mann, den ich suche, hier ist, dauert es nicht länger als fünf Minuten, was immer auch dabei herauskommt.«

Er fuhr auf den leeren Parkplatz vor der »Lachenden Barfrau«.

Es dauerte nicht einmal fünf Minuten, denn Turner saß mit einer Zigarette im Mund, vor sich die Sportzeitung, im Schankraum. Ein Blick auf Leslie Armigers Foto genügte.

»Das ist er. Das ist der junge Mann, der nach Mr Armiger gefragt hat. Er stand draußen und wollte auf ihn warten, aber ich habe ihn im Licht gesehen, als er zuerst reinkam. Natürlich war er anders angezogen, aber er ist es.«

»Können Sie das beschwören?«

»Jederzeit. Ungefähr um fünf vor zehn kam er rein, und Mr Armiger ging dann zu ihm hinaus. Dann habe ich beide nicht mehr gesehen.«

»Danke«, sagte George. »Das ist alles, was ich wissen wollte.«

Er steckte die Fotografie in die Tasche und ging zum Wagen. Um zehn warst du zu Hause, mein Freund, dachte er voller Ingrimm. Du hast also das fertig gebracht, was ich schon längst lernen wollte: wie man an zwei Orten zu gleicher Zeit sein kann. Jetzt bin ich nur gespannt, ob du mir auch sagen kannst, wie man das macht.

6

Leslie Armiger war kein geschickter Lügner. In seinen Augen stand beinahe ebenso viel Erleichterung wie Furcht, als er von dem Foto weg und George ins Gesicht blickte. Jean stellte sich neben ihn, und er legte einen Augenblick seinen Arm um ihre Taille.

»Das Beste ist«, begann George streng, »Sie sagen mir jetzt alles. Sie sehen ja, was geschieht, wenn Sie es nicht tun. Auch Sie, Mrs Armiger. Sie müssen doch zugeben, es hätte einen wesentlich besseren Eindruck gemacht, wenn Sie von vornherein die Wahrheit gesagt hätten, als darauf zu warten, dass sie auf diese hässliche Art ans Licht kommt.«

»Moment!« Leslies Nasenflügel bebten vor Nervosität. »Jean hatte damit gar nichts zu tun. Sie hat überhaupt keinen Zeitsinn. Als sie sagte, es sei zehn Uhr gewesen, hat sie einfach geraten.«

»Und ganz zufällig eine Zeit erwischt, die genau mit Ihrer Aussage übereinstimmte, Mr Armiger? Die Geschichte ist vorher arrangiert worden. Das wissen Sie ebenso gut wie ich.«

»Nein, das ist nicht wahr. Jean machte einen Fehler –«

»Und Sie hielten es für klüger, ihre Aussage zu decken, als sie in Verlegenheit zu bringen? Na, hören Sie! Sie haben doch nicht vergessen, dass Sie beide genau zur selben Zeit verhört wurden, und zwar mehr als zwei Kilometer voneinander entfernt? Mein Lieber, Sie fordern mich ja gerade dazu heraus.«

»Ach du meine Güte«, rief Leslie hilflos und ließ sich in einen Sessel fallen. »Dazu habe ich kein Talent.«

»Gar keines. Ich bin froh, dass Sie das einsehen. Ich wäre Ihnen dankbar, wenn Sie mir jetzt die Wahrheit berichten würden.«

»Ich mache Kaffee«, sagte Jean ruhig und verschwand in der engen Kochnische. Es entging George nicht, dass sie die Tür offen ließ. Was für Vorwürfe auch immer sie ihrem Mann zu machen hatte, sie würde ihm getreulich zur Seite stehen, wenn es hart auf hart gehen sollte.

»Also dann. Wann sind Sie wirklich heimgekommen?«

»Gegen zehn vor elf«, erwiderte Leslie trotzig. »Ich bin zu seinem Hotel gegangen und habe ihn um eine Unterredung gebeten; ich gebe Ihnen mein Wort darauf, dass Jean nichts wusste. Sie machte sich nur Sorgen wegen der Zeit, weil ich doch für eine Dreiviertelstunde kein Alibi hatte. Aber ich habe ihr nicht gesagt, wo ich war.«

George glaubte ihm das ohne weiteres. Jeder Blick, den die beiden wechselten, jede zögernde Bewegung, so gezwungen und behutsam, tat das kund. Es war klar, dass sie wussten, wie weit sie voneinander entfernt waren, und dass die Kluft, die sich zwischen ihnen aufgetan hatte, sie erschreckte. Das lebhafte Mädchen, das jetzt schweigend und lauschend in der Kochnische stand, war von bitterem Zweifel gequält, ob ihre Heirat das Richtige gewesen war. Besaß er die Stärke, das Leben zu meistern? Hatte er sich nur aus einer augenblicklichen Schwäche heraus an seinen Vater gewandt, oder lag die Schwäche in seinem Charakter? Sie mussten einander voller Bitterkeit begegnet sein, dachte George, mussten sich gegenseitig erschreckt und verletzt haben. Doch jetzt war er der Feind. Und in fester Einigkeit standen sie gegen ihn.

»Dann sagen Sie es ihr besser jetzt, meinen Sie nicht?«, schlug George mit fester Stimme vor. »Es ist besser, sie hört es von Ihnen als von anderen.«

»Ja, wahrscheinlich.« Aber in seiner Stimme lag keine Überzeugung. Er war zu verwirrt und bestürzt, um zu wissen, welchen Weg er einschlagen sollte. Er schluckte die Erniedrigung, belehrt worden zu sein.

»Also ich ging, um die Briefe aufzugeben, und dann wanderte ich einfach weiter, direkt zum Hotel, und fragte nach meinem Vater. Ich wollte nicht hineingehen, sondern wartete an der Tür, bis er kam. Ich sah auch niemanden, den ich kannte – der Kellner war mir fremd –, und deshalb war ich auch dumm genug zu glauben, ich könnte den Besuch geheim halten, als ich von meines Vaters Tod hörte. Aber Sie dürfen Jean keinen Vorwurf daraus machen, dass sie versuchte, mir zu helfen.«

»Lassen wir Ihre Frau aus dem Spiel. Warum haben Sie um die Unterredung gebeten? Wollten Sie ihn um Hilfe bitten?«

»Nein«, erwiderte Leslie grimmig. »Das war für mich erledigt. Nein, ich wollte mir etwas holen, was er mir weggenommen hatte, oder, wenn ich es nicht zurückerhalten konnte, wollte ich ihm wenigstens meine Meinung sagen.« George lehnte sich zurück und hörte sich schweigend die Geschichte von Leslies erstem Brief an, von der Antwort, die er erhalten hatte, von dem Geschenk, das ihm sein Vater als Zeichen seiner Niederlage geschickt hatte. Er ließ sich nicht anmerken, dass er diesen Bericht schon zum zweiten Mal hörte.

»Ja, und vor zwei Wochen geschah etwas Merkwürdiges. Er besann sich plötzlich anders. Eines Abends tauchte Ray Shelley hier auf und strahlte vor Vergnügen. Ich weiß, dass er zur Zeit des Bruchs sein Bestes für mich getan hat, und deshalb freute er sich auch so über die Nachricht, die er mir zu überbringen hatte. Er sagte, mein Vater habe eingesehen, dass er mich gemein behandelt habe, und wenn er auch zu einer Versöhnung keineswegs bereit sei, so wolle er doch den grausamen Scherz mit dem Wirtshausschild zurücknehmen. Aber da er nun einmal Armiger war, konnte er es nicht selbst zugeben, deshalb hatte er Shelley geschickt, um das Schild wieder abzuholen. Dafür brachte er mir fünfhundert Pfund, sozusagen als Bußgeld. Aber er betonte, dass das die letzte Unterstützung sei, die wir von Vater erwarten könnten.«

Jean hatte den Kaffee serviert. Ihr Mann beachtete seine Tasse nicht. Sie trat hinter ihn und berührte leicht seinen Ellbogen, um ihn an den Kaffee zu erinnern. Nicht einmal einem völlig Fremden hätte sie mehr Scheu zeigen können. Er fuhr zusammen und blickte zu ihr auf, hoffnungsvoll und unglücklich zugleich. Die Spannung zwischen ihnen erfüllte den ganzen Raum.

»Weiter«, forderte George. »Was sagten Sie zu dem Angebot?«

»Ich lehnte ab. Ich hatte genug. Es tut mir Leid, dass der gute Shelley den Ausbruch über sich ergehen lassen musste, denn schließlich bemühte er sich ja, mir zu helfen, aber ich konnte es nicht ändern. Der alte Junge trollte sich also ziemlich fassungslos. Er bot sich sogar an, mir Geld zu leihen, aber ich hätte es nicht annehmen können. Ich kenne ihn. Obwohl er bestimmt eine Menge verdient, kommt er gerade so hin. Er sagte, hoffentlich würden wir uns nicht ganz von ihm zurückziehen, und ob er uns ab und zu besuchen könne. Und wir sagten natürlich, er könne jederzeit vorbeikommen. Na ja, und dann erklärten wir ihm genau, wie er sich verhalten solle, wenn er uns besuchen wollte, weil die alte Schachtel unten sich weigert, unseren Besuchern die Tür zu öffnen. Wenn sie da ist, lässt sie die Tür angelehnt, damit jeder direkt zu uns heraufkommen kann. Wir sagten ihm auch, wo er den Schlüssel zu unserem Zimmer finden kann, wenn er einmal zu früh kommen sollte und auf uns warten musste. Ich weiß«, sagte Leslie, der Georges Blick bemerkt hatte, »Sie fragen sich, ob all dies eine Rolle spielt. Es ist wichtig. Vorgestern nämlich, als wir beide nachmittags nicht zu Hause waren, ist jemand in das Zimmer eingedrungen und hat den Brief meines Vaters gestohlen.«

»Den Brief? Weshalb sollte jemand den Brief stehlen wollen?«

»Wenn Ihnen dafür mehr als eine Erklärung einfällt, dann Hut ab. Es gibt nur eine. Mein Vater wollte das Schild wirklich wieder zurückhaben. Deshalb hat er Shelley zu uns geschickt. Er wollte es haben, es war ihm sogar fünfhundert Pfund wert. Als dieser Versuch fehlschlug, machte er den nächsten Schritt. Er ließ den einzigen Beweis dafür, dass er mir das Schild geschenkt hatte, verschwinden. Ohne den Brief stand mein Wort gegen das seine, und wem, meinen Sie, würde man glauben?«

»Das stimmt nicht ganz«, berichtigte ihn George. »Miss Hamilton hat den Brief getippt. Sie weiß genau, was er enthielt, und hat mir bereits alles über dieses Geschenk erzählt. Außerdem wären da noch die Aussagen der Leute, die es verpackten und bei Ihnen ablieferten.«

Leslie lachte, ein wenig bitter vielleicht, aber auch erheitert. »Sie haben wirklich keine Ahnung, welche Vereinbarungen mein Vater mit seinen Leuten getroffen hat, nicht wahr? Hammie war Ihnen gegenüber vielleicht die Ehrlichkeit selbst, jetzt, weil er tot ist, aber wenn er noch am Leben gewesen wäre, dann hätte sie genau das getan, was er von ihr verlangte. Sonst wäre sie ohne Zeugnis geflogen. Sie hätte sich an nichts erinnern können, was ihn vielleicht in eine unangenehme Lage gebracht hätte, darauf können Sie sich verlassen. Mit den Packern und dem Fahrer verhält es sich genauso. O nein, von dieser Seite brauchte er nichts zu befürchten. Der Brief war der einzige Beweis. Mein Vater wollte das Schild wieder haben, er war bereit, fünfhundert Pfund dafür zu zahlen, und als das nicht wirkte, ergriff er die ersten Schritte, um später das Ding zurückverlangen zu können.«

»Glauben Sie, dass Mr Shelley an diesem Streich beteiligt war?«

»Nein, zumindest nicht wissentlich. Gott, ich weiß nicht. Ich bin niemals dahinter gekommen, bis zu welchem Grad er sich darüber klar war, wie mein Vater ihn für seine Zwecke ausnützte. Es war immer das Gleiche, wenn er eine Fassade brauchte, schickte er Shelley vor. Vielleicht hat Shelley die Augen davor verschlossen, vielleicht sieht er es wirklich nicht. Sicherlich ist er nicht zu meinem Vater gegangen und hat gesagt: ›Immer mit der Ruhe, alter Junge. Du kannst einfach reingehen. Die Tür ist angelehnt, und der Zimmerschlüssel liegt da und da.‹ Nein, so nicht. Aber er hat ihm davon erzählt, denn sonst hätte es mein Vater nicht wissen können. Und dann kam er oder schickte jemanden. Auf jeden Fall ist der Brief weg.«

»Haben Sie Mrs Harkness gefragt, ob sie den Besucher bemerkt hat? Sie muss doch da gewesen sein, sonst wäre ja die Tür verschlossen gewesen.«

»Natürlich war sie da, und sie hat bestimmt auch gesehen, wer kam, aber was kommt dabei heraus, wenn ich sie frage? Sie würde einfach lügen und sich aufs hohe Ross setzen, weil sie genau weiß, dass es mir nicht entgangen ist, dass sie immer ihre Küchentür offen lässt, um zu lauschen und zu schnüffeln.«

»Ja, es wäre besser, wenn *wir* sie fragen. Aber wahrscheinlich auch nicht wirksamer. Dann ergibt sich noch eine Frage. Ich habe bemerkt, dass Sie das Schild selbst nicht erwähnt haben. Wenn er schon den Brief gestohlen hat, warum nicht auch gleich das Schild?«

»Weil er nicht konnte. Es war nicht hier. Das Ding interessierte mich. Es ist so häufig übermalt worden, dass man gar nicht sagen kann, was sich darunter verbirgt, und irgendetwas an den Proportionen und Formen der Malerei lässt mich vermuten, dass sie keinesfalls aus dem neunzehnten Jahrhundert stammt. Wissen Sie, ich glaube nicht, dass sie viel wert ist, jedenfalls nicht in Geld, aber ich möchte gern etwas über ihre Geschichte wissen und sehen, ob unter den obersten Farbschichten etwas Wertvolleres verborgen ist. Ich habe mit Barney Wilson darüber gesprochen, und er schlug vor, es zu dem Antiquitätenhändler am Abbey Place zu bringen. Barney fuhr das Schild hin und bat um ein Gutachten, und dort ist es jetzt immer noch.«

»Wann haben Sie das Schild dorthin geschickt? Natürlich bevor der Brief abhanden kam. War es auch schon weg, als Mr Shelley zu Ihnen kam?«

Leslie zählte die Tage nach. In seinen Wangen war wieder Farbe, und leichte Erregung stand in seinen Augen. »Ja, tatsächlich. Shelley war Donnerstagabend hier. Barney kam Montagmorgen mit dem Wagen, um das Schild abzuholen. Drei Tage vorher also.«

»Aufschlussreich, meinen Sie?«

»Sie nicht? Damals hatte ich es schon sechs Wochen, und mein Vater hatte keinerlei Interesse gezeigt. Kaum habe ich es dem Händler übergeben, als mein Vater auch schon mit allen Mitteln dahinterher ist. Meinen Sie nicht auch, dass da eine Verbindung bestehen muss?«

»Sie glauben also, der Händler gab ihm einen Tipp, dass es doch wertvoll sein könnte?«

»Ich weiß nicht. Möglicherweise hat es völlig gereicht, dass mein Vater von dem bestellten Gutachten hörte. Stellen Sie sich nur vor, wenn er mir versehentlich ein wertvolles Geschenk gemacht hätte, dann hätte ich die Lacher auf meiner Seite gehabt. Dieser Gedanke brachte ihn zur Weißglut.«

»Gut, lassen wir es dabei«, meinte George. »Der Brief verschwand. Was dann?«

»Nun, gestern Abend zog ich los, wie gesagt, um ihm meine Meinung zu sagen. Jean wusste nichts davon. Ich wollte nicht zu ihm ins Haus gehen, und gestern Abend wusste ich genau, wo er sich aufhielt; wahrscheinlich war ich auch gerade in der richtigen Stimmung, um es auf einen Streit ankommen zu lassen. In mir kochte es vor Wut. Nein, so wütend auch wieder nicht«, verbesserte er sich mit einem bitteren Lächeln auf Georges abschätzenden Blick hin. »Ich habe ihn nicht einmal berührt. Ich kam kurz vor zehn hin und ließ ihn durch den Kellner rufen. Ich habe meinen Namen nicht gesagt, weil ich dachte, dann würde er nicht kommen, aber wahrscheinlich war das ein Irrtum. Er wäre wohl auf jeden Fall gekommen. Er lachte, als er mich sah, und schlug mir auf die Schulter, als habe ich gerade noch gefehlt, die Freude des Abends zu vervollständigen. Er sagte, er würde nur schnell seinen Bekannten Bescheid geben. Er schob mich zur Seitentür hinaus und meinte: ›Geh rüber und sieh dir den alten Stall an, wenn du ihn überhaupt wiedererkennen kannst. Geh nur rein, die Tür ist offen. Ich wollte später sowieso hinübergehen.‹ Ich ging hinüber, ich konnte mir schon vorstellen, was er damit bezweckte; aber mir war es gleichgültig, mir lag vor allem daran, allein mit ihm zu sein. Nach ein paar Minuten erschien er in Hochstimmung, mit einer Flasche Champagner unter dem Arm. ›Na, was sagst du zu deinem idealen Heim, mein Junge?‹, fragte er. ›Bist du nicht erschüttert?‹ Mich ließen die Anspielungen ziemlich kalt. Bei der ersten Gelegenheit sagte ich ihm klipp und klar, was ich von ihm hielt, und beschuldigte ihn, den Brief gestohlen zu haben. Er lachte mir ins Gesicht und leugnete. ›Du bist verrückt‹, sagte er. ›Weshalb sollte ich meinen eigenen Brief stehlen?‹ Im Grunde genommen hatte ich wahrscheinlich gar nicht erwartet, dass er irgendetwas zugeben würde, ich hatte wohl nur meinem Ärger Luft machen wollen. Und das tat ich gründlich. Ich sagte ihm, dass ich ihn sein Leben lang bekämpfen würde, und wenn es mich noch so teuer zu stehen kommen sollte.«

»Eine halbe Stunde später war er tot«, bemerkte George.

»Ich weiß. Aber ich habe ihn nicht angerührt.«

Jean schob wortlos ihre Hand über den Tisch, bis sie Leslies Hand berührte.

»Ich habe ihn nicht angerührt«, wiederholte Leslie etwas ruhiger. »Er rannte da auf der Galerie herum, holte Gläser aus der Bar, und ich fragte ihn, ob er vielleicht jetzt das endgültige Zerwürfnis begießen wollte. ›Der Champagner ist nicht für dich, mein Junge‹, antwortete er, ›ich erwarte angenehmere Gesellschaft.‹ Da bin ich gegangen. Er war noch bei bester Gesundheit. Es kann noch nicht halb elf gewesen sein, denn der Parkplatz war noch ganz voll, und nichts ließ darauf schließen, dass bereits Lokalschluss war. Ich ging schnell, weil ich noch immer erregt war. Gegen zehn vor elf war ich hier.«

»Haben Sie jemanden gesehen, als Sie aufbrachen? Oder unterwegs? Nur damit man die Zeiten feststellen könnte.«

»Nein«, antwortete Leslie erblassend. »Ich habe nicht daran gedacht, dass man später Rechenschaft von mir verlangen könnte. Ich zog es vor, meinen Ärger allein abzureagieren.«

»Ich kann bestätigen, dass Leslie gegen zehn vor elf heimkam«, sagte Jean fest, und ihre Hand schloss sich jetzt um Leslies Finger. »Zwei oder drei Minuten bevor Leslie kam, hörte ich die Kirchenuhr drei viertel schlagen.«

»Vielleicht hat ihn sonst noch jemand unterwegs bemerkt.« Und trotzdem konnte er Armiger ebenso gut tot wie lebend im Tanzsaal zurückgelassen haben. Der Arzt hatte festgestellt, dass der Tod möglicherweise schon um zehn Uhr fünfzehn eingetreten sein konnte. »Ich nehme nicht an, dass Mrs Harkness Sie hereingelassen hat? Sie haben wohl Ihren eigenen Schlüssel?«

»Ja. Und wahrscheinlich hat sie mich auch nicht kommen hören. Sie geht früh zu Bett und schläft nach hinten hinaus.« Er verfiel jetzt ins andere Extrem und machte gleich auf alles aufmerksam, was sich nachteilig für ihn auswirken konnte.

»Machen Sie sich keine Mühe«, meinte George mit leichtem Lächeln. »Auch andere müssen uns über ihr Tun und Lassen genaue Auskunft geben. Wenn Sie nichts Unrechtes getan haben, dann haben Sie nichts zu verbergen und brauchen sich keine Sorgen zu machen. Und wenn ich Ihnen einen Rat geben darf, verschweigen Sie nichts.« Er stand auf und unterdrückte ein Gähnen. »Inzwischen werden wir Sie hier jederzeit erreichen können, nicht wahr?«

»Natürlich«, bestätigte Leslie etwas heiser, die Kehle ausgetrocknet von wiederkehrender Angst.

7

»Ich bin geneigt, ihm zu glauben«, meinte George und blickte stirnrunzelnd auf seine gekritzelten Notizen. »Er behauptet, sein Vater habe gesagt: ›Geh rein, die Tür ist offen. Ich wollte später selbst rübergehen.‹ Und dann in Zusammenhang mit dem Champagner: ›Der ist nicht für dich, mein Junge. Ich erwarte angenehmere Gesellschaft.‹ Ich glaube, das entspricht der Wahrheit, umso mehr, als es mit den Tatsachen übereinstimmt. Wenn der Champagner zu seinem Triumph über Leslie gehört hätte, dann hätte er Zeit gehabt, die Flasche zu öffnen. Aber sie war nicht geöffnet. Deshalb scheint es viel wahrscheinlicher, dass er eine andere Person erwartete, die mit ihm feiern sollte. Nicht Leslie. Leslies Besuch war eine rein zufällige Episode, die ihm die Zeit bis zum Auftauchen der erwarteten Person vertreiben sollte. Wenn ich Recht habe, dann wollte er nicht wegen Leslies Besuch ungestört bleiben, sondern wegen der anderen Person. Es hätte ihm bestimmt nichts ausgemacht, wenn jemand zuhörte, wie er seinen Sohn quälte. Im Gegenteil, mit Publikum hätte er es noch mehr genossen.«

»Hat Miss Norris dir nicht gesagt, er habe versprochen, nur eine Viertelstunde auszubleiben?«, fragte Bunty. »Dann war er aber doch zeitlich ziemlich im Druck.«

»Es scheint so. Aber nur sie hat diesen Ausdruck gebraucht. Nach Miss Hamilton und Mr Shelley sagte er lediglich, er komme wieder und hoffe, sie würden auf ihn warten. Vielleicht spielt ihr das Gedächtnis einen Streich, oder vielleicht hat er das nur so als Redewendung gebraucht. Außerdem können auch wichtige Besprechungen in einer Viertelstunde erledigt werden, wenn es sein muss.«

»Angenommen, Leslie kam wirklich um zehn vor elf heim, hätte er dann Zeit gehabt, Armiger zu ermorden? Er hat keinen Wagen, ein Bus geht um die Zeit auch nicht, er muss also zu Fuß gegangen sein. Selbst wenn er schnell ging, brauchte er bestimmt zwanzig Minuten. Er muss also spätestens um halb elf weggegangen sein.«

Wenn ihr Mann seine dienstlichen Fälle mit ihr erörterte, sprach sie immer ruhig und gleichmäßig, um Georges Gedankenfluss nicht zu unterbrechen. Manchmal brachte sie ihn auf ganz neue Einfälle, manchmal wies sie ihn nur auf Übersehenes hin.

»Doch«, meinte George. »Er hatte genug Zeit, allerdings durfte er keine Minute verlieren. Die Obduktion bestätigt, dass der Tod zwischen zehn und halb zwölf eingetreten sein kann.«

»Und es dauert natürlich nicht lange«, überlegte Bunty, »jemanden mit einer Flasche über den Kopf zu schlagen und das Weite zu suchen.«

»Ganz so einfach ist es nicht. Es war nicht nur ein Schlag, es scheinen mindestens neun gewesen zu sein. Mehrere Brüche und Splitterungen wurden festgestellt. An seiner rechten Schläfe und Wange fand sich eine große Schramme. Sie stammt wahrscheinlich von seinem Fall, als ihn der erste Schlag traf. Aber das hätte ihn nicht getötet, er wäre höchstens bewusstlos geworden. Mindestens vier der anderen Schläge waren tödlich. Es dauert vielleicht nicht lange, einem Menschen auf diese Weise den Kopf zu zerschmettern, aber bestimmt länger als nur ein einziger Schlag. Wenn Leslie es getan hat, muss er schnell gehandelt haben.«

»Grausam war es auch«, warf Bunty ein.

»Ja, das haben wir nicht vergessen. Johnsons Bericht hilft auch nicht viel, er beweist lediglich, dass der Mörder Handschuhe getragen haben muss, die sicherlich blutbefleckt waren. Auf der Flasche und den Gläsern fand man nur Armigers eigene Fingerabdrücke. Auch die Untersuchung der Statuette hat nichts ergeben, und sämtliche Abdrücke im ganzen Raum stammen entweder von Armiger oder den Dekorateuren und Elektrikern. Nur in ein oder zwei Fällen konnte man sie nicht identifizieren. Claytons Abdrücke sind auf der Türklinke, aber sonst nirgends. Außerdem sind noch andere an der Tür, die wir jetzt mit Leslies vergleichen müssen. Na ja, wenn der Chef nichts dagegen hat, werde ich mal die Spur mit dem alten Schild verfolgen. Wir können ja mal sehen, ob da was dahinter steckt.«

Dominic stand mit der Schultasche unter dem Arm auf der Schwelle. Er wartete schon seit einiger Zeit darauf, bemerkt zu werden, da er die Überlegungen seines Vaters nicht unterbrechen wollte.

»Soll ich heute mit dem Rad fahren, Papa, oder fährst du auch rein?«, fragte er, als sein Vater verstummte.

»Ich fahre zum Revier. Ich nehme dich mit. In fünf Minuten.«

Dominic hatte gehofft, während der Fahrt würde sein Vater sich mitteilsam zeigen. Doch er war völlig mit seinen Gedanken beschäftigt, und sie wechselten kein Wort, bis sie vor dem Polizeirevier anhielten. Es kostete Dominic noch immer mühsame Beherrschung, keine Fragen zu stellen, aber da die Ermittlungen Kitty offenbar gar nicht mehr betrafen, fiel es ihm nicht mehr ganz so schwer, seine Neugier zu bezähmen.

»Kann ich heute Nachmittag mit dir zurückfahren? Ich komme etwas später, weil ich noch trainiere. Ungefähr um Viertel vor fünf.«

»Wenn ich bis dahin fertig bin«, stimmte George zu. »Du kannst ja auf jeden Fall vorbeikommen. Ich bin hier.«

Er machte sich auf den Weg zu seiner Besprechung mit Chefinspektor Duckett. Duckett fand die Aussage Leslie Armigers ebenso interessant wie George und sprach sich sogleich dafür aus, der Sache mit dem Schild nachzugehen. Die verbissene Suche nach blutbefleckten Kleidern, die eingehenden Verhöre jedes Einzelnen, der an der Eröffnung der »Lachenden Barfrau« teilgenommen hatte, würden den ganzen Tag über fortgesetzt werden und wohl auch während der nächsten Tage viel Zeit in Anspruch nehmen, doch wenn eine andere Spur inzwischen die Arbeit verkürzen konnte, dann war das umso besser für alle Beteiligten.

George suchte Barney Wilson auf.

»Das stimmt«, meinte Wilson liebenswürdig. »Ich erbot mich, das Schild bei Leslie abzuholen und zu Cranmer zu bringen. Doch, ja, ich glaube schon, dass der alte Cranmer sein Handwerk versteht. Er hat schon verschiedene gute Sachen in seinem Laden gehabt. Nein, über die Malerei, die mir Leslie mitgab, weiß ich gar nichts. Ich habe sie natürlich gesehen, aber auf den ersten Blick ist nichts daran außergewöhnlich, lediglich vielleicht die Stabilität der Holztafel selbst. Nein, ich kann nicht behaupten, dass ich Cranmer gut kenne. Ich war ein paar Mal bei ihm und habe mich in seinem Laden umgesehen, auch mal was gekauft. Er ist seit einigen Jahren hier. Typischer Antiquitätenhändler, alt und vertrocknet und hart wie Kruppstahl.«

Die Beschreibung passte recht gut auf Mr Cranmer, überlegte George, als er den kleinen Laden am Abbey Place betrat und die Person musterte, die sich diskret im Hintergrund hielt. Die Wände des Raumes waren weiß gekalkt, und über ihnen wölbten sich die schweren Holzbalken der Decke. Der Mann war kaum mittelgroß, leicht vornübergebeugt, mit grauem Haar und grauem Teint und von drahtiger Magerkeit. Er trug eine große Brille mit dicken Gläsern, hinter denen seine Augen riesig und unnatürlich blau schienen.

Seine Stimme war alt und sein Verhalten so reserviert, dass George ihm auch nicht die kleinste Einzelheit entlocken konnte, bevor er nicht seinen Dienstausweis gezeigt hatte. Dann wurde er redselig. Ja, er habe die fragliche Malerei hier in der Werkstatt, er wisse, dass sie das Schild eines Gasthauses mit dem Namen »Zur lachenden Jungfrau« gewesen sei. Möglicherweise könne sich herausstellen, dass es einigen Wert besitze, wenn auch wahrscheinlich keinen großen.

»Es ist verschiedentlich ganz unsachgemäß übermalt worden, wissen Sie, und als es noch als Aushängeschild diente, war es der Witterung natürlich ausgesetzt, sodass es mehrmals ausgebessert und aufgefrischt werden musste. Doch ich habe das Gefühl – aber es ist wirklich nur ein Gefühl –, dass es auf einem Porträt aus dem achtzehnten Jahrhundert beruht, das von einem örtlichen Künstler namens Cotsworth stammt. Sie haben wahrscheinlich nicht von ihm gehört. Er ist auch nicht wichtig, aber recht interessant. Wenn die Malerei tatsächlich sein Werk ist, dann dürfte ein Liebhaber es sich schon ein paar Hundert kosten lassen.« Er schlurfte in sein Hinterzimmer und kehrte mit einem gerahmten Bild zurück. »Das ist ein Cotsworth«, erklärte er. George erschien das Gemälde plump und hässlich, doch er hütete sich, das zu sagen.

»Soviel ich gehört habe, ist die Malerei seit etwa vierzehn Tagen bei Ihnen? Haben Sie irgendwelche Versuche gemacht? Hat der junge Mr Armiger Ihnen Vollmacht dazu gegeben, oder wollte er zunächst nur ein Gutachten?«

»Er bat mich um ein Gutachten. Aber wenn er nichts dagegen hat, möchte ich in einer Ecke die alte Farbe bloßlegen, um zu sehen, ob meine Ahnung richtig ist. Wenn ja, dann bin ich bereit, Mr Armiger zweihundertfünfzig Pfund für das Schild zu bieten.«

»Sehr interessant, Mr Cranmer. Haben Sie Mr Armiger senior oder einen seiner Angestellten davon unterrichtet, dass Sie das Schild hier haben und dass es unter Umständen wertvoll ist?«

Die Erwähnung der zweihundertfünfzig Pfund hatte in George die ersten Zweifel an der Aufrichtigkeit des Mannes geweckt. Wenn er von einer solchen Summe sprach, dann dachte er mindestens an tausend oder mehr.

»Aber nein«, erwiderte der alte Mann förmlich. »Mr Wilson überbrachte mir das Schild von Mr Armiger junior, und es würde mir gar nicht einfallen, jemandem sonst davon Mitteilung zu machen. Außer natürlich der Polizei, um sie bei ihrer Arbeit zu unterstützen.« Das sollte ein würdevoller Tadel sein, trotzdem aber blieb die Tatsache bestehen, dass niemand von ihm verlangt hatte, die Arbeit der Polizei damit zu unterstützen, dass er einen Preis nannte. Er hatte dafür nicht die geringste Veranlassung. Wenn er nicht damit beabsichtigte, das Angebot auf dem höchst respektablen Weg über die Polizei dem Eigentümer zu Ohren kommen zu lassen. Es sprang vielleicht nichts dabei heraus, aber es war immerhin einen Versuch wert.

Alles höchst korrekt, dachte George und blieb stehen, um drei mittelmäßige Moderne im Schaufenster zu betrachten. Aber es war schließlich nur zu verständlich, dass er nach Armigers Tod korrekt und vorsichtig sein musste. Er wollte auf keinen Fall in die Sache verwickelt werden. Und trotzdem hatte George den ehrenwerten Mr Cranmer im Verdacht, dass er Alfred Armiger unverzüglich eine Warnung hatte zukommen lassen. Achtung, Sie haben etwas verschenkt, das möglicherweise wertvoll ist! Er hatte wahrscheinlich nicht gewusst, dass Armiger ganze fünfhundert Pfund geboten hatte, um das Schild zurückzuerhalten, sonst hätte er sicherlich nicht nur zweihundertfünfzig erwähnt. Die Diskrepanz zwischen den beiden Beträgen war zu offensichtlich. Allerdings hatte er ja auch kein direktes Angebot gemacht, sondern lediglich durchblicken lassen, dass er dazu unter Umständen bereit wäre. Zweifellos hätte er eine beachtliche Provision eingeheimst, wenn er dem alten Armiger beim Übertölpeln Leslies geholfen hätte. Nach Armigers Tod hatte er beschlossen, selbst als Käufer aufzutreten. All das, dachte George, während er zu seinem Wagen schlenderte, hängt natürlich davon ab, ob Mr Cranmer über den ursprünglichen Besitzer des Bildes informiert war. Aber da er das Schild vom jungen Armiger erhalten hatte und wusste, dass es zum Gasthaus »Zur lachenden Jungfrau« gehörte, konnte er erraten, dass der alte Armiger die Malerei als wertlosen Ballast betrachtete. Vielleicht hatte auch Wilson ihm das erzählt.

Es steht jedenfalls fest, überlegte George, dass Leslie das Schild besser wieder holen und alle Kaufangebote ausschlagen sollte, um es erst einmal von einem unbestechlichen Fachmann begutachten zu lassen. Das werde ich ihm auch raten, wenn er mir zuhören will.

Den Rest des Morgens verbrachte er in seinem Büro; am frühen Nachmittag fuhr er mit Duckett zum Kommissar zu einer Besprechung.

»Reine Zeitvergeudung«, brummte Duckett verächtlich, als sie nach Comerbourne zurückfuhren. »Lassen Sie Ihren Jungen bloß nicht zur Polizei gehen.«

»Er will sowieso nicht«, erwiderte George. »Am Ende ist er meistens auf Seiten des Verbrechers.«

»Diese ganze Generation ist asozial«, knurrte Duckett voller Abscheu.

»Nein, ich glaube, es ist einfach Mitleid mit dem Gejagten. Vielleicht auch ein Gefühl, dass unsere Gesellschaft für die Verbrechen verantwortlich ist und sie verdient.« Er fragte sich, ob er da nicht seine eigenen gelegentlichen Gewissensbisse auf Dominics Schultern abwälzte. Es war besser, sich nicht näher damit zu befassen. Die Niedergeschlagenheit, die manchmal einem erfolgreich gelösten Fall folgte, war schon schlimm genug. »Nur keine Aufregung«, sagte er versöhnlich. »Wer weiß, vielleicht hat sich in der Zwischenzeit Neues ergeben.«

Als sie in der Hill Street um die Ecke bogen und den Menschenauflauf vor dem Revier erblickten, hatte es tatsächlich den Anschein, als gäbe es Neuigkeiten. Vor dem Revier stand ein zweirädriger Karren, mit Lumpen und Gerümpel beladen, auf dem drei kleine, stille Kinder mit aufgerissenen Augen saßen. Ein etwas größerer Junge in den abgetragenen Hosen seines Vaters, die mühsam seiner Größe angepasst waren, hielt ein zottiges braunes Pony am Halfter. Ein uniformierter Beamter schlenderte mit dem bewundernswerten Gleichmut, den er sich erst nach vielen peinlichen Situationen angeeignet hatte, zwischen der Tür und den wartenden Kindern hin und her und verscheuchte von Zeit zu Zeit die drängende Menschenmenge.

»Du großer Gott«, sagte Duckett und bremste. »Grocott hat wohl den Verstand verloren, dass er uns diese Bagage hier anschleppt.«

»Nein, Sir«, erwiderte der Beamte. »Die sind von selbst gekommen. Der Mann will wichtige Informationen für uns haben.«

»Also hat er sich erst mal voll laufen lassen und hat dann noch die ganze Stadt mitgebracht«, stellte Duckett angewidert fest. »Wer sind sie?«, erkundigte sich Duckett unwirsch. »Lays?«

»Nein, Sir. Creaveys.«

»Was spielt das schon für eine Rolle. Da weiß sowieso keiner, wer mit wem verheiratet ist, welches Kind welchen Eltern gehört. Wenn man ein Creavey ist, ist man auch ein Lay.«

Er stakste ins Revier und stieg, von George gefolgt, die Treppe zu seinem Büro hinauf. Grocott stand schon an der Tür.

»Also los. Erzählen Sie. Das ist doch Joe Creaveys Pony da unten, nicht wahr?«, meinte Duckett.

Joe war dasjenige Mitglied der Familie Creavey – oder Lay –, das die wenigsten Sorgen machte. Wenn das Lumpensammlergeschäft blühte, blickte er ab und zu einmal zu tief ins Glas, und einmal war er mit der Bratpfanne auf sein Eheweib losgegangen, aber sonst lag nichts gegen ihn vor. Er ernährte seine Kinder, kümmerte sich um seine eigenen Angelegenheiten, ohne andere Leute damit zu belasten, und war zweifellos ein zufriedener Mensch. »Ja. Joe ist unten mit Lockyer. Er kam vor einer Stunde und meldete, er habe wichtige Aussagen im Fall Armiger.«

Joe war in den schäbigeren Vierteln Comerbournes wohl bekannt. Er machte dort regelmäßig mit seinem Ponykarren die Runde, sammelte Lumpen und Altpapier, und mancher Bürger hob aus Gewohnheit alte Sachen für ihn auf. An jenem Morgen hatte ihn seine Runde durch das Viertel geführt, in dem Mrs Harkness wohnte, und nachdem er ihre Lumpen auf seinen Wagen geladen hatte, hatte er vorsichtshalber noch einmal in der Mülltonne nachgesehen. Er fand ein Paar Handschuhe, alt, aber aus teurem Leder, mit den Initialen L. A. versehen. Er nahm sie automatisch an sich, und erst später, als er in einem Gasthaus saß, besah er sie näher. Da stellte er fest, dass die Finger des rechten Handschuhs dunkle Flecken aufwiesen und ganz steif waren. Auch auf dem linken Handschuh fand er ähnliche dunkelbraune Flecken. Joe wusste, wer bei Mrs Harkness wohnte, sie gehörte zu seinen regelmäßigen Kunden. Er wusste, was die Initialen L. A. bedeuteten. Und er wusste auch oder war jedenfalls überzeugt, es zu wissen, woher die Flecken auf den Handschuhen stammten und weshalb man sie in die Tonne geworfen hatte. Er wusste ferner, was seine Pflicht war. Doch auf seinem Weg zum Revier war er noch in vier anderen Gasthäusern eingekehrt, und als er schließlich anlangte, wusste ganz Comerbourne, dass Leslie Armiger seinen Vater umgebracht und dass Joe Creavey den Beweis dafür in der Hand hatte.

»Hat's in der ganzen Stadt rumposaunt und eine Prozession mitgebracht. Er ist nicht gerade betrunken – so wie man es von ihm gewöhnt ist –, aber ganz schön angesäuselt. Wollen Sie ihn sprechen?«

»Nein«, erwiderte Duckett. »Er soll mal ein Weilchen im eigenen Saft braten. Aber die Handschuhe will ich sehen und den jungen Armiger auch.«

Grocott brachte die Handschuhe. Die Innenflächen nach oben gekehrt, lagen sie auf dem Schreibtisch. Die braunen, verkrusteten Flecken sahen wirklich wie Blut aus.

»Na, was halten Sie davon, George?«

»Erstens Kreosot«, meinte George prompt und schnüffelte an den steifen Fingern. »Aber das heißt noch nicht, dass es alles ist.«

»Nein, auch Farbspuren. Johnson soll sie mal lieber ins Labor bringen.«

»Sie haben doch nicht vor, Joe hier auszunüchtern?«, ließ sich Grocott vernehmen.

»Ihn über Nacht hier behalten? Kommt nicht in Frage. Also, George, gehen Sie jetzt und holen Sie mir den jungen Armiger.«

George hasste diesen Auftrag. Er tat sein Bestes, ließ sich beim Abteilungsleiter nicht anmelden und gab sich alle Mühe, die Vorladung so zu formulieren, als handle es sich um eine Bitte um Unterstützung. Leslie, der eilig aus dem Lager kam, erstarrte, als er ihn sah. Doch als er hörte, dass man ihn nur vernehmen wolle, kehrte die Farbe in sein Gesicht zurück, und seine Augen spiegelten trotzige Härte.

»Mr Felse«, brachte er mühsam hervor, als sie im Wagen saßen. »Könnten Sie mir einen Gefallen tun? Ich wäre Ihnen sehr dankbar, wenn Sie meiner Frau Bescheid geben würden.«

»Sie kommen doch selbst etwa in einer Stunde heim«, meinte George beruhigend. »Oder nicht?«

»Woher soll ich das wissen?«

»Es hängt davon ab, was Sie getan haben. Nur Sie wissen also die Antwort.«

»Ich hoffe, Sie haben Recht«, sagte Leslie. »Sie können mir wohl nicht sagen, worum es eigentlich geht?«

»Nein, das kann ich nicht. Sie werden es bald wissen. Aber lassen Sie mich Ihnen jetzt eine Frage stellen, zu der ich neulich nicht gekommen bin. Haben Sie ihn getötet?«

»Nein«, antwortete Leslie ohne unnötigen Nachdruck, beinahe sanft.

»Dann werden Sie heute Abend auch nach Hause gehen. Es kann höchstens geschehen, dass Sie sich ein wenig verspäten.

Das wird sie Ihnen verzeihen, lange bevor sie uns dafür verziehen hat, dass wir Sie in Angst versetzen.«

Leslie war so beruhigt von seinen Worten, dass er ganz vergaß, gegen die Unterstellung, er könne Angst haben, zu protestieren. Mit raschen Schritten betrat er das Revier und blieb plötzlich stehen, da George nicht mehr an seiner Seite war. Er drehte sich um und sah ihn im Gespräch mit einem Schuljungen.

»Mein Sohn«, erklärte er. »Er hat noch immer die Hoffnung nicht aufgegeben, dass ich ihn heute Abend nach Hause fahren kann. Eigentlich sollte ich jetzt schon dienstfrei haben.«

»Na, hören Sie«, meinte Leslie mit einem schwachen Aufleuchten der Belustigung in den Augen. »Ich möchte Sie wirklich nicht unnötig aufhalten. Ich kann auch ein andermal wiederkommen.«

»So ist's richtig«, sagte George und klopfte ihm auf die Schulter. »Kommen Sie, gehen wir hinauf.«

Dominic blickte ihnen nach, als sie die Treppe hinaufstiegen. War es möglich, dass alles schon vorüber war? Leslie Armiger sah nicht wie ein Mörder aus. Aber kein Mörder sah je wie ein Mörder aus. Trotzdem.

Dieser geheime, bedrückende Teil seines Ichs, der sich immer wieder mit den Verfolgten identifizierte, mit den Menschen, die durch die Umstände in die Enge getrieben wurden oder, und sei es auch noch so berechtigt, in das Räderwerk der Justiz gerieten, verstörte Dominic. Er musste einfach einen Teil seines Mitleids den Verfolgten zuteil werden lassen, weil es so leicht geschehen konnte, dass man selbst zum Wild wurde. Oder, und das war unendlich schrecklicher, weil jemand gejagt werden konnte, der ihm mehr bedeutete als sein Leben. Es konnte Kitty sein. Doch wollte er auch nicht froh darüber werden, dass es der junge Mann in dem abgetragenen, teuren Anzug mit dem mühsamen Lächeln und den verschreckten Augen sein sollte. Er ging hinaus in das Zwielicht des Septemberabends, um auf seinen Vater zu warten.

So sah er den roten Karmann-Ghia, der mit großem Schwung von der Straße abbog und neben dem Karren des Lumpensammlers hielt. Kitty schwang ihre langen, schlanken Beine aus dem Wagen.

Ungewohnt langsam schlug sie die Wagentür zu und schritt unsicher auf den Eingang zu. Je näher sie kam, desto zögernder wurden ihre Schritte, und schließlich blieb sie wenige Meter vor der Tür stehen, die Hände voll Unentschlossenheit verkrampft. Sie blickte nach rechts und links, als hoffte sie, Ermutigung für die letzten schwersten Schritte zu finden; so sah sie Dominic, der schweigend und reglos auf einer Bank saß, neben sich seine Schulmappe.

Noch als er ihre Augen aufleuchten sah, glaubte er nicht, dass sie ihm weitere Beachtung schenken würde. Er war einfach jemand, den sie zufällig kannte. Doch sie drehte sich um und kam auf ihn zu. Er sprang auf, das Hämmern seines Herzens dröhnte in seinen Ohren, sodass er ihre ersten Worte kaum verstand.

»Dominic, ich bin so froh, dich hier zu treffen.« Eine Welle der Seligkeit und des Glücks überflutete ihn, als er neben ihr saß, ihre Hände in den seinen hielt und ihre großen, dunkel schimmernden Augen seinem Gesicht so nahe waren. Erst als sie verzweifelt und dringlich ihre Frage wiederholte, wurde ihm die Bedeutung der Worte klar. »Ist Leslie dort drinnen? In den Läden haben sie erzählt, dass die Polizei ihn abgeholt hat. Ist das wahr?«

»Ja«, stammelte er. »Er kam mit meinem Vater. Erst vor ein paar Minuten.«

»O Gott!«, rief sie. »Ist er verhaftet?«

»Ich weiß es nicht. Ich glaube nicht – noch nicht.«

»Und dein Vater ist auch da? Ich bin froh, dass er es ist und kein anderer. Ich muss ihn sprechen, Dominic. Unbedingt.«

Mit einem tiefen Seufzer ließ sie seine Hände los und strich sich mit einer müden Bewegung das Haar aus dem Gesicht.

»Ich muss es ihm sagen«, fuhr sie tonlos fort. »Denn wenn ich schweige, dann muss Leslie dafür büßen, und der arme Junge hat weiß Gott genug mitgemacht.« Sie hob den Kopf und blickte Dominic mit dem Ausdruck eines Kindes in die Augen, das seine Sünden beichtet, erleichtert, sich einer Last zu entledigen, die allzu schwer geworden ist, selbst wenn das Geständnis Strafe nach sich ziehen sollte. »Denn weißt du, ich habe seinen Vater umgebracht.«

8

Dominic wollte sprechen, doch er fand keine Worte.

»Sie dürfen so etwas nicht sagen«, brachte er schließlich hervor. »Selbst wenn – wenn etwas geschehen ist, das Sie sich vorzuwerfen haben – es kann nicht wahr sein, und Sie sollten es nicht sagen.«

»Aber ich habe es doch getan, Dominic. Ich wollte es nicht, aber ich tat es. Er kam zu mir und sagte: ›Jetzt werde ich Leslie ein für alle Mal hier rauswerfen, und zwar mit Hochgenuss. Und dann muss ich dir etwas sagen, nicht hier, komm hinüber in den Tanzsaal, da haben wir Ruhe. Lass mir fünfzehn Minuten Zeit, um Seine Lordschaft loszuwerden, und dann komm.‹ Ich war fest entschlossen, nicht zu gehen. Ich ging zum Wagen und wollte heimfahren. Aber dann bin ich doch umgekehrt und über den kleinen Nebenweg zum Stall gefahren. Ich parkte den Wagen unter den Bäumen beim Wäldchen und betrat den Hof von rückwärts. Ich hoffte, dass ich ihn vielleicht erweichen könnte. Schließlich war Leslie sein Sohn. Ich konnte es einfach nicht glauben, dass seine Entscheidung endgültig sein sollte. Leslie war nicht mehr da, nur sein Vater. Er begann, mir von seinen großen Plänen für die Zukunft zu erzählen, ganz begeistert von sich und der Welt. Auf einem Tisch standen eine Flasche

Champagner und Gläser. Ach, Dominic, wenn du wüsstest, wie grauenhaft und lächerlich zugleich es war –«

Er wollte ihr so vieles sagen und durfte nicht. Sein Herz war so schwer, dass er kaum atmen konnte. »Kitty, ich wollte, ich könnte Ihnen helfen«, sagte er heiser.

»Du hilfst mir ja, Dominic. Du hilfst mir wirklich. Du bist mir ein Freund, und bis jetzt bist du noch nicht einen Millimeter von mir abgerückt. Aber das wird noch kommen.«

»Nein!«, rief er voller Protest. »Nie!«

»Vielleicht hast du Recht. Du gehörst nicht zu dieser Sorte. Aber lass mich weitererzählen. Es macht alles leichter.«

Er hielt sie wieder an den Händen, und ihre schlanken Finger klammerten sich dankbar an die seinen.

»Er hatte einen Geistesblitz«, fuhr Kitty mit halberstickter Stimme fort, in der Lachen und Entsetzen schwangen. »Da Leslie mich nicht haben wollte, würde er mich nehmen. Er selbst wollte mich heiraten! Deswegen der Champagner und die Begeisterung. Er fragte mich nicht einmal, er stellte mich einfach vor vollendete Tatsachen. Er heuchelte nicht einmal Gefühl. Als er den Arm um mich legte und mich küssen wollte, war es weder widerlich noch abstoßend, es war einfach, als werde ein Fusionsvertrag unterschrieben. Ich Idiot hatte die ganze Zeit versucht, mit ihm über Leslie zu sprechen. Er hatte nicht einmal zugehört. Ich war außer mir. Das alles war so niedrig und grotesk, so gemein und entsetzlich, dass ich einfach den Verstand verlor. Ich wollte nur noch weg. Ich stieß ihn mit aller Kraft zur Seite. Wir standen oben am Tisch, direkt an der Treppe, wo er den Champagner und die Gläser hingestellt hatte. Ich weiß nicht, wie es geschah – er schwankte, verlor den Boden unter den Füßen und rollte die ganze Treppe hinunter. Unten blieb er liegen. Ich raste hinunter, an ihm vorbei zur Tür. Ich hatte Todesangst, dass er aufstehen und nach mir greifen könnte. Aber er blieb da liegen, auf dem Bauch, und rührte sich nicht. Ich habe mir nichts dabei gedacht, ich blieb auch nicht stehen, um nachzusehen, ob er sich verletzt hatte, ich rannte nur zum Wagen zurück. So, jetzt weißt du, dass ich ihn getötet habe. Ich muss es ihnen sagen. Ich wollte ihn nicht umbringen, es kam mir gar nicht in den Sinn, dass etwas Derartiges geschehen sein könnte. Erst im Auto überlegte ich, dass er vielleicht verletzt war. Ich kann nicht zulassen, dass Leslie in Verdacht bleibt.«

Dann hob sie den Kopf und blickte ihn aufmerksam an, fast beschämt über ihre Schwäche, dieses grauenhafte Geständnis den schwachen Schultern eines Kindes aufgebürdet zu haben, das alt genug war, um daran Schaden zu nehmen, aber dennoch nicht alt genug, um es richtig zu beurteilen. Doch war es kein Kind, das sie jetzt unverwandt ansah, es war ein Mann, ein sehr junger vielleicht, doch fraglos in diesem Augenblick ihr an Reife überlegen.

»O Gott«, sagte sie schwach. »Dass ich dich da hineinziehe!«

»Das war ganz richtig, Kitty. Ich werde es Ihnen beweisen. Was Sie mir erzählt haben, ist alles? Sind Sie sicher? Sie haben ihn weggestoßen, und er fiel die Treppe hinunter und wurde bewusstlos. War das alles?«

»Ist das nicht genug? Er war tot, als er gefunden wurde.«

»Ja, er war tot. Aber Sie haben ihn nicht getötet.« Er war sich klar darüber, was er vorhatte, und es war so schrecklich, dass es beinahe das Gefühl der Freude und Erleichterung über ihre Unschuld aufwog. Niemals zuvor in seinem Leben, nicht einmal als kleiner, naseweiser Junge, hatte er auch nur die kleinste Einzelheit dessen verraten, was er nur deshalb wusste, weil er der Sohn eines Polizeibeamten war. Wenn er es jetzt tat, so zerstörte er damit ein Vertrauensverhältnis, das in seinem ganzen Leben eine entscheidende Rolle gespielt hatte; die Zukunft, die sich bar dieses Vertrauens vor ihm auftat, war einsam und erschreckend. Doch er hatte den ersten Schritt schon getan und wäre nicht umgekehrt, selbst wenn er noch gekonnt hätte.

»Hören Sie mir zu, Kitty. In den Zeitungen stand nur, dass Mr Armiger an Kopfverletzungen starb. Aber sie wurden nicht nur durch den Sturz von der Treppe hervorgerufen. Ich weiß das, weil mein Vater die Ermittlungen führt, und Sie dürfen keinem Menschen sagen, dass ich es Ihnen verraten habe. Als er bewusstlos auf dem Boden lag, schlug ihm jemand mit voller Absicht die Champagnerflasche über den Kopf. Neun Mal. Erst als die Flasche brach, hörte der Mörder auf. Und Sie waren das doch nicht?«

Benommen vor Entsetzen, Ungläubigkeit und Erleichterung, starrte sie ihn an. »Nein – nein, das war ich nicht«, flüsterte sie. »Ich hätte es nie tun können.«

»Das weiß ich. Aber jemand anders hat es getan. Sehen Sie, Kitty, Sie haben ihn nicht getötet, Sie haben ihn nur von der Treppe gestoßen. Später kam ein anderer und hat ihn erschlagen. Sie brauchen der Polizei gar nichts zu erzählen. Das werden Sie doch nicht tun, oder? Die Geschichte mit den Handschuhen ist bestimmt harmlos. Sie werden Leslie kein Haar krümmen. Warten Sie wenigstens, bis wir das wissen.«

Sie hatte nur mit halbem Ohr zugehört. Noch immer rang sie mit der Erkenntnis, dass er ihr die Freiheit wiedergeschenkt hatte. Farbe kam in ihre Wangen, und Hoffnung spiegelte sich in ihren Augen.

»Es ist doch wahr? Du versuchst doch nicht nur, mich mit einem wohltätigen Märchen zu trösten? Nein, das tust du nicht. O Dominic! Dann bin ich also keine Mörderin? Du ahnst ja nicht, was ich seit gestern früh durchgemacht habe, als ich hörte, dass er tot ist.«

»Natürlich sind Sie unschuldig. Alles, was ich gesagt habe, ist wahr. Nicht wahr, Sie werden denen da drin nichts erzählen?«

»Doch«, erwiderte sie. »Ich muss. Dominic, was hätte ich ohne dich anfangen sollen? Verstehst du denn nicht – jetzt macht es mir gar nichts mehr aus. Aber ich muss es ihnen sagen, wegen Leslie. Ich kann beweisen, dass sein Vater noch am Leben war, als er ihn verließ. Ich kann beweisen, dass er ihn nicht getötet hat. Jetzt bin ich einmal hier und werde auch nicht umkehren. Ich habe lange genug die Wahrheit verschwiegen. Wenigstens kann ich dafür sorgen, dass Leslie mit dieser Sache nicht mehr behelligt wird.«

»Aber nein«, protestierte Dominic, als sie aufstand. Er ergriff ihr Handgelenk und zog sie wieder neben sich. »Sie können nur beweisen, dass er ihn während der kurzen Zeit, die Sie bei ihm waren, nicht getötet hat. Aber er kann ja zurückgekommen sein. Irgendjemand muss ja gekommen sein. Außerdem, wenn Sie der Polizei die Sache erzählen, dann denken sie vielleicht, Sie haben den Schluss einfach weggelassen. Sie werden glauben, dass Sie geblieben sind und ihn getötet haben.«

»Warum sagst du das?«, fragte Kitty mit aufgerissenen Augen. »*Du* denkst doch nicht so. Du glaubst mir doch. Warum nicht auch sie?«

»Weil es zu ihrer Pflicht gehört, niemandem und nichts zu glauben. Wie wollen Sie es denn beweisen?«

»Ich kann es nicht«, meinte sie erblassend. »Aber jetzt kann ich nicht mehr umkehren. Ich könnte es nicht ertragen. Du brauchst dir meinetwegen keine Sorgen zu machen.«

Sie drehte sich noch einmal nach ihm um, als sie ging. »Keine Angst, ich werde dich nicht verraten«, rief sie ihm zu. Er wäre beinahe in Tränen der Wut ausgebrochen, weil er ihr nicht zurufen konnte, dass er nicht um sich selbst Angst hatte, dass ihm gleichgültig war, was mit ihm geschah, dass nur sie ihm wichtig war und dass sie einen entsetzlichen Fehler beging, dass er es nicht ertragen konnte und dass er sie liebte.

Kitty war verschwunden. Es war zu spät. Er setzte sich wieder, kauerte sich auf der Bank zusammen, quälte sich mit seinen Gedanken, bis die furchtbaren Folgen seiner Tat ihm schlagartig vor Augen kamen. Er hatte sie ihrer einzigen Verteidigung beraubt, ihrer Unwissenheit! Wenn sie ihrem Impuls gefolgt und ohne Zögern hineingegangen wäre, um ihre Geschichte zu erzählen, dann hätten sie selbstverständlich ebenso klar wie er die klaffende Lücke bemerkt. Sie hätten ihr Fragen über das

Tatwerkzeug gestellt, über die Verletzungen, und sie hätte keine Ahnung gehabt, wovon sie redeten. Ihre Verwirrung, ihre Fragen wären glaubhaft gewesen. Doch jetzt hatte er ihr die Wahrheit gesagt. Sie war keine gute Schauspielerin, die sich dumm stellen konnte, sie würde sich verraten. Und schlimmer noch – sie würde zu ihrem Wort stehen, ihn decken und nicht erklären, woher sie die geheim gehaltenen Details hatte. Nur eine Hand voll Leute wussten davon – und der Mörder. Er hatte sie also praktisch der Verurteilung ausgeliefert.

Er hatte keine andere Wahl, als seinem Vater die Wahrheit zu gestehen. Nur so konnte er Kitty vielleicht noch helfen und den Schaden, den er angerichtet hatte, wieder gutmachen. Aber er musste mit seinem Vater allein sprechen. Vielleicht ergab sich doch noch ein winziger Hinweis auf Kittys Unschuld, der es unnötig machte, sein Geständnis im ganzen Revier zu verbreiten. Angenommen, sein Vater fühlte sich verpflichtet, den Dienst zu quittieren, angenommen –.

Er sehnte sich danach, dass sein Vater herauskommen möge, um ihn nach Hause zu bringen. Doch als schließlich auf den Fliesen im Vorsaal Schritte widerhallten und er sich hoffnungsvoll und ängstlich zugleich umdrehte, war es nur Leslie Armiger, beschwingt und strahlend vor Erleichterung. Er fühlte sich wie neugeboren. Die alten Handschuhe, die er weggeworfen hatte, nachdem er den Schuppen gestrichen hatte! Sie waren zwar von allen möglichen Farben, Lacken und Lösungsmitteln fleckig, doch nicht von Blut. Bei ihrem Anblick hatte er voller Erleichterung gelacht, befreit von der Beklemmung, in die ihn Georges Kommen gestürzt hatte. Jetzt war seine Lage weder besser noch schlechter als vor diesem Sturm im Wasserglas, doch immerhin hatte diese Niederlage der Polizei sein Ansehen allenthalben gehoben.

George Felse war vom Verhör abberufen worden, um in seinem Büro eine andere Person zu vernehmen, doch Leslie wusste nicht, wer diese Person war, und er hatte keine Ahnung, ob sie etwas mit dem Tod seines Vaters zu tun hatte. Er wusste es nicht, und es kümmerte ihn auch nicht. Er war auf dem Weg nach Hause, zu Jean, frei und beinahe rehabilitiert, und niemals wieder würde er sich so schnell ins Bockshorn jagen lassen.

Es dauerte noch zehn Minuten, bis George auftauchte, um mit seinem Sohn zu sprechen. Auch dann teilte er ihm nur rasch mit, dass er noch nicht nach Hause fahren könne, sondern wahrscheinlich noch mehrere Stunden zu tun habe. Dom solle lieber den Bus nehmen. Noch ehe er überhaupt den Mund öffnen konnte, war sein Vater schon wieder verschwunden.

Hängenden Kopfes machte er sich auf den Weg. Er hatte keine andere Wahl. Buntys Fragen begegnete er mit Einsilbigkeit, verzehrte lustlos sein Abendessen und flüchtete sich dann mit seinen Büchern in eine Ecke.

Erst um zwanzig vor zehn kam George nach Hause. Er sah abgespannt aus, war nicht ansprechbar. Bunty setzte schweigend das Essen vor ihn hin und stellte keine Fragen, obwohl sie an vertrauten Anzeichen erkannte, dass ihn etwas beschäftigte, was früher oder später auch zur Sprache kommen musste. Als er gegessen hatte, lehnte er sich müde zurück und sagte mit einer Stimme, in der weder Befriedigung noch Freude schwangen: »Es ist alles vorüber. Wir haben soeben eine Verhaftung im Fall Armiger vorgenommen. Kitty Norris.«

Buntys Ausruf wurde vom Quietschen eines Stuhles übertönt. Zitternd sprang Dominic auf.

»Nein«, sagte er schwach. »Bitte, Papa, ich muss mit dir sprechen. Deswegen. Es ist wichtig.« Er sah seine Mutter flehend an, seine Lippen zitterten. »Mammi, macht es dir etwas aus –«

»Schon gut, mein Schatz«, erwiderte Bunty und belud ihr Tablett, als sei nichts geschehen. »Ich gehe spülen.«

Sie räumte den Tisch ab, strich Dominic einmal leicht über die Wange und trug das Tablett hinaus in die Küche. Sorgfältig schloss sie die Tür hinter sich. Ein wenig hilflos blickten Vater und Sohn einander an, nachdem Bunty sie allein gelassen hatte. Beide wussten, dass sie jetzt einer entscheidenden Krise ins Auge sehen mussten, und George schreckte ebenso davor zurück wie Dominic. Er war müde und schlecht gelaunt, und er war sich dessen bewusst. Dieser unglückselige Junge war im Begriff, Unheil heraufzubeschwören, das sich vielleicht nicht abwenden ließ, selbst wenn sie sich alle Mühe gaben.

»Du weißt doch, dass ich heute Abend draußen auf dich gewartet habe, als Kitty Norris kam«, begann Dominic verzweifelt. »Ich habe vor dir mit ihr gesprochen. Sie erzählte mir, wie sie Armiger die Treppe hinuntergestoßen hat, weil er – sie beleidigte. Und sie glaubte, sie hätte ihn getötet. Sie hat es nicht getan. Du musst mir glauben. Sie ist nur weggegangen und hat ihn da liegen lassen. Sie sagte –«

»Ich weiß nicht, weshalb wir uns darüber unterhalten«, unterbrach ihn George mühsam beherrscht. »Aber wenn ich dir damit einen Gefallen tun kann, bitte. Wenn sie wirklich weggegangen ist und ihn bewusstlos dort liegen ließ, woher wusste sie dann, dass er mit einer Champagnerflasche erschlagen worden ist? Woher? In den Zeitungen wurde lediglich berichtet, dass er an Kopfverletzungen gestorben ist. Willst du mir also sagen, wieso sie unschuldig sein soll?«

Sie hatten ihr also Fangfragen gestellt, sie ins Kreuzverhör genommen, so lange, bis sie gestolpert war und sich verraten hatte. Dominic hasste sie alle, sogar seinen Vater, doch am meisten hasste er sich selbst. Er hätte wissen müssen, dass sie darauf bestehen würde, alles zu sagen, weil sie Leslie retten wollte, Leslie, diesen Narren, der sie nicht geheiratet hatte, Leslie, den sie noch immer so hoffnungslos und verzweifelt liebte.

»Sie wusste es, weil ich es ihr gesagt habe«, krächzte Dominic.

Er setzte sich, weil seine Knie nachgaben. George trat schwerfällig vor ihn hin. Er stützte sich mit den Händen auf den Tisch und beugte sich zu seinem Sohn hinunter. Unwillkürlich zog Dominic den Kopf zwischen die Schultern. Am liebsten hätte er die Augen geschlossen, aber das konnte er nicht, weil er das, was jetzt auf ihn zukam, selbst verschuldet und verdient hatte.

»Was hast du getan?«, fragte George.

»Ich habe es ihr gesagt. Ich dachte, sie würde euch dann gar nicht erzählen müssen, dass sie überhaupt dort war. Sie wollte dir sagen, dass sie ihn getötet hat, aber sie wusste doch gar nicht, dass er erschlagen worden ist. Sie dachte, er hätte einen tödlichen Schädelbruch erlitten, als er die Treppe hinunterstürzte. Ich wusste natürlich, dass sie seinen Tod nicht verschuldet hatte. Wie konnte ich sie da im Glauben belassen, eine Mörderin zu sein? Ich musste ihr die Wahrheit sagen.«

In seiner Verzweiflung stieß er trotzig hervor: »Ich würde es wieder tun.«

»Es war sehr dumm.«

»Ich weiß«, sagte er düster. »Aber ich musste es tun. Jetzt habe ich alles nur verschlimmert.«

»Abgesehen davon hast du es uns unmöglich gemacht, zu beurteilen, inwieweit sie die Wahrheit sagt. Du weißt auch, was du noch getan hast, nicht wahr?«, fragte George unbarmherzig.

Ja, das wusste er. Er hatte die Grundfesten des Hauses erschüttert, die Säulen, auf denen sein Dach ruhte. Er hätte selbst niemals geglaubt, dass er dazu fähig sein würde. Einen Augenblick waren seine Gefühle geteilt; er empfand mit seinem Vater, der überrascht und vorwurfsvoll vor ihm stand, und mit Kitty, die verletzt und gefangen war. Er fühlte sich hin- und hergerissen zwischen diesen beiden Polen.

»Ich werde natürlich dem Chef darüber berichten müssen«, meinte George. »Ich mache mir selbst mehr Vorwürfe als dir. Es bleibt mir nichts anderes übrig, als ihm zu melden, dass ich ständig das Dienstgeheimnis verletzt habe. Ich hätte dich nicht in dienstliche Dinge einweihen dürfen. Es war kindisch, von dir

Verschwiegenheit zu erwarten.« Und trotzdem hatte er sie als selbstverständlich vorausgesetzt. Erst jetzt, da er dieses bedingungslose Vertrauen verloren hatte, wusste Dominic es zu schätzen.

»Ich habe es nicht leichten Herzens getan«, sagte er verschreckt. »Es war das erste Mal.«

»Einmal ist zu viel. Ich muss morgen mit Chefinspektor Duckett sprechen und die Verantwortung auf mich nehmen. Da gehört sie auch hin.«

»Es tut mir Leid«, stammelte Dominic niedergeschlagen. »Musst du das wirklich?«

»Ja. Aus Fairness nicht nur dir, sondern auch Kitty gegenüber. Wenn er mich auffordert, den Hut zu nehmen, dann ist er völlig im Recht.« Es war grausam, das zu sagen, denn er war überzeugt, dass Duckett unter den gegebenen Umständen, jetzt, da der Fall praktisch abgeschlossen war, sich kaum die Mühe machen würde, ihm zuzuhören, und sich höchstens zu einer rein formellen Rüge aufraffen würde. »In Zukunft«, fuhr er fort, »werde ich natürlich darauf achten müssen, nicht von einem Fall zu sprechen, wenn du in Hörweite bist. Ich werde dafür sorgen, dass so etwas nicht wieder vorkommt. Du wirst mir jetzt, an dieser Stelle, dein Wort geben, dich nicht mehr in diese Angelegenheit zu mischen. Du hast genug Schaden angerichtet.«

»Das kann ich nicht. Das werde ich nicht tun. Ich sagte dir doch, Kitty wusste gar nichts. Erst ich habe es ihr erzählt. Siehst du denn nicht ein, dass es keinerlei Beweise gegen sie gibt? Papa, ihr müsst sie freilassen! Ihr habt kein Recht, sie festzuhalten, jetzt, da ich dir alles gesagt habe. Sie ist unschuldig, und wenn du nichts tust, um das zu beweisen, werde ich es selbst tun.«

George hatte es restlos satt. Er öffnete schon den Mund, um etwas zu erwidern, was ihm später bestimmt Leid tun würde. Doch dann schwankte die junge Stimme, die ihn anschrie, und er schluckte es hinunter. Aufmerksam blickte er in das blasse, erregte Gesicht, sah die Qual in den Augen, die seinem Blick standhielten.

Und er verstand. Ein Mensch, den er immer für ein Kind gehalten hatte, blickte ihn plötzlich mit dem Ausdruck eines leidenden Mannes an, und es benahm ihm den Atem. Es wird natürlich nicht dauern, sagte er sich, noch ist es nicht endgültig, er wird noch hundert Mal zwischen Kindlichkeit und Reife schwanken, doch es ist die erste Vorahnung des Kommenden. Gott, dachte George fassungslos, und ich habe ihn mit ihr geneckt. Wie kann man nur so blind sein?

Mit langsamen Schritten ging George zum Tisch und setzte sich. »Gut, mein Junge«, sagte er sachlich, »ich bin dir gegenüber nicht fair gewesen. Es ist das erste Mal, dass du mich enttäuscht hast, und in Anbetracht der Umstände ist es verzeihlich. Ich glaube nicht, dass du es leichtfertig getan hast, ich unterschätze deine Beweggründe nicht. Ich mache dir auch keine Vorwürfe, dass du mir dein Wort nicht geben willst. An deiner Stelle würde ich wahrscheinlich genauso handeln. Da ich schließlich derjenige war, der die Regeln missachtet hat, kann ich es ebenso gut noch einmal tun und dir sagen, wie der Fall jetzt liegt. Es wird dich kaum glücklicher machen, aber vielleicht wirst du dich dann nicht mehr quälen. Seit Kitty Norris uns heute Abend ihre Geschichte erzählt hat, haben wir uns umgehört. Wir haben ihre Nachbarn vernommen, und die aus dem Parterre erzählten uns, dass sie nicht um halb elf, wie sie ursprünglich behauptete, und auch nicht um zehn nach elf, wie sie heute Abend behauptete, nach Hause kam, sondern erst nach Mitternacht. Sie weigert sich, uns eine Erklärung zu geben.«

»Vielleicht haben sie sich geirrt«, begann Dominic mühsam.

»Ich habe nicht gesagt, sie leugnete; ich sagte, sie weigert sich, uns eine Auskunft zu geben.« Die Stimme wurde immer sanfter. »Das ist nicht alles, Dom. Wir sicherten auch die Kleider, die Kitty an jenem Abend trug. Ich habe sie gesehen, sie hatte ein schwarzes Seidenkleid mit weitem Rock an und dazu eine rot-blaue Seidenstola mit Goldstickerei. Ich habe die Sachen schnell gefunden. An der Stola ist eine Ecke abgerissen, und bis jetzt haben wir keine Spur davon gefunden. Am Rocksaum auf der linken Seite haben wir Flecken festgestellt. Sie waren nicht leicht zu erkennen, wegen der dunklen Farbe des Kleides, aber wir haben Untersuchungen gemacht. Es ist Blut. Die Blutgruppe Armigers. Auch auf ihrer linken Schuhspitze fand sich ein Fleck. Ebenfalls Blut, Dom. Dieselbe Gruppe. Aber nicht Kittys Gruppe. Wir haben es geprüft.«

Dominic schloss die Augen. Die Silbersandaletten, die sie im Jachtklub in den Händen gehalten hatte, glitzerten vor seinen Augen. Es waren sicherlich nicht dieselben Schuhe, aber sie tanzten und schwebten und ließen sich nicht bannen.

»Es tut mir Leid, Junge«, schloss George. Er stand auf und entfernte sich vorsichtig. Er konnte Dominics Gesicht nicht länger mit ansehen. Die schmalen Schultern waren hochgezogen, bewegungslos. »Natürlich ist es noch nicht das Ende der Geschichte, Dom«, meinte George tröstend, »aber wir dürfen keine Vogel-Strauß-Politik treiben. Die Aussichten sind nicht rosig. Ich musste es dir sagen, um dich nicht hinters Licht zu führen. Nimm es dir nicht so zu Herzen.«

Einen Augenblick ruhte seine Hand auf Dominics Schulter.

Brüsk stand Dominic auf und steuerte blindlings zur Tür. An Bunty vorbei stolperte er zur Treppe. Bunty sah ihm nach, streifte George mit einem Blick und wollte ihrem Kind folgen. »Nein!«, rief George warnend und schüttelte den Kopf. »Lass ihn allein. Er muss darüber hinwegkommen.«

9

Als er am nächsten Morgen zum Frühstück erschien, war er mit sich und seinen Gefühlen im Reinen und hatte eine Stellung bezogen, aus der ihn keiner verdrängen sollte. Das verrieten der entschlossene Ausdruck seines blassen Gesichts und die zusammengepressten Lippen. Er schien über Nacht gereift zu sein, seine Züge schienen sich gefestigt zu haben. Beherrscht setzte er sich an den Tisch, wünschte seinen Eltern ebenso wohlerzogen wie sonst guten Morgen, zum Zeichen, dass er sich ganz in der Gewalt hatte, und zeigte Bunty eine Art männlicher Aufmerksamkeit, die sie nicht an ihm kannte. Ernsthaft ging sie darauf ein. Es würde interessant sein, plötzlich zwei Männer im Haus zu haben. Sie konnte sich über George zwar nicht beklagen, aber ein Rivale konnte ihm nicht schaden. Ihr jedenfalls hätte es Spaß gemacht, wenn es nur nicht gerade auf diese Art und Weise dazu gekommen wäre. Sie und George hatten sich am frühen Morgen über Dominic unterhalten, und es fiel ihnen jetzt schwer, sich nicht anmerken zu lassen, dass sie sich um ihn Sorgen machten.

»Wegen gestern Abend, Papa«, begann er schließlich ohne Umschweife und fast beiläufig, »ich habe darüber nachgedacht, was ich tun soll. Alles, was du mir erzählt hast, habe ich mir durch den Kopf gehen lassen. Danke, dass du offen warst. Aber eines weiß ich gewiss, und für mich ist das entscheidend, auch wenn du es nicht akzeptierst – ich meine, weil du einfach nicht so sicher sein kannst wie ich. Als Kitty mit mir sprach, wusste sie nicht, wie Mr Armiger getötet worden war. Folglich kann sie ihn unmöglich umgebracht haben. Ich erwarte nicht, dass du davon ebenso überzeugt bist wie ich, weil du sie ja nicht gehört hast. Aber für all die anderen Beweise, die gegen sie sprechen, muss es eine Erklärung geben.«

»Wir werden versuchen, sämtliche Fragen zu klären«, entgegnete George. »Ich sagte dir doch, dass der Fall noch nicht abgeschlossen ist.«

»Ja. Aber ihr werdet euch bei eurer Arbeit nur von einem Gedanken leiten lassen. Euer Ziel ist doch die Verurteilung, oder nicht?«

Die Bitterkeit in Dominics Stimme rührte George. Aber er wollte mit ihm sprechen, wie von Mann zu Mann, und deshalb fragte er scharf: »Verdammt noch mal, glaubst du denn, dass mir diese Lösung besser gefällt als dir?« In diesem Augenblick war es ihm gleichgültig, ob Bunty der schneidende Unterton störte, wenn er damit nur Dominics Selbstvertrauen stärken konnte.

Die dunkelgeränderten Augen streiften ihn mit einem scheuen, überraschten Blick, dann senkten sich die Lider hastig.

»Nein, wahrscheinlich nicht«, meinte Dominic vorsichtig. »Nur, ich bin eben meiner Sache sicher, und deshalb erscheint mir alles in einem ganz anderen Licht. Vielleicht werde ich auch gerade aus diesem Grund Dinge entdecken, die euch entgehen. Du wirst verstehen, dass ich es versuchen muss.«

»Ich kann verstehen, dass es dich zum Handeln drängt«, stimmte George einschränkend zu.

»Du hast also nichts dagegen?«

»Vorausgesetzt, dass du uns nicht behinderst. Aber wenn du tatsächlich etwas Wesentliches ermitteln solltest, dann vergiss nicht, dass es deine Pflicht ist, die Polizei zu verständigen.«

»Gehe ich richtig in der Annahme, dass du andererseits dich nicht verpflichtet fühlst, mich über eure Ergebnisse zu informieren?«

Das kam so arrogant, dass George seine Theorie über Dominics Selbstvertrauen revidierte. Er schien sich auch so recht gut zu entwickeln, und es bestand kein Grund, weshalb man die Dinge ins Kraut schießen lassen sollte. »Ja«, erwiderte er fest. »Nach den gestrigen Geschehnissen wird dich das wohl kaum überraschen.«

»O. K.«, sagte Dominic ernüchtert. »Entschuldigung.«

Er stand auf und ging, ohne ein Wort über seine Absichten verlauten zu lassen. Es war Samstag, da blieb es ihm wenigstens erspart, sich über Schulbücher hocken zu müssen, auf die er sich doch nicht hätte konzentrieren können. Bunty folgte ihm in den Garten, wo er voller Ingrimm das Fahrrad aufpumpte. Sie stellte keine Fragen, sondern sagte nur »Mach's gut, mein Schatz«, und küsste ihn, wie immer, wenn sie wusste, dass ihm etwas Schweres, beispielsweise eine Klassenarbeit, bevorstand. Pflichtschuldig hob er den Kopf. Doch anstatt den Kuss hastig mit dem Handrücken abzuwischen, was er gewöhnlich tat, richtete er sich auf und blickte sie mit einem Ausdruck inneren Zwiespalts an, als wisse er nicht genau, wohin er eigentlich gehöre, in die Welt der Erwachsenen oder in die der Kinder.

»Danke, Mammi«, sagte er rau, in Einklang mit dem gewohnten Ritual.

Sie stopfte eine Zehnshillingnote in seine Tasche. »Ein Vorschuss auf dein Taschengeld«, bemerkte sie.

Einen Augenblick war er sich nicht sicher, ob er wirklich ernst genommen wurde. »Ich mache keine Witze«, brummte er tadelnd.

»Ich auch nicht«, erwiderte Bunty. »Ich kenne das Mädchen nicht, aber du kennst es. Und wenn du sagst, dass Kitty es nicht getan hat, dann glaube ich das auch. Wenn du etwas brauchst, dann komm zu mir, ja?«

»Ja. Vielen Dank, Mammi.«

Er bedankte sich nicht für das Geld und auch nicht für die angebotene Unterstützung, nein, er dankte ihr für ihr Verständnis, weil sie erkannt hatte, dass sein Gefühl für Kitty echt war und dass man ihm Achtung zollen musste.

Doch diese warme Aufwallung half ihm nicht weiter, und während er sich auf sein Fahrrad schwang und zu der »Lachenden Barfrau« radelte, überkam ihn die Mutlosigkeit mehr denn je. An der Straßengabelung hielt er und starrte nachdenklich das Haus an. Nur wenige Leute noch blieben vor dem Gebäude stehen. Ihre Neugier hatte sich Kitty zugewandt. Heute Morgen hatten die Zeitungen in Schlagzeilen von der sensationellen Festnahme berichtet. Kitty Norris! Ist denn das die Möglichkeit?

Dominic wollte Kittys Heimweg an jenem Abend rekonstruieren. Er radelte zu dem neuen Hotel. Hier hatte sie angehalten, bevor sie rechts abgebogen und in Richtung Comerbourne davongefahren war. Das musste gegen Viertel nach zehn gewesen sein. Unterwegs hatte sie sich dann anders besonnen, noch vor der Abzweigung nach Wood's End, die dann in einen holprigen Weg mündete, der sonst nur von Bauern benützt wurde. Er schlängelte sich zwischen Abhängen und Sumpfwiesen dahin. Wahrscheinlich war sie langsam und vorsichtig gefahren, wegen der scharfen Kurven und der Schlaglöcher.

Nach etwa fünfhundert Metern war sie dann vor dem Ortsschild von Wood's End wiederum nach rechts in einen Feldweg abgebogen. Nach etwa dreihundert Metern hatte sie die hohe Mauer erreicht, die den Hof der »Lachenden Barfrau« umgab. Dort am Wäldchen hatte sie geparkt. Es war nur zu leicht einzusehen, weshalb. Hier konnte man nämlich gefahrlos von der Straße abbiegen, auf eine niedergetretene Wiesenfläche im Schatten der Bäume. Zu diesem Zeitpunkt musste es ungefähr halb elf gewesen sein.

Dominic stieg ab und schob sein Rad die letzten fünfzig Meter von der Stelle, wo sie geparkt hatte, bis zum hinteren Tor des Hofes. Zwei hohe eiserne Pfosten versperrten Autos die Durchfahrt. Der Tanzsaal lag ganz in der Nähe. Sie hatte lediglich diesen abgelegenen Hofwinkel zu durchqueren, um zur Tür zu gelangen. Dort hatte Armiger auf sie gewartet; ganz erfüllt von seinem neuen Plan, an ihrer Zustimmung keinen Augenblick zweifelnd.

Welchen Zeitraum hatte das Geschehen beansprucht? Sicher

keinen großen. Sie hatte versucht, ihn Leslie geneigt zu machen, während er sich im Glanz seiner Zukunftspläne sonnte, überzeugt, dass sie auf seiner Seite stehe. Zwei Menschen, die mit allen Fasern aneinander vorbeiredeten. Wenn sie gegen halb elf hier erschienen war, oder vielleicht auch etwas später, dann, so überlegte Dominic, musste sie schon lange vor elf wieder geflohen sein. Armiger hatte bestimmt höchstens eine Viertelstunde gebraucht, um ihr seine Ideen darzulegen, er war kein Freund von Umschweifen. Außerdem ließ auch Kittys Behauptung, dass sie zehn nach elf zu Hause gewesen sei, eine ziemlich genaue Schätzung zu. Denn obwohl die Aussagen ihrer Nachbarn sie Lügen straften, musste sie sich ausgerechnet haben, dass sie um diese Zeit nach Hause gekommen wäre, wenn nicht etwas sie aufgehalten hätte. Zwischen zehn vor elf und fünf vor elf also musste sie aus dem Tanzsaal gerannt sein, wo Armiger bewusstlos an der Treppe lag. Dominic war davon überzeugt.

Und dann? Sie musste nur eines im Sinn gehabt haben, wie sie ja auch selbst gesagt hatte: Flucht. War sie bis zur nächsten Abzweigung gefahren, um an dem Hotel vorbei wieder auf die Hauptstraße zu gelangen? Oder drehte sie einfach und fuhr denselben Weg zurück, den sie gekommen war? Er entschied sich dafür, dass sie gedreht hatte. Dieser Weg war einsamer und kürzer. Mit ziemlicher Sicherheit war sie wieder bis Wood's End gefahren. Sie hätte also nach fünfzehn Minuten zu Hause sein müssen. Warum wurde es aber Mitternacht?

Er dachte angestrengt nach. Ganz bestimmt war das der einzige Punkt, in dem sie gelogen hatte. Aber warum? Eine ganze Stunde, über die sie keine Rechenschaft ablegen wollte. Was immer sie auch in dieser Zeit getan haben mochte, er war sicher, dass sie nicht umgekehrt war und Alfred Armiger getötet hatte. Warum also wollte sie nicht erklären, was in dieser Zeit geschehen war? Weil dann ein anderer in den Fall verwickelt würde? Jemand, der ebenso unschuldig war wie sie und dem sie nicht schaden wollte?

Ihr einziger Wunsch war es gewesen, das Weite zu suchen. Wenn sie das nicht getan hatte, dann weil sie nicht konnte.

Er schob langsam sein Fahrrad zurück nach Wood's End. Er ging lieber zu Fuß. Immer wieder ließ er die mageren Ergebnisse seiner Nachforschungen an sich vorüberziehen, versuchte sie auszuwerten und zu einem Schluss zu gelangen. Hier hatte sie gedreht und war zurückgefahren, und doch war sie erst nach Mitternacht nach Hause gekommen. Wahrscheinlich war sie schnell gefahren, auf der Flucht vor dem beschämenden Erlebnis, das sie mit ohnmächtigem Zorn erfüllte. Irgendwo auf diesem Weg überfiel sie die Furcht, und sie fragte sich, ob er schwer verletzt war. Aber sie konnte sich nicht zur Umkehr überwinden, im Gegenteil, dieser Gedanke ließ sie nur umso schneller fahren. Warum also war sie nicht kurz nach elf nach Hause gekommen?

Und dann wusste er es plötzlich.

Es war so einfach, so lächerlich, dass es wahr sein musste. Er hörte förmlich den Motor spucken und aussetzen, glaubte Kitty vor sich zu sehen, wie sie ungeduldig mit dem Fuß den Hahn auf Reserve zu drehen versuchte, wie sie ihn wütend und gereizt zurückzog, weil er bereits auf Reserve stand. Sie war wieder ein Opfer ihrer Vergesslichkeit geworden. Wahrscheinlich hatte sie den ganzen Tag das Tanken aufgeschoben, bis sie es schließlich vergessen hatte.

Ich lerne es nie. Plötzlich bleibt mir dann der Wagen mitten auf der Hauptstraße stehen. Er hörte ihre Stimme, erinnerte sich an jedes Wort. Niemand, der Kitty nicht so gut kannte wie er, keiner, den sie nicht in ihren Fehler eingeweiht hatte, konnte diese einfache Erklärung finden. Sie hatte kein Benzin mehr!

Die nächste Frage: Wo ging es ihr aus? Er dachte nach und kam zu dem Schluss, dass es noch in ziemlicher Nähe des Hotels gewesen sein musste, von Comerbourne noch ein gutes Stück entfernt. Wenn ihr das Missgeschick in der Nähe der Stadt zugestoßen wäre, hätte sie einfach einen vorbeifahrenden

Wagen angehalten und den Fahrer gebeten, ihr etwas Benzin abzuzapfen oder die nächste Tankstelle zu benachrichtigen. Der Zwischenfall wäre für sie ein ebenso gutes Alibi gewesen wie etwa ihre Ankunft zu Hause um zehn nach elf. Sie hätte nicht zu lügen brauchen. Doch Kitty hatte gelogen, das war einer der wichtigsten Belastungspunkte. Nein, hier auf diesem Weg, in der Nähe des Hotels, musste der Wagen gestreikt haben. Hier hatte sie keinen Wagen anhalten und den Fahrer um Hilfe bitten wollen, weil sie sonst aufgefallen wäre. Niemand sollte erfahren, dass sie hier gewesen war.

Es war kurz vor Wood's End, als Dominic auf eine Stelle stieß, wo zweifellos ein Wagen ganz nahe an die Hecke herangefahren worden war. Im Gras waren Reifenspuren zu erkennen, und einige Zweige waren abgeknickt. Das konnte Kittys Wagen gewesen sein, aber vielleicht auch ein anderer. Er konnte sich nur Gewissheit verschaffen, wenn sie sich entschloss, die Wahrheit zu sagen.

Aber angenommen, dies war tatsächlich die Stelle, an der ihr Wagen stehen geblieben war, was war ihr nächster Schritt? Auf jeden Fall musste sie jemanden um Hilfe bitten. Das Nächstliegende war, bis zu der Telefonzelle in Wood's End zu laufen und jemanden anzurufen, dem sie bedingungslos vertrauen konnte. Diese Person war ihr zu Hilfe gekommen, hatte ihr Benzin gebracht. Kittys beharrliches Schweigen beruhte zweifellos darauf, dass sie fürchtete, diese Person könne jetzt wegen Beihilfe zum Mord belangt werden. Wenn sie, Kitty, verurteilt werden sollte, dann würde auch ihr Helfer angeklagt werden. Aber nie würde Kitty einen, der sie aus der Not gerettet hatte, verraten.

Dominic zögerte vor der Telefonzelle. Er starrte sie einen Augenblick an, und dann, ohne eigentlich zu wissen, was er zu finden hoffte, zog er die Tür auf und blickte hinein. Nichts. Er wollte gerade die Tür wieder zufallen lassen, als sein Blick ein goldenes Schimmern erhaschte. Hastig riss er die Schwingtür wieder auf. Leicht wie ein Spinnennetz flatterte ein Stück blauroter Seide im Luftzug. Es hatte sich in der Türangel verfangen.

Er streckte die Hand aus, um es abzureißen, doch im letzten Augenblick hielt er inne. Es war eine Ecke der Stola, die Kitty am Abend von Armigers Tod getragen hatte.

Er durfte es nicht berühren. Er musste es erst seinem Vater zeigen. Mit zitternder Hand wählte er die Nummer des Reviers.

»Hier ist Dominic Felse. Kann ich bitte meinen Vater sprechen? Ich weiß, aber es ist wichtig. Es hat etwas mit dem Fall zu tun.«

George steckte bis über beide Ohren in Arbeit. Unterbrechungen reizten ihn, doch Dominic tat ihm Leid, und er wollte es ihm nicht noch schwerer machen. Ohne sonderliches Interesse meldete er sich. Da hörte er voller Überraschung: »Ich bin in der Telefonzelle in Wood's End, Papa. Ich habe die Ecke gefunden, die an Kittys Stola fehlt.«

»Was?«

Geduldig wiederholte Dominic seine Worte. »Es hat sich in der Türangel verfangen. Wahrscheinlich war sie in Eile und hat sich einfach losgerissen, und da riss das Stückchen ab. Ich weiß, ich habe es nicht angefasst. Ich bleibe hier, bis du kommst.«

»Wie um alles in der Welt bist du denn überhaupt dorthin gekommen?«, fragte George völlig verdattert.

»Kombination, Papa. Komm her, dann erzähl' ich dir alles.« Er konnte sich diesen kleinen Triumph nicht versagen, doch in Wirklichkeit war er keineswegs in einem Freudentaumel. Noch lag ein langer Weg vor ihm, und viel stand auf dem Spiel. Während er wartete, lag er mit sich selbst im Kampf, wie viel er seinem Vater erzählen sollte, wie viel er ihm erzählen musste. Das einzige Beweisstück war dieses Stück Stoff, doch es unterstützte seine Theorie, machte sie beinahe zum Tatbestand. Vielleicht sollte er alles erzählen. Denn auch die Tatsache, dass Kitty ihm früher zufällig von ihrer Vergesslichkeit, was Tanken anging, erzählt hatte, konnte als Beweis gelten, ebenso die beschädigte Hecke und die Reifenspuren im Gras.

Schließlich berichtete er dem Vater rückhaltlos von seinen Überlegungen, die schließlich zu der Telefonzelle geführt hatten.

»Klingt alles sehr einleuchtend«, bestätigte George, während er die Hecke untersuchte. »Wir können uns den Wagen ansehen. Vielleicht lassen sich Spuren feststellen. Der Kotflügel müsste ziemlich weit ins Gestrüpp gedrungen sein.«

»Ich könnte Kitty wohl nicht besuchen?«, fragte Dominic sehr beherrscht.

»Ich fürchte nein, Dom. Ich glaube nicht, dass sie dich hineinlassen. Du müsstest schon einen ganz stichhaltigen Grund haben – dass du zum Beispiel ihr Anwalt bist oder ein Mitglied der Familie.«

»Ja, natürlich. Aber du könntest sie doch besuchen, nicht wahr? Du könntest ihr an meiner Stelle Fragen stellen. Wo ihr das Benzin ausgegangen ist, wen sie angerufen hat und so. Ich glaube zwar nicht, dass sie dir antwortet, aber dein Wissen wird sie so überraschen, dass sie sich vielleicht verrät, ohne es zu wollen. Sie ist doch wirklich keine geschickte Lügnerin«, sagte Dominic mit erstickter Stimme. »Sie vergisst, was sie gesagt hat, und dann rutscht ihr unversehens ein Stückchen Wahrheit heraus. Nur, wenn sie für jemanden lügt, wird sie natürlich doppelt vorsichtig sein.« Er scharrte mit den Füßen. »Du könntest ihr nicht eine Nachricht von mir bringen? Oh, nur Grüße. Vielleicht kannst du ihr sagen, dass ich alles tue, was in meiner Macht steht.«

»Diese Nachricht werde ich ihr mit Freuden bringen«, erwiderte George ernst. Er verriet Dominic nicht, dass man am Fahrersitz von Kittys Wagen zwei winzige Blutspritzer entdeckt hatte, und auch nicht, dass die feinen Kratzer am linken Kotflügel ihnen bereits seit Stunden Rätsel aufgegeben hatten. Es schien ungerecht, Dominic nichts davon zu sagen, obwohl er so wertvolles Material beigesteuert hatte, doch es blieb keine andere Wahl. Sie hatten die Bedingungen ihres Waffenstillstands vereinbart.

An diesem Nachmittag besuchte George Kitty. Er begegnete Raymond Shelley, der mit abgespanntem und sorgenvollem Gesicht an ihm vorbeiging. Es fiel ihnen schwer, jetzt noch miteinander zu sprechen. Sie waren Gegner geworden, jeder von ihnen vertrat seine Partei.

»Sie werden natürlich einsehen«, begann Raymond Shelley, »dass ihre Verteidigung darin bestehen wird, die Anklage als völlig grundlos und ungerechtfertigt abzuweisen. Jeder Arzt wird Ihnen sagen können, dass eine Frau gar nicht in der Lage ist, solche Schläge zu führen. Es fehlt ihr auch die physische Kraft dazu, ganz abgesehen von der Brutalität.«

George erwiderte nichts. Er hatte eben diese Frage Duckett gestellt, aber sein Chef hatte nur verächtlich geknurrt. »Das glauben Sie doch selbst nicht. Sie brauchte doch nur zuzuschlagen, das Opfer lag still vor ihr. Jedes kräftige zehnjährige Kind hätte das fertig gebracht.«

»Ich kann es nicht glauben«, stieß Shelley kopfschüttelnd hervor. »Kitty! Ich kenne sie seit ihrer Kindheit. Sie könnte nicht einmal einer Fliege etwas zu Leide tun. Es ist nicht wahr, Felse, es kann nicht wahr sein. Ich werde mir niemals verzeihen, dass ich sie an jenem Abend allein gelassen habe. Wenn ich gewusst hätte, was er vorhatte, hätte ich ihn davon abhalten können.«

Hätte er das wirklich gekonnt?, fragte sich George, während er Shelley mitleidig nachblickte. Wie groß war sein Einfluss auf Armiger wirklich gewesen, wenn es darauf ankam? Hatte nicht Leslie gesagt, dass sein Vater ihn nur benutzt hatte? Er wusste nur so viel von den Angelegenheiten seines Chefs, wie dieser ihm mitzuteilen geruhte, um seine Ziele zu erreichen. Nein, Shelley hätte Armiger nicht von seinem Plan abbringen können, eher wäre er ein Opfer seiner eigenen Opposition geworden.

Kitty hatte den ersten Schmerz überwunden, die Tränen der Hilflosigkeit, der Einsamkeit und der Scham, die ihn gestern so erschüttert hatten. Dominic wusste zum Glück nichts von dieser Stunde des Zusammenbruchs, und er würde es auch niemals erfahren. Ohne Verlegenheit, schlicht und offen, entschuldigte sich Kitty bei ihm. Es würde nicht mehr vorkommen.

»Es tut mir Leid, dass ich es Ihnen so schwer gemacht habe. Es hat mich selbst überrascht. Ich war ganz außer mir. Dabei dachte ich immer, ich hätte ein ausgeglichenes Temperament.«

»Mein Sohn schickt Ihnen Grüße«, bemerkte George. »Ich soll Ihnen sagen, dass er tut, was in seiner Macht steht.«

Sie hob den Kopf und lächelte ihm zu. Sie sah blass und abgespannt aus, die Augen wirkten größer denn je, und das zarte Lächeln vertiefte die Schwermut in ihrem Gesicht.

»Bitte, richten Sie ihm meinen Dank aus. Er ist fast der Einzige, der mir glaubt. Kinder und Narren –« Sie schlug plötzlich die Hand vor den Mund und blickte ihn erschrocken an. »Nein, sagen Sie ihm das nicht. Es trifft ja gar nicht zu und würde ihn nur kränken. Danken Sie ihm, und grüßen Sie ihn von mir.«

»Wir haben die Stelle gefunden, wo Sie Ihren Wagen an den Rand, neben die Hecke, fuhren, weil Sie kein Benzin mehr hatten«, stellte George fest. »Warum haben Sie uns davon nichts erzählt? Sie hätten doch wissen müssen, dass wir es herausbekommen.«

»Er hat es herausgefunden«, widersprach Kitty und lächelte wieder. Ein Lächeln, das für Dominic bestimmt war. »Was für ein Junge. Dass er sich daran erinnert. Aber wissen Sie, er könnte sich auch täuschen. Aber jetzt will ich nicht mehr darüber sprechen. Dieses Thema gefällt mir nicht, und Sie können mich nicht zum Reden zwingen. Ja, eigentlich kann mich jetzt niemand mehr zu etwas zwingen. Nur noch besuchen können mich die Leute. Sie sind mir der liebste Besucher. Der gute alte Ray sieht so traurig aus, dass es mir fast das Herz bricht. Aber wer sonst sollte sich in meine Nähe wagen?«

»Sie haben doch eine Menge Freunde«, meinte George.

»Die hatte ich. Wissen Sie, wie viele standesgemäße junge Männer mich heiraten wollten, seit Leslie vergeben war? Sieben haben mir einen regelrechten Antrag gemacht, und fünf ungefähr standen kurz davor. Und wissen Sie, wie viele versucht haben, mich heute zu besuchen, um mir ihre Liebe zu beweisen? Einer. Es war Leslie, derjenige, der mir niemals Liebe vorspielte.« Sie lachte. Es war kein bitteres, sondern ein fröhliches Lachen. Erst da verstand George. Sie lachte, weil sie sich über Leslies Besuch freute. Ihre Not hatte also auch ihre Lichtblicke.

»Hat man ihn zu Ihnen gelassen?«

»O ja. Er hatte ja immerhin einen gewissen Anspruch. Schließlich ist er der Sohn meines Opfers, der wie ein Bruder mit mir aufwuchs. Er war rührend«, sagte Kitty und lächelte zärtlich auf ihre Hände hinunter; jeder Mann hätte für dieses Lächeln Wunder vollbracht. »Und schrecklich erregt. Ich glaube fast, er fühlt sich für mich verantwortlich, nur weil es sein Vater war, der getötet wurde. Als ob er mich in diese Lage gebracht hätte. Aber ich allein trage daran die Schuld. Sie werden das hoffentlich nicht als Geständnis auslegen. Es ist nämlich keines.«

»Sie decken einen anderen«, sagte George unvermittelt.

Sie wandte den Kopf und sah ihn an, nicht so jäh, dass er hätte behaupten können, sie habe eindeutig reagiert, doch immerhin so aufmerksam, dass er wusste, sie hörte genau zu.

»Die Person nämlich, die Sie anriefen und um Hilfe baten«, fuhr George fort. »Wir fanden ein Stück Ihrer Stola in der Telefonzelle in Wood's End. Dachten Sie etwa, wir würden von Ihrem Anruf nichts erfahren? Das Beste ist, Sie berichten uns jetzt alles über diesen Zwischenfall, es ist sowieso nur eine Zeitfrage.«

»Ich habe Zeit«, erwiderte Kitty lächelnd, beinahe neckend, obwohl durch jedes ihrer Worte Traurigkeit schimmerte.

»Wer war es, Kitty?«

»Ich weiß gar nicht, wovon Sie sprechen. Mir ist eben etwas eingefallen. Wenn ich verurteilt werde, kann ich doch mein Opfer nicht beerben, oder? Was geschieht also mit dem Geld? Ich habe gar nicht daran gedacht, Ray zu fragen, weil ich ihn dauernd trösten musste. Wissen Sie es vielleicht?«

»Ich bin nicht sicher. Aber meiner Ansicht nach würde es automatisch an den nächsten Verwandten fallen, wenn das Testament nicht ausdrücklich etwas anderes bestimmt.«

»Gut«, bemerkte sie befriedigt. »Dann brauchen sich Leslie und Jean wenigstens nicht mehr zu sorgen. Ich sollte wohl auch ein Testament machen, meinen Sie nicht?«

George öffnete den Mund, doch er brachte kein Wort heraus. Sie blickte auf. »Es ist schon gut«, sagte sie schnell und tröstend. »Ich habe es nicht so gemeint. Ich weiß, selbst wenn alle Stricke reißen, war es nicht vorsätzlicher Mord.«

10

»Da ist sie«, sagte Leslie und trat vom Tisch zurück. »Die ›Lachende Jungfrau‹ in höchsteigener Person. Ich habe Ihren Rat beherzigt und sie gestern bei Cranmer abgeholt. Was halten Sie von ihr?«

Wenn George einfach die Wahrheit gesagt hätte, wäre die Antwort so ausgefallen: Nicht viel! Die Holztafel lehnte an der Wand, und im trüben Licht dieses Sonntagvormittags ließ sie ihn völlig unbeeindruckt. Die Fleischfarben schimmerten in gelblich braunem Ton, und die kräftigeren Töne waren zu einem tiefen Tabakbraun verwittert. Gegen den Hintergrund, der einstmals tiefblau oder grün gewesen sein mochte, hob sich die Büste einer Frau ab. Ihre Hände waren unter dem zarten, jungfräulichen Busen gekreuzt, der von dem unbeholfen gemalten Spitzengeriesel ihres Kragens verborgen war. Die Schultern unter den Falten ihres Kleides waren gestrafft, der Hals war lang, in seiner gegenwärtigen Darstellung ganz formlos, und leicht nach vorn geneigt wie der Stiel einer Blume, der Kopf in den Nacken gelegt. Sie blickte nach rechts, bot gleichsam dem Licht ihr Gesicht, und lachte. Trotz des fehlenden Spiels von Licht und Schatten, obwohl ihr Gesicht so gar nicht plastisch wirkte, konnte man sehen, dass es ein Lachen der Freude war und nicht ein Lachen der Belustigung.

»Ich weiß in der Malerei gar nicht Bescheid«, gestand George ehrlich. »Offen gestanden finde ich es ziemlich hässlich. Es ist so ein seltsamer Mischmasch. Dieses Spitzengeriesel um ihren Hals, die Korkenzieherlocken, das alles sieht mir eigentlich mehr nach frühviktorianischem Realismus aus. Aber ihre Pose ist gar nicht viktorianisch oder realistisch. Die Haltung des Kopfes ist mehr die einer altägyptischen Priesterin. Klingt das einigermaßen vernünftig?«

»Höchst vernünftig sogar. Was finden Sie an der Malerei hässlich? Die Proportionen oder die Details?«

»Die Details, glaube ich. Die Proportionen stimmen. Die Farbe ist natürlich ziemlich plump aufgetragen, aber das kommt wahrscheinlich daher, dass das Bild im Laufe der Jahre immer wieder übermalt worden ist.«

»Hören Sie mal«, sagte Leslie respektvoll, »ich habe fast das Gefühl, Sie machen unseren Kunstkritikern den Rang streitig.« Er hatte in seiner Aufregung ganz vergessen, dass er und George bisher Gegner waren. »Genau das ist nämlich geschehen, und zwar schon während der letzten Jahrhunderte. Jedes Mal, wenn die Farben zu verblassen drohten, hat irgendein völlig unbegabtes Familienmitglied zu Pinsel und Farbe gegriffen. Ab und zu hat sich einer dieser Dilettanten dazu hinreißen lassen, irgendwelchen Firlefanz hinzuzufügen, wie beispielsweise die Korkenzieher, die Sie mit Recht störten. Aber die Ausgewogenheit der Formen, die Aufteilung des Raumes, das ist ursprünglich und gut. Ich wüsste gern, wie die Malerei ausgesehen hat, ehe sie zum Gasthausschild degradiert wurde. Denn ich bin sicher, dass sie das nicht immer war.«

Jean starrte die lachende Frau aufmerksam an. »Weißt du, sie erinnert mich an irgendetwas. Es fällt mir nur nicht ein. Glaubst du, dass sie immer gelacht hat?«

»Ja, das glaube ich schon. Die Haltung ihres Kopfes verrät es. Aber wenn wir Glück haben, werden wir es bald wissen. Heute Nachmittag bringe ich sie zu einem Sachverständigen, der für die Universitätsgalerie verantwortlich ist«, erklärte Leslie befriedigt. »Brandon Lucas. Mir ist eingefallen, dass ich mit seinem Sohn zusammen in Oxford war. Da war das Eis natürlich viel schneller gebrochen. Er sagte, er würde sie sich gern einmal ansehen.«

»Hat Cranmer Ihnen Schwierigkeiten gemacht, als Sie sie zurückholten?«, erkundigte sich George.

»Nein, Schwierigkeiten nicht. Er war zwar nicht unbedingt erfreut, aber ich nehme an, er wollte sich sein Interesse nicht anmerken lassen.«

»Hat er Ihnen ein Angebot gemacht?«

»Ja«, erwiderte Leslie.

»Wie hoch ist er gegangen?«

Zu spät merkte George die plötzliche Spannung zwischen den Eheleuten. Er hätte nicht fragen sollen. Auseinandersetzungen um Geld hatten seit Beginn ihrer jungen Ehe ihr Leben überschattet.

»Sechshundert Pfund«, sagte Jean bitter und ging zur Tür.

Leslie drückte seine Zigarette aus. Seine Finger zitterten plötzlich. »Du wolltest die Scheine nicht mal mit der Feuerzange anfassen, als mein Vater uns fünfhundert bot«, stellte er gereizt fest. »Damals fandest du es ganz richtig, dass ich ablehnte. Was ist an diesem neuen Angebot so anders?«

»Es sind hundert Pfund mehr«, erwiderte sie kalt. »Und das Geld kommt nicht von deinem Vater. Es kommt von einem Händler, und ich könnte mit gutem Gewissen dafür einkaufen.«

So war das also. Als das Angebot eine so verlockende Höhe erreicht hatte, war sie bereit anzunehmen. Ganz verständlich. Sie erwartete ein Kind und wollte vorsorgen, um jeden Preis, solange nur ihr Stolz nicht verletzt wurde. Wenn ihr Vertrauen in Leslie noch ebenso unerschütterlich gewesen wäre wie zu Beginn ihrer Ehe, dann hätte sie seine Entscheidung ohne weiteres gutgeheißen. Doch das war endgültig vorbei. Von jetzt an musste er ihr stets von neuem beweisen, dass er ihres Vertrauens würdig war, niemals wieder würde sie sich blindlings auf ihn verlassen, jeder seiner Schritte würde in Zukunft kritisch beurteilt und – wenn falsch – erbarmungslos verurteilt werden, nicht aus Egoismus, sondern weil sie unersättlich war, wenn es um ihr Kind ging.

»Wenn ich das Angebot angenommen und später erfahren hätte, dass die Tafel zehn Mal so viel wert ist, hätte ich keine ruhige Minute mehr gehabt«, sagte Leslie scharf. Er errötete selber über den unbeherrschten Ton seiner Stimme. Er schämte sich, dass George Zeuge ihres Ehekrachs geworden war, und sie offenbar auch, denn an der Tür blieb sie stehen und bemerkte, ohne den Kopf zu drehen: »Na ja, es hat keinen Zweck, jetzt noch darüber zu diskutieren. Vielleicht haben wir doch noch Glück.«

»Glauben Sie mir, Mrs Armiger«, erwiderte George beschwichtigend, »wenn Cranmer sechshundert geboten hat, dann war er überzeugt, dass er es zu einem wesentlich höheren Preis weiterverkaufen kann. Er ist ja nicht zum Spaß Geschäftsmann. Behalten Sie die Malerei, bis ein wirklich Unparteiischer ein Gutachten abgibt.«

Er stellte sich neben Leslie, um die Tafel noch einmal anzusehen. Zwischen den kindlichen Brüsten steckte ein seltsames Schmuckstück. Es sah aus wie eine große, ovale Brosche mit gehämmerten Ornamenten. »Darüber haben Sie sich wohl schon Gedanken gemacht?«, fragte er Leslie neugierig.

»Hm, das stimmt, aber ich wage nicht, daran zu glauben. Es

ist zu unglaublich. Ich möchte lieber nicht darüber sprechen, ehe nicht der Sachverständige sich darüber geäußert hat.« Er wickelte die Holztafel in ein altes Tuch und verstaute sie in einer Ecke. »Tut mir Leid, ich beschäftige mich so viel mit der Malerei, dass ich kaum an etwas anderes denke. Sie sind doch sicher nicht gekommen, um sich mit mir über das Bild zu unterhalten. Hat es mit Kitty zu tun?« Bei dem Gedanken an das Mädchen verdüsterte sich sein Gesicht.

»Ja«, antwortete George. »Sie haben sie doch gestern Morgen besucht, nicht wahr?«

»Stimmt. Sobald ich mich freimachen konnte. Erst als ich zur Arbeit ging, erfuhr ich, dass man sie festgenommen hat. Warum? Es ist doch nichts dabei?«

»Oh, keineswegs. Ich hätte lediglich gern gewusst, ob sie Ihnen gegenüber weniger zurückhaltend war. Sie weigert sich beharrlich, uns ihre Beschäftigung in der Zeit zwischen elf und zwölf an jenem Abend zu verraten, und wir haben Grund zu der Annahme, dass sie damit jemanden schützen will. Meiner Ansicht nach wäre es das Beste, wenn jeder ihrer Schritte an jenem Abend offen vor uns läge.«

»Gleichgültig, ob sie schuldig oder unschuldig ist?«

»Richtig.«

»Hm«, machte Leslie nachdenklich. »Wenn Sie meinen, dass sie mir gestern Morgen etwas erzählt hat, was sie Ihnen am Nachmittag verschwieg, dann muss ich Sie enttäuschen. Wir haben nicht ein Wort über meinen Vater oder jenen Abend gewechselt. Wir haben überhaupt nicht viel gesprochen. Sie hat nur gesagt, dass sie es nicht getan hat, und ich versicherte ihr, dass ich das sowieso niemals geglaubt hätte.«

»Wie lange waren Sie bei ihr? Eine halbe Stunde? Was haben Sie denn getan, wenn Sie nicht gesprochen haben?«

»Kitty«, begann Leslie, während plötzlicher Zorn sein Gesicht rötete, »weinte fast die ganze Zeit, und ich versuchte, sie zu trösten. Sie brauchte das einfach, und bei mir konnte sie sich ausweinen. Über die Zeit zwischen elf und zwölf hat sie keinen Ton verlauten lassen. Und Sie wissen vielleicht, dass Sie nicht der Erste sind, der mich danach fragt. Ihr Sohn kam gestern zu mir.«

»Das wusste ich zwar nicht, aber es überrascht mich nicht.« Dominic hatte ihm über die Ergebnisse seiner Nachforschungen in dieser Richtung nichts mitgeteilt, und das bedeutete wahrscheinlich, dass er nichts Wissenswertes erfahren hatte. »Wir haben ein Abkommen geschlossen«, erklärte George mit einem Lächeln. »Hat er Sie auch Folgendes gefragt: An wen würde sich Kitty Ihrer Meinung nach wenden, wenn sie schnelle Hilfe brauchte, weil sie in einer verzweifelten Lage war? Wer würde sich mitten in der Nacht bereit erklären, zu ihr zu fahren, um ihr zu helfen?«

»Nein, wörtlich hat er diese Frage nicht gestellt, aber unsere Unterhaltung lief etwa auf das Gleiche hinaus. Früher einmal hätte ich ohne zu zögern gesagt, sie hätte sich an mich gewandt. Wir waren gute Freunde, und ich betrachtete sie praktisch als eine jüngere Schwester, aber die Pläne meines Vaters zerstörten das. Was hätte man auch anderes erwarten können? Kitty ist ein seltsamer Mensch, bezaubernd, witzig und grundehrlich, aber auch sehr einsam. Ich habe sie von Herzen gern, und ich glaube, dass auch sie mir sehr zugetan war, bis mein Vater alles zunichte machte. Ich habe gestern zu ihr gesagt, weshalb sie nicht zu mir kam, als sie in der Klemme saß. Doch sie murmelte nur irgendetwas Verschwommenes darüber, dass mein Name leider nicht mehr im Telefonbuch stehe. Als sei das ein Grund, mich aus ihrem Leben zu streichen. Sagten Sie etwas?«

George schüttelte den Kopf. »Nein. Erzählen Sie weiter. Wenn also nicht an Sie, an wen würde sie sich dann wenden?«

»Nun, sie wird natürlich ständig von jungen Männern umschwärmt, aber ich kann mir nicht vorstellen, dass sie einen von ihnen um Hilfe gebeten hätte. Ich glaube eher, dass sie sich einer älteren Person anvertraut hätte. Ihrer Tante beispielsweise, aber die ist vor einem Jahr gestorben. Immerhin ist da noch der Brauereidirektor von Norris, den sie seit ihrer Jugend kennt, ein gutmütiger, hilfsbereiter Mensch, dann natürlich auch Ray Shelley. Sie hat sich immer gut mit ihm verstanden, besonders, nachdem er versucht hatte, meinen Vater umzustimmen, als es zum Zerwürfnis kam. Nun, eben ein älterer Mensch. Eine große Hilfe bin ich Ihnen wohl nicht?«

»Doch, vielleicht.«

»Verstehen Sie mich nicht falsch. Ich will ja nur Kitty helfen, nicht Ihnen. Das dürfen Sie mir nicht übel nehmen. Ich bin eben kein Polizist, sondern Kittys Freund.«

»Natürlich«, meinte George, der sich damit abgefunden hatte, stets auf der Gegenseite zu stehen. »Übrigens – Dom hat Ihnen wohl klar gemacht, auf wessen Seite er steht?« Das kleine Lächeln in Leslies Augen gab ihm zu verstehen, dass Dominic das nicht versäumt hatte und es entsprechend aufgenommen worden war.

Er schritt zur Tür und drehte sich noch einmal um. »Noch etwas: Es wird Sie interessieren, dass wir jemanden fanden, der Ihre Zeitangaben für den betreffenden Abend bestätigte. Ein Bergarbeiter, der Nachtschicht hatte und auch in dieser Straße wohnt. Er stieg gerade aus dem Werkbus, als er Sie nach Hause kommen sah. Damit wird die Zeit ziemlich genau auf Viertel vor elf festgelegt.«

»Aha«, sagte Leslie. »Danke, dass Sie es mir erzählt haben. Vor ein paar Tagen wäre mir dadurch eine Menge erspart geblieben.«

»Erst gestern Abend kamen wir auf den Gedanken, die Leute, die mit dem Werkbus von Warren nach Hause fuhren, zu vernehmen. Wenn ich es vorher gewusst hätte, dann hätte ich Ihnen Bescheid gesagt. Jetzt wünsche ich Ihnen jedenfalls viel Glück mit Ihrer lachenden Jungfrau. Soll ich Sie vielleicht im Wagen hinbringen? Es ist doch ziemlich umständlich, mit dem Bild im Bus zu fahren.«

»Das ist sehr entgegenkommend von Ihnen, aber Barney Wilson leiht mir seinen Lieferwagen. Ich habe den zweiten Schlüssel für den Wagen, und wenn er ihn nicht braucht, kann ich ihn einfach aus der Garage holen. Er stellt ihn im Amt ab, weil er zu Hause keine Garage hat.«

»Ein vertrauensseliger Mensch«, stellte George fest. »Die meisten Leute leihen einem lieber ihre eigene Frau.«

Während er langsam nach Hause fuhr, überlegte er, dass die Unterhaltung doch nicht ganz so ergebnislos verlaufen war, wenn auch eine Menge Fragen immer noch offen blieben. Da war zunächst einmal »Die lachende Jungfrau«, dieses unscheinbare Kunstwerk, für das ein mit allen Wassern gewaschener Händler sechshundert Pfund geboten hatte. Hatte das Bild mit Armigers Tod etwas zu tun? Es passte jedenfalls nicht in die Theorie, die ihm seit seinem gestrigen Besuch bei Kitty ständig durch den Kopf ging, doch wenn sich herausstellen sollte, dass die Malerei hohen Wert besaß, dann musste man die Möglichkeit in Betracht ziehen, dass sie eine Rolle gespielt hatte.

Und doch – wenn Geld das Mordmotiv war, dann dürfte es sich doch wohl kaum um die paar tausend Pfund gehandelt haben, die dieses Kunstwerk wert sein mochte, sondern um Armigers ganzes Vermögen. Zwei Millionen Pfund, die praktisch Leslie gehört hatten, ehe es zum Bruch gekommen war. Hatte er sich wirklich damit abgefunden, dass er sie niemals erben würde? Angenommen, er hätte sich tatsächlich in die Armut geschickt, weil ihm keine andere Wahl blieb, wie hätte er reagiert, wenn das Schicksal ihm plötzlich eine geradezu ideale Gelegenheit geboten hätte, sein Vermögen wiederzuerlangen?

Zweifellos hatte Leslie das Hotel an jenem Abend ohne jede schändliche Absicht verlassen. Er wollte einfach zu Fuß nach Hause gehen, und das tat er auch. Die Aussage des Bergarbeiters hatte das bestätigt. Er konnte sich keinesfalls in der Nähe des Tanzsaals herumgetrieben und Kittys Flucht beobachtet haben, um dann zurückzukehren und die Arbeit, die sie unabsichtlich begonnen hatte, zu vollenden. Er war zu diesem Zeitpunkt in Comerbourne gewesen. Zwei Kilometer vom Tatort entfernt. Wenn er getötet hatte, dann war er zurückgekehrt, um zu töten, und der Gedanke war ebenso plötzlich geboren worden wie ein Blitz – wie ein Hilfeschrei. Ein Schrei von Kitty.

Als George an diesem Punkt angelangt war, dämmerte es ihm, dass er ja an Kittys Unschuld nicht mehr den leisesten Zweifel hegte. Es überraschte ihn nicht einmal. Schon während der letzten vierundzwanzig Stunden hatte er an Kittys Unschuld geglaubt, nur hatte er es sich nicht eingestanden.

Kitty war es nicht gewesen. Ein anderer. Die Person vielleicht, die sie von Wood's End aus angerufen hatte? Angenommen, dass jemand von der völlig aufgelösten Kitty erfahren hatte, dass Armiger bewusstlos im Tanzsaal lag, angenommen, dass dieser Jemand genau in diesem Augenblick den unbezwingbaren Drang empfand, das Werk zu vollenden. Kitty war außer sich, ihr konnte man die Schuld in die Schuhe schieben, weil sie selbst gerade den Tod Armigers fürchtete, und hier, mit dem entsetzten Anruf Kittys, bot sich dem Mörder eine unwiederbringliche Gelegenheit.

Kitty selbst hatte George auf diesen Gedanken gebracht, ohne dessen gewahr zu werden, nur weil sie sich ahnungslos an den einzigen Lichtstrahl geklammert hatte, der ihr geblieben war. Wenn ich verurteilt werde, kann ich das Erbe meines Opfers nicht antreten, nicht wahr? Was geschieht also mit dem Geld? Und dann voller Befriedigung: Gut! Dann brauchen sich Leslie und Jean wenigstens keine Sorgen mehr zu machen.

Das Zusammentreffen der Umstände, wie zufällig auch immer, war ideal. Der Mörder brauchte sich nicht einmal den Vorwurf zu machen, Kittys Tod zu verschulden, denn, wie sie selbst gesagt hatte, es war nur Totschlag. Und doch verwehrte das Gesetz es dem Täter, gleichgültig, ob er seine Tat mit Vorsatz begangen hatte oder nicht, sein Opfer zu beerben. Auch wenn Kitty verurteilt würde und infolgedessen die Erbschaft nicht antreten konnte, so würde sie doch als relativ junge und sehr reiche Frau entlassen werden. Vielleicht hatte sich der Mörder, mit dem Preis von zwei Millionen Pfund vor Augen, sogar eingeredet, dass er ihr gar kein so entsetzliches Unrecht antat. Häufig schon ist die Stimme des Gewissens mit solchen Summen zum Schweigen gebracht worden.

An Georges Theorie waren nur zwei Haken. Leslie besaß keinen Wagen, mit dem er in jener Nacht zum Tanzsaal hätte zurückfahren können, und er war telefonisch nicht zu erreichen. Allerdings musste man beachten, dass Leslie sich jederzeit den Lieferwagen von Barney Wilson leihen konnte. Die Garage war nicht weit von Leslies Wohnung entfernt. Ob sich das Rätsel mit dem Telefon ebenso leicht lösen lassen würde?

Der Fall schien verwickelt, doch George wusste, dass sich durch dieses Gewirr von Fakten und Umständen die Wahrheit wie ein roter Faden hindurchziehen musste. Endlich hatte er ihn gefunden. Er bot sich ihm in einem überzeugenden Motiv, in einer unwiderstehlichen Versuchung. Ein Mann, der zwei Millionen Pfund in Aussicht hat, kann es sich leisten, ein Angebot von lächerlichen sechshundert auszuschlagen.

Aber – Leslie hatte kein Telefon.

II

Am Sonntagabend näherte sich Dominic seinem Vater mit einem so entschlossenen Gesicht, dass sein Ziel feststand. Er suchte eine ernsthafte Unterhaltung mit seinem Vater. Bunty war in die Kirche gegangen. George hätte es nichts ausgemacht, wenn sie an den Beratungen teilgenommen hätte, doch Dominic war dagegen.

»Vater, ich habe über die Sache mit den Handschuhen nachgedacht«, begann er und stützte die Ellbogen auf den Tisch.

»Ja?«, sagte George. Es war zwar nicht der Beginn, den er erwartet hatte, doch er war durchaus angebracht. Man durfte die Handschuhe nicht außer Acht lassen.

»Du weißt, was ich meine. Die Handschuhe von Leslie waren in Ordnung, aber irgendjemand musste sich bestimmt möglichst rasch seiner Handschuhe entledigen. Die Flasche war ja bis zum Kork voll Blut. Und so wie ihr alle auf die Handschuhe losgestürzt seid – dieses Beweisstück hattet ihr doch erhofft, nicht wahr? Ich meine, ihr wart euch klar, dass die Kleidungsstücke des Mörders vielleicht Spuren trugen, oder ihr wusstet, dass die Handschuhe Spuren tragen mussten. Denn er hat doch auf jeden Fall Handschuhe getragen, nicht wahr?«

»Ja. Und?«

»Nun, hat Kitty eigentlich an jenem Abend Handschuhe angehabt?« Er wollte mit dieser Frage keinerlei Beweise erbringen, doch sie gehörte einfach zur Entwicklung seines Gedankengangs.

»Im Haus nicht«, erwiderte George sofort. »Aber sie kann natürlich welche im Wagen gehabt haben.«

»Ja, aber ihr habt doch nie fleckige Handschuhe bei ihr gefunden. Nun, ohne die Sache mit den Handschuhen zu vergessen, habe ich mir überlegt, was an jenem Abend geschehen sein muss. Sie rannte aus dem Tanzsaal, um nach Hause zu fahren, und nach ein paar Hundert Metern ging ihr das Benzin aus. Sie ist in Panikstimmung und denkt, dass sie etwas Entsetzliches getan hat, dass sie ihn schwer verletzt hat, vielleicht sogar tödlich. Sie muss weg, aber sie wagt nicht, eine Tankstelle anzurufen. Sie läuft zur Telefonzelle und ruft einen Freund an, dem sie vertrauen kann, erklärt, wo sie ist, und bittet um Hilfe. Gleichzeitig nimmt sie dem Freund das Versprechen ab, keinem Menschen etwas zu verraten, und erklärt, dass sie etwas Schreckliches getan hat. Und dann sprudelt sie die ganze Geschichte heraus. Das ist bei ihrem Zustand verständlich. Angenommen nun, die Person, die sie angerufen hat, besitzt allen Grund,

Armigers Tod zu wünschen. Vielleicht hat sie niemals daran gedacht, irgendetwas zu unternehmen, doch in diesem Augenblick erkennt sie blitzartig die Chance ihres Lebens. Armiger liegt bewusstlos im Tanzsaal, ein wehrloses Opfer, wenn er nur so lange ohnmächtig bleibt, bis der Mörder kommt, und außerdem bietet sich auch noch ein Sündenbock an. Ich will nicht sagen, dass die Person fest entschlossen ist, Armiger zu töten, aber Neugier und dieser vielleicht schattenhafte Gedanke an Mord treiben sie dazu, zum Tatort zu fahren. Selbstverständlich ist die Lage nicht ohne Risiko, vielleicht war Armiger nur wenige Minuten bewusstlos und schon wieder zu sich gekommen. Vielleicht hat er den Tanzsaal schon verlassen. Aber was hat der Mörder denn schon zu verlieren? Wenn Armiger nicht mehr da ist, dann hat sich die Sache erledigt. Wenn er das Bewusstsein wiedererlangt hat und nun vielleicht mit schmerzendem Kopf im Tanzsaal sitzt, dann braucht man nur Teilnahme und Sorge zu heucheln, ihm in den Wagen zu helfen und dann zu Kitty zu brausen. Wenn aber Armiger noch immer da liegt, wo Kitty ihn verlassen hat – nun, dann besteht eine Chance. Die Person macht sich also auf den Weg, aber nicht zu Kitty, sondern zum Tanzsaal. Und tatsächlich, Armiger ist noch bewusstlos. Die Chance ist da.«

»Weiter«, forderte George ihn ruhig auf, während er den von seinen Gedanken völlig absorbierten Jungen forschend anblickte. »Komm, erzähl weiter. Ich möchte doch hören, wie du die Einzelheiten zusammenfügst.«

»Sie passen«, versicherte Dominic. »Alle. Die Nerven dieses Unbekannten sind bis zum Äußersten gespannt, aber bis jetzt hat er nicht wirklich daran geglaubt, dass er handeln würde. Er hat keine Waffe, hat keine Vorbereitungen getroffen. Er trägt nur deshalb Handschuhe, weil der Abend ziemlich kühl ist. In dem Augenblick, als er durch die Tür tritt und Armiger auf dem Boden liegen sieht, ergreift er die nächste Waffe, die ihm unter die Augen kommt, nämlich die Gipsstatuette aus der Nische unmittelbar neben der Tür. Ich weiß noch, wie du gesagt hast, dass sie so stabil aussehen und in Wirklichkeit ganz leicht und innen hohl sind. Er greift also danach, um Armiger damit auf den Kopf zu schlagen, doch sofort wirft er sie unwillig wieder weg, weil sie so lächerlich leicht ist. Er rast daraufhin die Treppe hinauf, packt die Flasche und schlägt damit auf Armiger ein, bis sie zerbricht. Als er sieht, dass Armiger tot ist, kommt er zur Vernunft. Er muss alle Spuren beseitigen. Besonders die Handschuhe muss er loswerden, und zwar schnell. Er muss sich ihrer innerhalb eines Umkreises von wenigen hundert Metern entledigen, weil er ja direkt zu Kitty fahren muss, um ihr zu helfen, wie er versprochen hat. Andernfalls läuft er auch Gefahr, dass sie ihn mit dem Mord in Verbindung bringt, sobald er publik wird, auch wenn sonst kein Mensch auf den Gedanken verfällt, ihn zu verdächtigen. Gerade das ist doch das Vollendete am Zusammentreffen der Umstände, dass niemand etwas von ihm erfahren wird. Er kann es sich leisten, darauf zu warten, dass die Polizei ihren Weg zu Kitty findet. Aber er kann es sich nicht leisten, sie in ihrem Wagen sitzen zu lassen, denn dann muss er damit rechnen, dass Kitty unter dem Druck der Untersuchungshaft die ganze Geschichte preisgibt. ›Ich habe Soundso angerufen und um Hilfe gebeten, aber er ist nicht gekommen.‹ Denn selbst wenn sie dann nicht Verdacht schöpfen würde, ihr von der Polizei würdet doch bestimmt misstrauisch werden, oder?«

»Ja, wir hätten die Bedeutung dieser Tatsache wohl kaum übersehen«, stimmte George zu.

»Er hat vielleicht gar nicht geplant, Kitty die Schuld aufzuhalsen. Sicherlich hatte er nichts gegen sie, und es wäre ihm ganz recht gewesen, wenn sie ungeschoren geblieben wäre, solange auch ihm nichts geschah, natürlich. Aber wenn sie in Verdacht geraten sollte, würde er jedenfalls nichts für sie tun. Auf jeden Fall musste er aber schnell zu ihr fahren. Er war nicht sehr verspätet, denn die Szene im Tanzsaal hatte bestimmt nur wenige Minuten gedauert. Jetzt galt es, die Handschuhe loszuwerden. Er musste Kitty treffen, mit ihr sprechen, ihr Benzin bringen. Er konnte es sich nicht leisten, Kittys Argwohn dadurch zu wecken, dass er irgendwo Blutflecken hinterließ. Er wagte es nicht, die Handschuhe in seine Tasche zu stecken oder in seinem Wagen zu verstecken. Er musste sie also wegwerfen oder sie verstecken, noch ehe er Kitty traf.«

»Du hast über alles genau nachgedacht, was?«, bemerkte George. »Gut. Erzähl weiter. Wie wird er die Handschuhe los?«

»Er hat nicht viel Zeit und auch nicht viele Möglichkeiten. Er kann sich nicht zu weit von der Straße entfernen, weil das zu lange dauert, und er darf andererseits von Kitty nicht gesehen werden. Er verlässt den Tanzsaal, schließt die Tür wahrscheinlich mit der linken Hand, weil dieser Handschuh nicht so von Blut durchtränkt ist. Ich glaube nicht, dass er sie irgendwo drinnen gelassen hat, selbst wenn sich dort ein gutes Versteck geboten hätte, eben wegen der Türklinke. Besser Blutspuren als Fingerabdrücke. Dann zieht er die Handschuhe aus, stülpt das Futter nach außen, und wahrscheinlich hat er dann auch noch den rechten in den linken hineingestopft, damit die sauberste Fläche nach außen kam. Ich habe mich in der Umgebung umgesehen. Hinter dem ehemaligen Stall befindet sich ein Wasserabfluss mit einem Eisengitter darüber. Das ist als Versteck natürlich verlockend, aber zu offensichtlich, denn wenn die Strömung nicht sehr stark ist, bleiben die Handschuhe unmittelbar unter dem Gitter hängen. Und außerdem würde die Polizei an einer solchen Stelle als Erstes nachsehen.«

»Sie hat nachgesehen. Nachdem wir den Tanzsaal durchsucht hatten.«

»Dann bleiben nur noch die enge Straße, die Hecken, die Gräben und das Wäldchen. Natürlich, das Wäldchen erscheint vielleicht auf den ersten Blick nicht geeignet, aber ich möchte annehmen, dass es eine Menge Zeit und Leute kostet, wenn man es durchkämmt. Der Boden ist ganz von vermodertem

Laub bedeckt, und selbst wenn man jeden Millimeter absucht, stößt man vielleicht doch nicht auf das, was man sucht. Na ja, ich jedenfalls hätte die Handschuhe da versteckt. Dann fährt er zu Kitty, schüttet ihr das Benzin in den Tank und sagt, sie solle jetzt heimfahren und sich keine Sorgen machen, dem alten Knaben sei bestimmt nichts geschehen. Und Kitty – du sagtest doch, sie trug ein Kleid mit weitem Rock – ist so erleichtert, dass sie immer ganz eng neben ihm steht, ihr Rock streift seine Hosenbeine, die blutbespritzt sind, und ein Tropfen von seinem Ärmel fällt auf ihren Schuh. In der Dunkelheit fällt es keinem von beiden auf. Das ist alles. Beweismaterial für dich. Habe ich etwas vergessen?«

George musste gestehen, dass er für jeden Punkt eine Erklärung parat gehabt hatte.

»Du bist recht sicher, dass er Armiger getötet hat, bevor er Kitty zu Hilfe kam. Warum nicht hinterher?«

»Das ist doch klar. Er musste damit rechnen, dass Armiger nicht für immer bewusstlos bleiben würde. Wenn der Bursche erst zu Kitty gefahren wäre, dann hätte er meiner Ansicht nach gar nicht mehr die Nerven gehabt, zurückzufahren und nachzusehen, ob die Gelegenheit noch immer auf ihn wartete.«

Bis zum Ende seines Berichtes war er sich ganz sicher gewesen, doch als George beharrlich schwieg, hielt er der Belastung nicht länger stand.

»Sag doch etwas«, stieß er hervor, und in seiner Stimme zitterten Hoffnung und Spannung. »Du sitzt einfach da und hüllst dich in Schweigen. Dir ist es ganz gleichgültig, ob Kitty lebenslänglich ins Gefängnis muss, wenn du nur deinen Fall abschließen kannst. Für dich spielt es keine Rolle, ob sie es getan hat oder nicht. Du tust überhaupt nichts.«

George riss sich aus seinen Gedanken.

»Jetzt reicht's! Nimm dich gefälligst zusammen.«

»Ja, ja, ich weiß. Es tut mir Leid. Aber du sitzt wirklich nur da und sagst gar nichts.«

»Doch«, erwiderte George. »Wenn du heute Nachmittag mal in deinem Wäldchen gewesen wärst, hättest du festgestellt, dass es dort von Polizeibeamten wimmelte. Sie suchten alle nach den Handschuhen. Seit wir zu dem Schluss gelangt sind, dass der Mörder Handschuhe getragen hat, suchen wir überall. Du wirst es nicht glauben, aber sogar nebensächliche Punkte, wie etwa die Frage, ob die geringfügigen Blutspuren auf dem Saum eines Kleides unter den gegebenen Umständen ins Bild passen, interessieren uns. Du bist nicht der Einzige, der Theorien aufstellen kann, mein Junge. Wir möchten gern wissen, wen sie an jenem Abend angerufen hat. Befasse dich einmal mit dieser Frage, und teile mir die Antwort mit.«

Das Schweigen, das seinen Worten folgte, ließ ihn erkennen, dass Dominic den Sinn seiner Worte nur zu gut verstanden hatte. Dominic verbarg seine Gefühle hinter einer Maske der Ausdruckslosigkeit, während er seinem Vater forschend ins Gesicht blickte.

So ist das also, sagten die Augen. Ich verstehe. Die anderen suchen vielleicht die Handschuhe, weil sie den Fall abschließen wollen, aber du nicht. Du willst sie finden, weil du nicht an ihre Schuld glaubst. Was habe ich dir gesagt? Ich wusste ja, dass du früher oder später ebenso denken würdest wie ich.

Es ist verständlich, dass diese Erkenntnis ihn mit Freude erfüllte, dass es ihn tröstete, weil er mit seiner Überzeugung nicht mehr allein stand, doch hinter dieser Maske der Ausgeglichenheit ging noch etwas anderes vor, etwas, das eigentlich nicht vorauszusehen gewesen war, das ihn selbst verwirrte. Er war froh, einen Verbündeten zu haben, und doch hieß er diesen Verbündeten nicht willkommen. Er hatte sich nach einem Verbündeten gesehnt, doch einen Rivalen wollte er nicht.

»Ich befasse mich schon damit«, erklärte Dominic. »Ja, ich glaube sogar, dass ich der Antwort auf der Spur bin.« Doch er ließ offen, ob er sie seinem Vater oder einem anderen verraten würde.

12

Am Montagmorgen, eine Stunde ehe Alfred Armiger wider alles Erwarten von seinem düster dreinschauenden Sohn zur letzten Ruhe geleitet wurde, führte man Kitty der Form halber zwei Minuten dem Gericht vor. Sie wurde für eine weitere Woche in Haft genommen.

Ruhig ließ sie das kurze Verfahren über sich ergehen, ohne irgendjemandem einen Blick oder ein Lächeln zu schenken. Nicht einmal Raymond Shelley, der sie vertrat. Gehorsam stand sie auf, trat vor, setzte sich wieder, wenn sie dazu aufgefordert wurde. Die dunklen Augen, von vergossenen Tränen und schlaflosen Nächten zeugend, beherrschten das schmale Gesicht. Sie wanderten von einem Feind zum anderen, hoffnungslos und doch nicht furchtsam. Sie hatte sich dem Strom ergeben, der sie trieb, und was immer auch geschah, sie ertrug es schweigend, weil es keine Hilfe gab. George brach es fast das Herz, als er sie ansah. Wenigstens, dachte er, blieb Dominic das erspart.

»Kopf hoch, Kitty«, sagte er, als er ihr aus dem Wagen half, und erst als ihr Name so verräterisch über seine Lippen gekommen war, wurde er dessen gewahr.

»Warum?«, fragte Kitty und blickte durch ihn hindurch in weite Fernen.

»Weil Sie es sich selbst schuldig sind – und Ihren Freunden, die an Sie glauben.«

Seine Kehle war plötzlich wie zugeschnürt. Er war zornig auf sich selbst, dass er solchen berufswidrigen Gefühlen Ausdruck gab. Später, als er die Enttäuschung, missverstanden zu werden, noch immer nicht überwunden hatte, sagte er sich, dass er nichts anderes verdient hatte. Denn Kitty lächelte unversehens freundlich, und einen Augenblick schien sie ihn wirklich zu sehen. »Ach ja«, meinte sie. »Ich darf Dominic nicht enttäuschen. Sagen Sie ihm, ich werde mich meiner Haut zu wehren wissen. Ich kann ja gar nicht verlieren, wenn er mir zur Seite steht.«

An diesem Abend kam er spät nach Hause. Die hektische, doch bis jetzt ergebnislose Arbeit des Tages hatte ihn seine ganze Kraft gekostet. Gereizt blickte er Dominic an, der aus dem Wohnzimmer stürzte, noch ehe er Zeit gehabt hatte, seine Mappe wegzulegen und seinen Hut abzunehmen. Dominic stand neben ihm vor dem Spiegel, und der Kontrast zwischen seinem eigenen, von Müdigkeit gezeichneten Gesicht mit dem glatten Haar, das an den Schläfen schon grau wurde, und den jungen, frischen, noch nicht gefestigten Zügen Dominics war nicht tröstlich.

»Tut mir Leid, mein Junge«, bemerkte George. »Wir haben sie noch nicht gefunden.«

Dominic rührte sich nicht. Die besorgten Augen folgten jeder Bewegung Georges, während er seinen Mantel aufhängte und auf die Treppe zusteuerte. George selbst hatte seinen Leuten im Stillen bis heute Abend Zeit gegeben. Wenn sie dann die Handschuhe noch nicht gefunden hatten, bestand wenig Aussicht, sie jemals aufzuspüren.

Es hatte keinen Zweck, länger auf eine Wendung des Schicksals zu warten. Die Wendung musste erzwungen werden. Dominic wusste, dass jetzt nur noch außergewöhnliche Maßnahmen helfen konnten. Diesmal war es unmöglich, sich dem Vater anzuvertrauen, weil die Art der Schocktherapie, die Dominic im Sinne hatte, von der Polizei nicht unterstützt werden konnte. Wenn er Vater nur ein Wort davon sagte, würde sein ganzer Plan ins Wasser fallen. Nein, er musste sich allein durchbeißen, und wenn er wirklich Hilfe brauchen sollte, konnte er sich keinesfalls an seinen Vater wenden. Doch bevor er zur Tat schritt, musste er sicher sein, dass seine Kenntnisse über den Fall lückenlos waren. Er konnte seinen Vater nicht nach den Dingen fragen, die er noch nicht wusste, aber Leslie Armiger konnte es ihm sagen.

»Ich gehe weg, Mammi«, verkündete Dominic, als er Bunty in die Küche folgte. Es war schon nach acht Uhr, und sie war überrascht, doch sie fragte nicht nach dem Warum und dem Wohin, sondern sagte nur: »Gut, mein Junge. Komm nicht zu spät heim.«

Er holte sein Fahrrad und fuhr nach Comerbourne. Vor dem Haus von Mrs Harkness stieg er ab und ging die Treppen hinauf zum Zimmer der Armigers.

Leslie saß am Tisch, über einen Stoß Bücher gebeugt. Eine Rauchwolke hüllte ihn ein. Dominic hatte während der letzten Tage seine Hausaufgaben schändlich vernachlässigt, doch Leslie widmete sich seinen Studien mit Eifer. Er war ohne akademischen Grad von Oxford zurückgekehrt, da er seine Studienjahre mit voller Billigung seines Vaters lieber dazu benützt hatte, seinen monatlichen Wechsel unter die Leute zu bringen, leidenschaftlich zu spielen, begeistert zu malen, auf Bällen und Partys eine gute Figur zu machen und ab und zu einmal die Nase in die Lehrbücher zu stecken, um seinen Professoren einen Gefallen zu tun. Jetzt, da Ehe und Verantwortung seiner Jugend ein unvermitteltes Ende gesetzt hatten, blieb ihm viel nachzuholen.

»Oh, entschuldigen Sie«, sagte Dominic enttäuscht. »Ich wollte Sie nicht stören.«

»Nein, komm nur rein«, forderte Leslie ihn auf und klappte das Buch zu. »Ich bin froh, dass ich eine Ausrede habe. Es gibt doch nichts Neues, oder? Wegen Kitty?«

Dominic schüttelte den Kopf. »Sie haben sie wohl nicht wieder besucht?«

»Noch nicht. Es hat keinen Zweck, zu oft zu kommen, da lassen sie einen doch nicht hinein. Kann ich dir helfen?«

»Ja. Wahrscheinlich werden Sie es komisch finden, aber ich wollte Sie wegen des Bildes etwas fragen. Würde es Ihnen etwas ausmachen, mir die Geschichte zu erzählen, wie jemand versucht hat, es Ihnen wegzunehmen? Ich glaube, das würde mir helfen. Weil ich nämlich eine Art Theorie aufgestellt habe, aber ich weiß noch nicht genug über die Einzelheiten.«

»Du meinst, dass die ›Lachende Jungfrau‹ mit der Sache etwas zu tun haben kann?«, erkundigte sich Leslie und musterte ihn neugierig. Ein seltsamer Junge. Groß, mit einem offenen, freundlichen Gesicht, ein Junge, der leicht aus sich herausging und von einem gesunden Selbstbewusstsein erfüllt war, der sich vielleicht eine Idee zu wichtig nahm, aber das war ja in diesem Alter nur normal. Unter Jungen seines Alters wusste er sich bestimmt Platz und Gehör zu verschaffen. Was immer er auch anfangen mochte, man konnte sich vorstellen, dass er sich tapfer schlug, im Sport lag er vielleicht eine Stufe über dem Durchschnitt, wenn es um Intelligenz und Wissen ging, möglicherweise zwei oder drei, und dann würde ihm immer noch genug Tatendrang bleiben, um sich seinen Hobbys zu widmen.

Leslie setzte sich zu ihm und erzählte ihm noch einmal die ganze Geschichte der »Lachenden Jungfrau« von Anfang an. Dominic folgte seinen Worten mit raschen Fragen und hoffnungsvollem Blick. Jean kam herein und brachte ihm eine Kanne Kakao und ein paar Kekse.

»Dieser Cranmer kann also Ihrem Vater gegenüber eine Andeutung gemacht haben, dass die Malerei wertvoll ist.« Wärme und Eifer sprachen aus Dominics Blicken. Es fügte sich alles zusammen. »Aber Mr Shelley hat Sie dann besucht?«

»Im Auftrag meines Vaters natürlich.«

»Warum natürlich? Sie wissen das nur, weil er es behauptet hat. Nehmen Sie doch einmal an, es war folgendermaßen: Cranmer hält das Bild für wertvoll, er weiß, dass Ihr Vater ihm keinen Wert beigemessen hat. Er ist der Ansicht, dass es sich nur bezahlt machen kann, wenn er sich mit Ihrem Vater gut stellt, und ruft im Büro an, um ihn zu warnen. Er erreicht ihn aber nicht. Man verbindet ihn mit Mr Shelley, und er berichtet ihm von seinen Überlegungen. Dass Mr Armiger doch einmal darüber nachdenken solle, dass er ein kleines Vermögen weggeworfen habe. Aber anstatt die Nachricht weiterzugeben, machte sich Mr Shelley seine eigenen Gedanken. Er ist inzwischen so sicher, dass der Bruch zwischen Ihnen und Ihrem Vater nicht mehr zu kitten ist, dass er eine Aussprache zwischen Ihnen beiden nicht fürchtet. Er beschließt, sich diesen glücklichen Zufall zu Nutze zu machen. Behalten Sie das Bild, und bewahren Sie Stillschweigen, befiehlt er Cranmer, dann können wir beide ein Geschäft machen und uns den Erlös teilen. Armiger lassen wir aus dem Spiel. Dann präsentiert er Ihnen die Geschichte, dass Armiger seinen schlechten Scherz bereut und Ihnen fünfhundert Pfund schicken lässt im Tausch gegen das Bild. Sie sagten doch, er habe das Geld in bar bei sich gehabt. Ist Ihnen das nicht merkwürdig vorgekommen?«

»Nicht besonders. Mein Vater hat häufig große Beträge mit sich herumgetragen. Aber ich stimme dir zu, diese Version klingt plausibel. Es kann schon sein, dass Shelley dachte, das sei der Weg des geringsten Widerstandes, um an das Bild heranzukommen, aber er hätte doch niemals gewagt, weiter zu gehen, nachdem ich mich einmal geweigert hatte. Das wäre zu riskant gewesen.«

»Das kommt darauf an, was auf dem Spiel stand. Sie schicken ihn unverrichteter Dinge weg, und er kommt zurück, um den Brief Ihres Vaters zu stehlen. Es ist ja der einzige Beweis, dass die Malerei Ihnen gehört. Er verlässt sich völlig darauf, dass Sie sich unter keinen Umständen mit Ihrem Vater in Verbindung setzen werden. Denn er weiß ja, was Sie empfinden. Er ist überzeugt, dass diese Sache Sie mit Abscheu erfüllen wird, dass Sie jedoch nichts unternehmen werden, weil Sie den Wert der Malerei nicht ahnen. Der alte Knacker ist zu vorschnellen Schlüssen gelangt, nur weil er irgendwo aufgeschnappt hat, dass wir ein Gutachten von dem Bild haben wollen. Geschieht ihm ganz recht, wenn er reinfällt. Das sollten Sie denken. So hat Shelley gerechnet.« Dominic schlug sich auf den Mund. »Oh, entschuldigen Sie. Ich hätte nicht so von Ihrem Vater sprechen sollen. Es tut mir Leid.«

»Ist schon gut«, entgegnete Leslie mit einem traurigen Lächeln.

»Sie nehmen es mir also wirklich nicht übel? Aber Sie sehen ja selbst, wie wichtig es sein könnte, wenn Shelley so gedacht haben sollte. Er ist überzeugt, dass Sie keinen Anspruch auf das Bild erheben werden, wenn Cranmer Ihnen mitteilt, dass Ihr Vater behauptet, es gehöre ihm und nicht Ihnen; er ist ebenso sicher, dass Sie danach mit der ganzen Angelegenheit nichts mehr zu schaffen haben wollen. Shelley und Cranmer hätten dann in aller Stille die Malerei an den Mann bringen und sich den Erlös teilen können. Aber aus heiterem Himmel ruft Kitty ihn an jenem Abend an, nachdem er von der Eröffnungsfeier nach Hause gegangen ist. Sie erzählt ihm alles und bittet ihn, ihr zu helfen. Sie ist sich natürlich gar nicht klar, dass sie ihm etwas Entsetzliches berichtet, als sie sagt, dass Sie mit Ihrem Vater im Tanzsaal waren. Aber für Shelley ist es der Weltuntergang, das, was er niemals erwartet hatte. Anstatt die Geschichte einfach fallen zu lassen, rannten Sie zu Ihrem Vater, um Ihrem Ärger über den üblen Scherz Luft zu machen. Ihr Vater hingegen würde nicht wissen, wovon Sie eigentlich sprechen, und würde Ihnen das auch sagen. Damit wäre die Katze aus dem Sack. Exit Shelley. Er arbeitete schon wie lange mit Ihrem Vater zusammen? Überlegen Sie nur, was es für ihn bedeutet hätte, wenn er jetzt hinausgeworfen worden wäre und neu anfangen müsste, mit Ihrem Vater als Feind. Vielleicht hätte man ihn sogar vor der Öffentlichkeit bloßgestellt und Anzeige erstattet. Andererseits ist da Kitty am Telefon und jammert voller Aufregung, dass sie Ihren Vater die Treppe hinuntergestoßen habe und dass er bewusstlos im Tanzsaal liege. Wenn Shelley einen Skandal vermeiden und seinen Anteil aus dem Erlös des Bildes einstreichen will, darf er nicht zögern. Er beruhigt also Kitty, rät ihr zu warten, er komme sofort. Dann geht er zu seinem Wagen und rast zurück zum Tanzsaal. Er tötet Ihren Vater.«

Beide starrten ihn aus großen Augen an. »Natürlich, es kann so gewesen sein«, meinte Leslie gepresst.

Jean war während dieses Wortwechsels ganz ruhig dagesessen. Sie hatte das Kinn auf die Hände gestützt, und ihre Augen wanderten von einem zum anderen. Plötzlich hob sie protestierend die Hand. »Nein, es kann sich nicht so abgespielt haben«, behauptete sie. »Bestimmt nicht. Tut mir Leid, dass ich euch beide enttäuschen muss, aber die Geschichte hat einen Haken. Ich will nicht sagen, dass Mr Shelley nicht der Täter gewesen sein kann, aber der Ablauf der Dinge stimmt nicht.«

Sie drehten beide die Köpfe und starrten sie an. »Warum nicht?«, fragten sie wie aus einem Mund.

Mit der sanften Beredsamkeit und der absoluten Autorität einer Kindergärtnerin erklärte Jean es ihnen.

13

Der Oktober kam mit böigem Wind und Kälte, mit trüben, regnerischen Tagen und frostklaren Nächten. Der Rasen vor dem Direktionsbüro der Armiger-Brauerei wurde braun, die Bäume schüttelten ihr Blätterkleid von sich und streckten die kahlen Äste zum wolkenverhangenen Himmel. Im Gebäude hatte man zum ersten Mal die Heizung angeschaltet. Ruth Hamilton, die am Donnerstagabend um fünf die Treppe herunterkam, lauschte dem Ächzen des Windes und zog fröstelnd die Schultern zusammen. Es würde eine stürmische Nacht werden. Der Wind hatte die letzten Spuren des Sommers verweht.

Der alte Portier Charlcote, ein Rentner, hatte sein Gehäuse verlassen. Er hatte schon seinen Mantel an. Miss Hamilton war fast immer die Letzte, die das Gebäude verließ, und oft schon hatte er über ihr unerschütterliches Pflichtgefühl geflucht. Allerdings nicht laut, das hätte ihm bei ihrer Stellung schaden können. Er zog seine selbst gestrickten Handschuhe an, teilte seine Aufmerksamkeit zwischen Uhr und Treppe, ohne der Person, die sich so eifrig um seine Aufmerksamkeit bemühte, mehr als ein Mindestmaß an Beachtung zu schenken. Was, um alles in der Welt, wollte dieser Schuljunge hier?

»Was ist denn, Charlcote?«, erkundigte sich Miss Hamilton.

Warum hatte sie nicht eine Minute später kommen können? Dann hätte er den Jungen längst weggeschickt gehabt, und jeder hätte nach Hause gehen können. Jetzt würde ihre Gewissenhaftigkeit sie bestimmt dazu veranlassen, den kleinen Störenfried ins Gebet zu nehmen, und er würde dazu verdammt sein, noch mindestens eine Stunde hier herumzulungern, ehe er endlich abschließen konnte.

»Der Junge hat nach Mr Shelley gefragt, Miss. Aber der ist ja schon vor zehn Minuten gegangen. Ich glaube nicht, dass es etwas Dringendes ist.«

Der Junge fasste seine Schulmappe fester. »Doch, es ist dringend«, widersprach er. »Ich muss unbedingt heute Abend mit Mr Shelley sprechen. Aber er ist ja weg.«

Der Junge machte ein unglückliches Gesicht. Die großen, hellen Augen ruhten fragend auf Miss Hamiltons Gesicht, als warteten sie auf ein Zeichen der Ermunterung. »Es ist schwierig«, sagte er. »Ich weiß nicht, was ich tun soll.«

»Es tut mir Leid. Mr Shelley ist heute Abend etwas früher gegangen. Er hat im Augenblick sehr viel zu tun.« Sie hielt es nicht für nötig, ins Einzelne zu gehen. Was konnte dieses Kind von der Sache wissen, die Ray Shelley unablässig beschäftigte. »Ich fürchte, er ist heute Abend nicht erreichbar. Er hat eine Verabredung, die wahrscheinlich den ganzen Abend dauern wird.« Sie wusste, dass er mit Kitty und einem Rechtsanwalt sprechen wollte. »Ist nicht auch morgen noch Zeit? Morgen ist er hier.«

»Ich muss morgen in die Schule«, erklärte der Junge leicht verlegen. »Ich wäre heute schon früher gekommen, aber ich musste noch zum Rugby-Training. Ich habe mich sehr beeilt.«

»Habe ich dich nicht schon früher einmal gesehen? Du kommst mir bekannt vor.«

Ein blasses Lächeln löste einen Augenblick die gespannten Züge. »Wir haben im Sommer ein paar Mal gegen Ihren Klub gespielt. Wahrscheinlich haben Sie mich da gesehen. Mein Name ist Dominic Felse.«

»Felse? Doch nicht der gleiche Felse – ich meine der Kriminalbeamte?«

»Doch. Er ist mein Vater«, bemerkte der Junge. »Ich wollte mit Mr Shelley wegen des Falles sprechen.«

»Aber dein Vater würde doch nicht –«

»Er weiß nichts davon«, gestand Dominic und schluckte. »Es war meine Idee, und ich dachte, ich sollte Mr Shelley davon erzählen.«

Sie war daran gewöhnt, von Jungen ins Vertrauen gezogen zu werden und dieses Vertrauen zu respektieren. Ihr Blick wanderte zur Uhr. Auch Charlcote sah viel sagend hinüber. Er war ungeduldig und hatte keineswegs die Absicht, seine Zeit und seine Teilnahme an diesen lästigen kleinen Burschen zu verschwenden.

»Kannst du mir's nicht sagen?«, fragte sie mit sanfter Stimme und lächelte grimmig, als sie sah, wie Charlcote in stummer Wut die Augen rollte. »Vielleicht kann ich dir helfen?«

Das Klirren der Schlüssel klang wie eine Mahnung. »Ist schon gut, Charlcote«, sagte sie. »Lassen Sie die Außentür offen, und gehen Sie. Ich schließe später ab. Sie brauchen nicht zu warten.«

Sie nahm Dominic am Arm und schritt mit ihm zur Treppe. »Komm mit in mein Zimmer. Da ist es gemütlicher.«

»Darf ich wirklich? Macht es Ihnen nichts aus?« Dankbar ließ er sich von ihr führen. Sie fühlte das leichte Zittern der

Hoffnung und Erleichterung, obwohl sein Gesicht noch immer überschattet war. In ihrem Büro drückte sie ihn in den Besuchersessel und zog sich einen Stuhl vor den Schreibtisch, sodass sie jede Regung seines Gesichts beobachten und er ihrem Blick nicht ausweichen konnte. Aber das wollte er offenbar sowieso nicht. Ernst und glücklich sah er sie an, und als sie sich eine Zigarette nahm, um ihm Zeit zu lassen, sich zu sammeln, sprang er auf und gab ihr Feuer. Ganz männlich. Nur seine Finger zitterten so, dass sie seine Hand festhalten musste. Wenn diese Berührung nur ein klein wenig persönlicher gewesen wäre, dann, dachte sie, wäre er auf der Stelle in Tränen ausgebrochen.

»Setz dich, mein Junge«, sagte sie fest. »Jetzt erzähl mir, was los ist. Worum handelt es sich? Was wolltest du von Mr Shelley?«

»Nun, Sie wissen ja, dass er Miss Norris' Rechtsbeistand ist, und da dachte ich, es wäre das Beste, mich an ihn zu wenden. Es ist etwas geschehen«, sagte Dominic. Seine Worte begannen sich zu überschlagen. »Etwas Schreckliches. Ich muss es einfach jemandem sagen. Ich weiß nicht, was ich machen soll. Sie haben überall gesucht – ich meine die Polizei – nach den Handschuhen. Wussten Sie das? Seitdem es geschehen ist, haben sie gesucht. Und jetzt –«

»Handschuhe?«, wiederholte Miss Hamilton verständnislos. »Was für Handschuhe?«

»Die Handschuhe des Mörders. Sie behaupten, dass die Person, die Mr Armiger getötet hat, Handschuhe getragen hat und dass sie ganz blutbefleckt sein müssen. Sie haben überall gesucht, um den Fall zum Abschluss zu bringen. Ich habe auch danach gesucht«, erklärte er und blickte sie verzweifelt an, »weil ich felsenfest davon überzeugt war, dass es nicht Miss Norris' Handschuhe sein konnten. Ich war sicher, dass sie unschuldig ist, und wollte es beweisen. Jetzt habe ich sie gefunden«, schloss er flüsternd.

»Dann ist ja sicher alles in Ordnung«, meinte sie, um Ruhe

bemüht. »Das wolltest du doch, nicht wahr? Du hast sie doch sicher deinem Vater übergeben, und jetzt wird sich alles wenden. Weshalb machst du dir noch Sorgen?«

Er hatte die Schulmappe neben sich auf den Boden gestellt. Seine Finger krampften sich ineinander. Er blickte auf seine Hände hinunter, und in seinem Gesicht arbeitete es.

»Nein, ich habe sie nicht abgegeben. Ich habe keiner Menschenseele etwas davon gesagt. Ich will nicht, ich kann es nicht ertragen, ich weiß nicht, was ich tun soll. Ich war so sicher, es würden Herrenhandschuhe sein. Aber es sind Damenhandschuhe, Kittys!«

Die verkrampften Hände rissen sich voneinander los, er wollte sein Gesicht verbergen. Seine Stimme versagte, er senkte den Kopf und begann zu weinen. Er schluckte und schnüffelte und bemühte sich vergeblich, sich zu beherrschen. Miss Hamilton legte ihre Zigarette auf den Aschenbecher, umfasste seine Schultern und schüttelte ihn. Erst sanft, dann härter.

»Das ist doch dumm. Komm, erzähl mir alles. Wo hast du sie gefunden? Wie hast du sie gefunden, obwohl die Polizei das nicht konnte?«

»Ich sollte es Ihnen nicht erzählen«, stieß er schluchzend hervor. »Niemandem sollte ich etwas davon sagen. Wenn ich Ihnen die Wahrheit sagen würde, dann müssten Sie auch lügen.«

»Sei doch vernünftig. Ich versuche ja, dir zu helfen. Wenn du mir nichts erzählen willst, wie soll ich mir dann über die Bedeutung der Handschuhe ein Urteil bilden? Vielleicht misst du ihnen zu viel Wichtigkeit bei. Vielleicht sind es gar nicht die richtigen. Du machst dir vielleicht ganz umsonst Sorgen.«

»Es sind die richtigen. Ich weiß es. Es sind Blutflecken dran«, gestand er schluckend. »Was soll ich nur tun?«

Sie trat zurück und musterte ihn nachdenklich, während er sich die Tränen aus den Augen wischte.

»Deshalb wolltest du mit Mr Shelley sprechen?«

Er nickte unglücklich. »Er ist doch ihr Anwalt, und – und ich dachte, vielleicht – ich könnte sie ihm einfach geben. Ich hoffte, er würde die Verantwortung übernehmen, weil ich – ich –«

»Du könntest sie vernichten«, schlug Miss Hamilton vor, »wenn du so überzeugt bist. Vernichte sie, und vergiss das alles.«

»Nein, das kann ich nicht. Wie denn? Verstehen Sie denn meine Lage nicht? Mein Vater – es ist entsetzlich. Er vertraut mir.« Wieder kämpfte er mit den Tränen. »Aber es handelt sich um Kitty.«

Sechzehnjährige Jungen, die in eine unglückliche Liebe verstrickt sind, bieten einen Mitleid erregenden Anblick. Sie sah ein, dass seine Situation wirklich nicht beneidenswert war. Was immer er auch beschließen würde, er konnte die Last nicht allein tragen, früher oder später würde er sich seinem Vater anvertrauen. Inzwischen jedoch musste ihm jemand die Last von den Schultern nehmen.

»Hör zu, Dominic«, begann sie fest. »Du bist doch ganz sicher, dass Kitty Mr Armiger nicht getötet hat? Du musst Mut haben. Sag Mr Shelley kein Wort. Er ist ein Mann des Rechts. Es wäre grausam, ausgerechnet ihm den Schwarzen Peter zuzuschieben. Du kannst mir die Handschuhe geben. Ich bin kein Anwalt. Ich habe keine Angst davor, zu meiner Überzeugung zu stehen.«

Dominics Augen leuchteten vor Verwirrung und Hoffnung.

»Gesetz oder nicht«, fuhr sie entschlossen fort. »Ich will nicht, dass Kitty lebenslänglich ins Gefängnis geschickt wird, selbst wenn sie einen gewissenlosen alten Mann aus Notwehr getötet hat. Genau wie du bin ich keineswegs überzeugt, dass sie es getan hat. Ich werde die Verantwortung auf mich nehmen. Tun wir einfach so, als hätte ich die Handschuhe gefunden.«

»Oh, wirklich?«, fragte er eifrig.

»Du brauchst nicht einmal zu wissen, was ich mit ihnen tue. Gib sie mir, und vergiss sie. Vergiss, dass du sie jemals gefunden hast.«

»Ich wäre Ihnen ja so dankbar. Ich habe sie nicht bei mir, weil ich direkt von der Schule gekommen bin und es nicht riskieren konnte, sie den ganzen Tag mit mir herumzutragen. Meine Klassenkameraden sind schrecklich neugierig. Aber ich muss heute Abend sowieso zur Musikstunde nach Comerbourne. Kann ich sie Ihnen dann bringen?«

»Natürlich. Allerdings muss ich heute Abend auch kurz in den Klub. Wo wohnt dein Musiklehrer?«

Er erklärte es ihr. Sein Gesicht hellte sich immer mehr auf, seine Stimme wurde wieder sicher. Die Wohnung der Musiklehrerin lag in Hedington Grove, einer kleinen Sackgasse, die von der Brook Street abbog. Am Stadtrand. »Ich gehe um neun dort weg. Im Allgemeinen nehme ich den Bus um zwanzig nach neun nach Comerford.«

»Um den Bus brauchst du dich heute Abend nicht zu kümmern«, meinte sie gut gelaunt. »Um die Zeit bin ich im Klub fertig. Ich hole dich an der Ecke Hedington Grove und Brook Street ab und fahre dich nach Hause. Um neun bin ich da. In Ordnung?«

»Wunderbar. Hoffentlich macht es Ihnen nicht zu viel Mühe. Sie waren so nett zu mir.« Er rieb sich noch einmal die Augen, hastig, mit beschämtem Gesicht, und fuhr sich mit den Fingern durch das Haar. »Es tut mir Leid, dass ich mich so kindisch benommen habe. Aber ich wusste wirklich nicht, was ich machen sollte.«

»Ist es jetzt besser?«

»Viel besser. Tausend Dank!«

»Gut. Jetzt geh noch rasch dort hinein und wasch dein Gesicht. Dann gehst du nach Hause. Mach dir keine Sorgen. Aber sage sonst keinem Menschen ein Wort«, warnte sie, »sonst sitzen wir in der Tinte.«

»Bestimmt nicht«, versprach er voll Eifer.

Gemeinsam stiegen sie die Treppe hinunter in das schweigende Foyer und hinaus in die Dunkelheit. Der Junge fühlte wieder Boden unter den Füßen und wollte ihr seine Männlichkeit beweisen, umso mehr, da sie ihn in so erbärmlichem Zustand gesehen hatte. Er lief ihr voraus, um die Tür aufzuhalten, und begleitete sie wohlerzogen über den Parkplatz bis zu der Stelle, wo der große alte Riley wartete.

»Kann ich dich irgendwo absetzen? Ich kann dich zur Bushaltestelle mitnehmen, wenn du jetzt nach Hause fährst.«

»Vielen Dank, das ist sehr nett, aber ich habe mein Rad hier.«

Trotzdem ging er mit ihr zum Wagen, öffnete die Tür und schloss sie hinter ihr, nachdem sie sich hinter das Steuer gesetzt hatte. Er wartete, bis sie ihre schwarzen Rehlederhandschuhe aus dem Handschuhfach geholt hatte und den Motor anließ. Dann trat er zurück und hob mit einem verlegenen Lächeln die Hand, als sie anfuhr.

Als der Wagen verschwunden war, fühlte er plötzlich den kalten Wind und rannte zu seinem Fahrrad. Er fuhr zur Stadtmitte zurück, als sei er von Furien gehetzt.

14

Es war Donnerstagabend, als Professor Brandon Lucas auf seinem Weg zu einer Kunstschule, die ihn höchst wenig interessierte, der er aber unklugerweise einen Vortrag zugesagt hatte, ganz plötzlich den Entschluss fasste, Jean und Leslie Armiger einen Besuch abzustatten. Man hätte meinen können, der Besuch sei geplant gewesen, denn er hatte sämtliche Aufzeichnungen und Skizzen über das Schild der »Lachenden Jungfrau« bei sich, doch erst als die Stunde der Langeweile immer näher kam und sein Widerwillen immer heftiger geworden war, hatte er es sich selbst eingestanden. Warum sollte er schon vor dem Abendessen in der Schule eintreffen? Das Essen im Ellanswood College war kärglich und eintönig, in Comerbourne hingegen kannte er ein recht akzeptables kleines Hotel.

Da er ohne Brille hilflos war und außerdem keine Lust hatte, erst mit der Suche nach Leslies Namensschild Zeit zu verschwenden, schreckte er die stille Straße mit dem Dröhnen von Mrs Harkness' Türklopfer auf. Die Dame des Hauses bequemte sich selbst heraus. Er war ihr durchaus gewachsen und hinterließ einen so tiefen Eindruck, dass Leslies Ansehen bei ihr um einige Grade stieg.

Unangemeldet erklomm der Professor die Treppe und fand Leslie in Hemdsärmeln vor dem kleinen Spülbecken im Treppenflur. Der aromatische Duft des Kaffees, der auf der Wärmplatte stand, stieg ihm in die Nase, und er verkündete voller Freude, dass er offenbar gerade zur rechten Zeit komme. Das Essen im »Geflügelten Ross« sei zwar ausgezeichnet gewesen, doch der Kaffee habe ihn enttäuscht. Damit ließ er sie gleichzeitig auf diskrete Art wissen, dass er nicht erwartete, von ihnen zum Essen eingeladen zu werden. Er ließ sich in einem Sessel nieder und erklärte, dass er nicht lange bleiben könne.

»Ich bin nämlich auf dem Weg zu einer Kunstschule, wo ich über das Wochenende einen Vortrag halten soll. Ich dachte, es könne nicht schaden, Ihnen sozusagen einen Zwischenbericht zu geben. Sie haben da wirklich einen sehr interessanten Fund gemacht, mein Junge.«

Leslie rollte die Hemdsärmel herunter, stellte Likörgläser auf den Tisch, zusammen mit einer halben Flasche Kognak, die Barney Wilson von seinem Urlaub in Frankreich mitgebracht hatte. Jean hatte eine Glasschale hervorgezaubert, von der er nicht einmal gewusst hatte, dass sie so etwas besaßen, und sie mit Schokoladenkeksen gefüllt. Sie hatte das abgetragene blaue Kleid abgelegt und erschien in einer honiggelben Bluse, gegen die sich ihr Haar beinahe blauschwarz abhob, während ihre Haut so klar und kühl wie Tau schimmerte. Noch vor einer halben Stunde hatten sich beide mit der vorsichtigen Zurückhaltung von Freunden unterhalten, die einen Streit vermeiden wollen, doch sobald die Ereignisse von Jean eine Geste der Einigkeit mit ihrem Mann verlangten, war sie zur Stelle, immer bereit und unbesiegbar.

»Kommt etwas dabei heraus? Ich wollte es selbst nicht anrühren, aber trotzdem konnte ich mich kaum beherrschen.«

»Hatten Sie denn bestimmte Vorstellungen?«

»Nun, eigentlich ziemlich unbestimmte. Ich machte mir Gedanken über das Datum und die Richtung, der das Bild angehört.«

»Haben Sie es noch jemand anderem gezeigt?«

»Einem Händler hier in der Stadt. Er meinte, das Bild stamme von einem örtlichen Maler namens Cotsworth und sei ursprünglich ein Porträt gewesen. Aus dem achtzehnten Jahrhundert.«

»Völlig absurd«, krächzte Lucas und lachte dröhnend.

»Vielleicht weniger absurd als gerissen, würde ich sagen. Er hat mir nämlich inzwischen sechshundert Pfund geboten.«

»Aha! Und Sie haben abgelehnt. Guter Junge! Sie müssen also schon eine Ahnung gehabt haben, dass da etwas weit Wertvolleres dahinter steckt als ein Werk von einem Stümper wie Cotsworth. Allerdings ist es durchaus möglich, dass der tatsächliche Handelswert nicht besonders groß ist. Ich bin nicht sicher, welches Interesse eine solche Entdeckung gegenwärtig bei den Händlern finden wird. Immerhin darf man optimistisch sein.«

Leslie stellte erstaunt fest, dass seine Hände vor Erregung zitterten. Er wollte Jean nicht ansehen, sie würde nur glauben, dass er damit betonen wolle, dass der Professor sein Urteil bestätigt hatte. Sie erwartete wahrscheinlich sogar, dass er sich diese Gelegenheit nicht entgehen lassen würde, nicht weil er Recht haben wollte, sondern weil er innerlich so unsicher war. Und doch sehnte er sich danach, Blicke mit ihr zu tauschen, zu sehen, ob sie ebenso zitterte wie er.

»Das Datum«, bemerkte Lucas. »Wann glauben Sie, dass die Malerei geschaffen wurde?«

»Vierzehntes Jahrhundert.« Es klang furchtbar überheblich. Am liebsten hätte er es zurückgenommen, doch dazu war es zu spät. Er machte ein wild entschlossenes Gesicht. »Mir schien es, als könne die Pose an sich nicht aus einer späteren Zeit stammen und auch die Hände nicht, die langen biegsamen Finger, die aussehen, als hätten sie gar keine Gelenke. Und dann auch die nach rückwärts gestrafften Schultern, der geneigte Kopf, ja und irgendwie sogar die Farbverteilung des Kleides. Wenn man das ursprüngliche Gemälde ganz bloßlegen könnte, dann, glaube ich, würden diese ausgearbeiteten, gefältelten Drapierungen zum Vorschein kommen, die im fünfzehnten Jahrhundert schon nicht mehr vorhanden waren.«

»Und die Richtung? Sie sagten doch, auch darüber hätten Sie sich Gedanken gemacht.«

Leslie streifte Jean mit einem verstohlenen Blick. Ihre großen, verwunderten Augen ruhten auf ihm. Er wusste nicht, ob sie ihm zur Seite stand, oder ob sie lediglich über so viel Unverfrorenheit erstaunt war und erwartete, dass er bei nächster Gelegenheit scharf zurechtgewiesen würde.

»Ich glaube, es ist eine Arbeit aus dieser Gegend«, erklärte er kleinlaut. »Meiner Ansicht nach ist das Schild jahrhundertelang hier herumgestoßen worden, ohne jemals weit herumzukommen. Bestimmt hing es ursprünglich nicht an einem Gasthaus. Das Einzige, was aus dem Rahmen fällt, ist das Lachen.«

»Ja«, stimmte Lucas zu, während seine Augen nachdenklich auf dem Gesicht des jungen Mannes ruhten. »Das Lachen. Das sollte Sie nicht kümmern. So eine Ausnahme kommt in jeder Richtung von Zeit zu Zeit vor. Es ist das Zeichen eines ganz individuellen Genies, dem nichts Ähnliches vorausgegangen ist, und das nachher keiner nachzuahmen wagte. Diese genialen Verirrungen können ganz außergewöhnlich sein. Weiter. Welcher Richtung entstammt sie? Sie sind noch nicht dazu gekommen, es mir zu sagen.«

»Dies ovale Gebilde«, fuhr Leslie fort, als flöße ihm seine

Fantasie Ehrfurcht ein, »das aussieht wie eine Brosche, das brachte mich zuerst auf den Gedanken. In seiner ursprünglichen Form war es wie eine Art Röntgenplatte in die Welt des Jenseits. Oder nicht?«

»Sie sollen es mir sagen.«

»Ja. Es war das Bild des Kindes, das sie unter dem Herzen trägt. Es soll wohl Maria bei der Verkündigung darstellen, vor der Geburt des Herrn jedenfalls.«

»Mariens Lobgesang, das Magnifikat, soll dargestellt werden. Sie scheinen auch ohne Sachverständigen zurechtzukommen, mein Junge.«

»Ich habe gar nicht gewagt, ernsthaft mit diesem Gedanken zu spielen«, gestand Leslie mit schwankendem Lachen. »Aber Sie haben praktisch angedeutet, dass auch die verstiegensten Theorien erlaubt seien, sonst wäre ich auch jetzt noch nicht damit herausgerückt. Soll das wirklich heißen, dass ein Kunstwerk wie dieses seit Jahrhunderten irgendwo in modrigen Speicherräumen verstaut wurde und seit dem vierzehnten Jahrhundert als Aushängeschild für ein Wirtshaus verwendet wurde?«

»Seit der späten Hälfte des sechzehnten Jahrhunderts. Sie wissen doch sicherlich, dass das Haus, von dem die Tafel stammt, früher zum Kloster Charnok gehört hat? Und dass der letzte Prior sich nach der Auflösung zurückgezogen hat?«

»Hm, ein Freund von mir hat so etwas Ähnliches aus den Archiven gegraben, aber vorher wusste ich eigentlich gar nichts darüber.«

»Tatsächlich nicht? Das erleichtert mich. Ich nämlich auch nicht, aber offenbar verhielt es sich so. Was mir an dieser Tafel auffiel, war die Ähnlichkeit zu Überresten, die uns von der Charnoker Gemeindekirche erhalten geblieben sind. Kennen Sie eigentlich den Gemeindepfarrer? Ein gelehrter alter Herr, der in der mittelalterlichen Kunst recht gut zu Hause ist. Er interessiert sich in erster Linie für Glasarbeiten, doch auch unter den örtlichen Malern jener Epoche kennt er sich gut aus, und er hat viele Jahre seines Lebens damit zugebracht, alte Kunstwerke, die zur Charnoker Kirche gehörten und nach der Auflösung des Klosters verloren gingen, wieder zusammenzutragen. Die jetzige Gemeindekirche ist auf den Fundamenten der ehemaligen Klosterkirche erbaut, und jedes Überbleibsel aus der Zeit der alten Kirche, das er auftreiben konnte, hat er wieder an seinen ursprünglichen Platz zurückversetzt. Ein Engelskopf mit der Schriftrolle ist das Einzige, was ihm von einem größeren Altargemälde geblieben ist, das wahrscheinlich die Kapelle der Madonna schmückte.«

»Und Sie glauben, wir haben die Madonna gefunden?«, fragte Leslie aufgeregt.

»Ich halte es für sehr wahrscheinlich. Ich habe den Pfarrer aufgesucht. Aus seinen alten Chroniken geht hervor, dass der letzte Prior Teile der Kirchenausstattung mitgenommen hat, als er sich zur Ruhe setzte. Außerdem besitzt er einige hochinteressante Skizzen und Notizen, die er aus verschiedenen Quellen zusammengetragen hat. Er meint, dass der Engel mit der Schriftrolle der Engel des Magnifikats ist. Er besitzt zeitgenössische und spätere Aufzeichnungen, die es möglich machen, eine recht genaue Vorstellung von dem Bild zu erhalten, und ich möchte eigentlich sagen, dass Ihre Jungfrau zu dem Altarbildnis gehört. Der Meister, der es geschaffen hat, ist unbekannt, doch es wurden bereits mehrere Werke gefunden, die einwandfrei von ihm stammen, darunter auch einige Erleuchtungen Mariä. Eine dieser Madonnen hat eine unverkennbare Ähnlichkeit mit der Ihren.«

»Auch das Lachen?«, erkundigte sich Jean leise.

»Auch das Lachen. Alles in allem gibt es so viele deutliche Hinweise, dass ich es nicht für schwierig halte, die Echtheit Ihres Fragments zu beweisen. Der Gemeindepfarrer hat es sich angesehen. Er ist absolut überzeugt. Aus den verschiedenen Aufzeichnungen hatte er sich mit aller Sorgfalt das Bild der Madonna rekonstruiert. Es ist dem Bildnis auf dieser Tafel ausgesprochen ähnlich. Er hat eine Skizze von dem Bild gemacht.«

Er klappte seine Aktenmappe auf und breitete einen Wust von Papieren auf dem Tisch aus.

»Ich habe Ihnen seine Notizen und Zeichnungen mitgebracht. Sie können sie sich übers Wochenende ansehen, wenn Sie wollen. Und hier ist seine letzte Skizze.«

Sie war sehr klein, kleiner als eine Viertelseite Papier. Sie rückten nah zusammen, um die Skizze zu studieren. Die »Lachende Jungfrau« hatte ihr Spitzenfichu abgelegt und auch die Korkenzieherlocken, ebenso wie die Spitzenmanschetten um ihre Handgelenke. Nun stand sie in all ihrer frühenglischen Schlichtheit vor ihnen, in einen blauen Mantel gehüllt, darunter ein gelbes Gewand, das Haar unter dem weißen Schleier streng nach hinten gekämmt. Die lilienzarten Hände umfassten gleichsam ihren Leib, und das symbolische Bild ihres ungeborenen Sohnes stand aufrecht in ihren gekreuzten Händen. Sie blickte zum Himmel und lachte voller Freuden. Niemand sonst war mit ihr auf dem Bild, niemand sonst war auf der Welt. Sie war allein, eine Welt für sich.

Leslie empfand Jeans Schweigen so stark, als habe sie niemals vorher geschwiegen. Er befeuchtete seine Lippen. Er musste die Antwort wissen. Er wusste, dass seine Frage gerade in diesem Augenblick roh klingen würde, doch er musste wissen, woran er war.

»Haben Sie eine Vorstellung davon, wie viel man mir bieten wird, wenn ich sie verkaufe? Angenommen natürlich, dass wir Recht haben.«

»Das hängt natürlich vom Zufall ab. Aber die Arbeiten dieses Meisters sind bekannt und geachtet, und es existieren nur wenige Werke, wahrscheinlich keines, das sich mit diesem hier vergleichen lässt. Außerdem kann mit dem Interesse der örtlichen Händler und Liebhaber gerechnet werden. Aber ich glaube, wenn man einmal ein Minimum annimmt, sagen wir, wenn Sie schnell verkaufen wollen, so würde man Ihnen jedenfalls zwischen sieben- und achttausend bieten.«

Schweigend starrten Leslie und Jean auf dieses Versprechen künftigen Wohlstands.

»Und der Pfarrer, würde er auch bieten? Ich meine, er will es doch sicherlich erwerben, wenn er so sicher ist.«

»Natürlich, er würde alles darum geben. Seit er das weiß, kann er weder schlafen noch essen. Aber er hat sowieso schon um eine Unterstützung der Gemeinde für die Renovierung seiner heruntergekommenen Kirche gebeten. Für Madonnen gibt es keine Subventionen.«

»Nicht einmal, um ihnen ihr Heim wieder zu geben«, bemerkte Leslie. Er trat ein wenig von Jean weg, weil er ihr Gesicht sehen wollte, doch sie starrte noch immer auf die kleine Skizze. Er fragte sich, ob sie sich bewusst war, dass sie ihre eigenen Hände unter der Brust gefaltet hatte, in derselben feierlich beschützenden Geste.

»Nein, nicht einmal, um ihnen ihr Heim wieder zu geben. Aber es werden andere Interessenten auftreten. Wenn Sie warten, bis die Reklametrommel kräftig gerührt worden ist, dann bietet man Ihnen vielleicht sogar das Doppelte.« Professor Lucas schloss seine Mappe und schob den Stuhl zurück.

»Ich kann es mir nicht leisten, all die Arbeit zu bezahlen, die zur Wiederherstellung des Bildes nötig ist«, erklärte Leslie. »Würde Ihr Laboratorium die Kosten tragen, wenn ich die Arbeit an Charnok zurückgäbe?«

Lucas richtete sich auf und blickte ihn unverwandt und aufmerksam an. »Mein lieber Junge, wissen Sie, was Sie da sagen?«

Ja, er wusste es. Er hatte es schnell und fest gesagt, damit er seine Worte nicht mehr zurücknehmen konnte. Er wagte nicht, Jean anzusehen; er wusste, dass er etwas getan hatte, was sie niemals verstehen oder verzeihen würde; aber er hatte es tun müssen, er hätte sonst nicht mehr mit sich selbst leben können.

»Es gehört mir gar nicht«, sagte er. »Nur durch eine Reihe

hässlicher Zufälle ist es in meine Hände gekommen. Ich will es nicht. Es soll wieder dahin, wo es hingehört. Es ist auch nicht wegen der Kirche«, fuhr er beinahe ärgerlich fort, um nicht missverstanden zu werden. »Ich würde genau das Gleiche empfinden, wenn es profane Kunst wäre. Es ist für einen bestimmten Ort und zu einem bestimmten Zweck geschaffen worden, und mir ist es lieber, es geht wieder dahin zurück. Nur, es wäre natürlich ein wenig grausam, wenn ich dem Pfarrer das Bild zurückgeben würde, und er könnte sich die nötigen Restaurierungsarbeiten nicht leisten.«

»Wenn Sie es wirklich ernst meinen, dann brauchen Sie sich über diesen Punkt keine Sorgen zu machen. Ich wäre selbstverständlich bereit, die Arbeiten in unserer Werkstatt zu erledigen. Aber überlegen Sie es sich noch einmal«, meinte der Professor freundlich und klopfte ihm auf die Schulter. »Ich lasse Ihnen die Papiere hier. Sehen Sie sie durch, dann können Sie sich immer noch entscheiden.«

»Ich habe mich entschieden, aber ich möchte das natürlich alles gern lesen. Ich möchte nicht als edler Spender dastehen«, erklärte er vorsichtig, »obwohl mir das natürlich auch Spaß machen wird. Aber angenommen nun, das Gemälde geht nach Amerika oder in irgendeine Privatsammlung hier im Lande, wenn ich einfach das Höchstangebot annehme – ich würde mich mein Leben lang klein und hässlich fühlen. Ich möchte, dass sie in ihre Heimat zurückkehrt, dort wird sie dann allen gehören. Auch mir, dann erst endgültig. Jetzt empfinde ich das nicht.«

»Ich versuche nicht, Sie davon abzubringen. Sie brauchen keine Erklärungen abzugeben. Ich will nur nicht, dass Sie die Dinge überstürzen und es dann womöglich bedauern. Sie lassen sich das noch einmal durch den Kopf gehen, und dann tun Sie, was Sie wollen. Rufen Sie mich doch in ein paar Tagen an, dann können wir uns vielleicht in der Galerie treffen. Ich muss jetzt gehen.« Er klemmte seine Aktenmappe unter den Arm. »Gute

Nacht, Mrs Armiger. Ich danke Ihnen für den Kaffee. Er war ausgezeichnet.«

Jean riss sich aus ihrer Geistesabwesenheit. Als Leslie den Besucher hinausbegleitet hatte und das Zimmer wieder betrat, stand sie am Tisch und betrachtete voll ernster Bewunderung die Skizze des Pfarrers.

Er schloss behutsam die Tür hinter sich und wartete darauf, dass sie sprechen oder ihn wenigstens ansehen würde. Als nichts geschah, wusste er nicht, wie er das Schweigen brechen sollte. Er fürchtete eine Auseinandersetzung. Sie schien die Spannung, die ihn belastete, nicht zu empfinden, so verloren war sie in ihren eigenen Gedanken.

»Ich musste es tun«, bemerkte er hilflos.

Sie hob den Kopf, blickte ihn aus großen, dunklen Augen an, in denen er nichts lesen konnte, reglos wie eine Frau im Schockzustand.

»Es hat mir gehört«, erklärte er brüsk. »Ich konnte damit machen, was ich für richtig hielt.«

»Ich weiß«, erwiderte sie ruhig, und in der Tiefe ihrer Augen strahlte der Schimmer eines Lächelns auf.

»Ich habe dich wohl enttäuscht, und es tut mir Leid. Ich wäre aber nicht glücklich gewesen, wenn ich nicht –«

Mit einer seltsamen kleinen Bewegung des Protests trat sie unversehens auf ihn zu. »Sei doch still«, sagte sie. »Du Dummkopf. Ich möchte dich am liebsten schütteln.« Sie rannte zu ihm und umfasste seine Schultern, als wolle sie ihre Drohung wahr machen, und dann schlang sie ihre Arme um seinen Hals und drückte ihn an sich und verbarg ihr Gesicht an seinem Hals. »Ich liebe dich. Ich liebe dich«, murmelte sie immer wieder.

Er verstand gar nichts. Niemals würde er es verstehen, es würde ihm ebenso schleierhaft bleiben, was er plötzlich richtig gemacht hatte, wie es ihm immer unerklärlich geblieben war, was er eigentlich falsch gemacht hatte. Vielleicht war sie eben nur typisch weiblich unlogisch und brauchte eine feste Hand.

»Ich liebe dich«, wiederholte sie. Automatisch hatte er die Arme um sie gelegt, er hielt sie vorsichtig, als habe er Angst, sie sei zerbrechlich, doch ihre Wärme, die Nähe ihres Körpers ließen ihn erzittern, von Hoffnung überwältigt.

»Es tut mir Leid, wegen des Geldes, Jean«, stammelte er, von Wellen der Zärtlichkeit, der Furcht und der wiederkehrenden Freude geschüttelt. »Aber wir kommen auch ohne das Geld aus. Ich weiß, du findest es unverantwortlich, aber ich kann es nicht ändern. Ich hatte einfach nicht das Gefühl, es gehöre mir. Oh, Jean, bitte wein doch nicht.«

Sie hob den Kopf, und sie weinte gar nicht. Sie lachte, nicht belustigt, sondern aus reiner Freude. Sie hob ihr Gesicht zu ihm auf und lachte und sah aus wie die Frau auf dem Bild. »Oh, sei doch still, mein Liebling«, sagte sie. »Du bist ja verrückt.« Und dann küsste sie ihn. Es war zwecklos, ihm die plötzliche Erleuchtung, die über sie gekommen war, erklären zu wollen, die Erkenntnis, wie reich sie waren an Wesentlichem, er und sie und das Kind, das noch nicht geboren war. Wie hatte sie sich über so nebensächliche Dinge den Kopf zerbrechen können? Wie hatte sie etwas anderes als Mitleid für den armen Alfred Armiger empfinden können, der so viel besaß und doch niemals andere daran teilhaben lassen konnte? Und wie hatte sie jemals Unzufriedenheit und Enttäuschung über ihren Mann fühlen können, der nichts besaß und dennoch ein so wunderbares Geschenk machen konnte?

»Du meinst, es macht dir nichts aus?«, fragte er verwirrt. Aber er wartete nicht auf ihre Antwort. Was spielte es schon für eine Rolle, ob er verstand, wie diese plötzliche Einigkeit zu Stande gekommen war? Er wollte nicht fragen, wie sie wieder zu ihm gefunden hatte, es genügte, dass es geschehen war.

Erst das unerwartete Klopfen an der Tür riss sie auseinander, dieses scharfe Pochen, das nur bedeuten konnte, dass Mrs Harkness draußen stand. Leslie gab widerwillig seine Frau frei und ging zur Tür.

Mrs Harkness sah ungewöhnlich friedfertig und freundlich aus. Der nachhaltige Eindruck, den Professor Lucas bei ihr hinterlassen hatte, wirkte sich noch immer aus.

»Vor einer Weile hat ein Junge diesen Brief für Sie gebracht, Mr Armiger. Er sagte, Sie müssten ihn sofort haben, aber da Sie noch Besuch hatten, wollte ich Sie nicht stören.«

»Ein Junge? Was für ein Junge?«, erkundigte sich Leslie, der sogleich an Dominic dachte, obwohl er sich nicht vorstellen konnte, was Dominic dazu veranlassen konnte, ihm einen Brief zu schicken, anstatt selbst heraufzukommen.

»Der Sohn von Mr Moore, hier aus der Straße. Ich dachte mir, auf eine Viertelstunde früher oder später käme es nicht an.«

»Nein, wahrscheinlich nicht. Danke, Mrs Harkness.«

Er schloss die Tür und blickte stirnrunzelnd auf den Umschlag in seiner Hand. Aus irgendeinem Grund fühlte er sich unruhig. Der kleine Moore war etwa im gleichen Alter wie Dominic und besuchte dieselbe Schule, wahrscheinlich waren sie sogar Klassenkameraden. Aber wozu diese Nachricht?

»Was ist es?«, fragte Jean und sah ihn forschend an.

»Ich weiß nicht. Sehen wir mal nach.« Er riss den Umschlag auf und begann zu lesen.

Lieber Mr Armiger!

Ich habe Mick Moore gebeten, Ihnen diesen Brief Punkt halb neun Uhr zu überbringen, weil ich um neun Uhr dringend Hilfe brauche. Es ist unheimlich wichtig, aber ich getraue mich nicht, mehr als eine halbe Stunde vorher etwas davon verlauten zu lassen. Wenn mein Vater zu früh davon erfährt, dann lässt er die ganze Sache auffliegen, aber wenn er es gerade noch rechtzeitig erfährt, um als Zeuge zur Stelle zu sein, dann wird er mich hoffentlich meinen Plan ausführen lassen. Ich hoffe, er kann mich nicht davon abhalten. Ich möchte nicht selbst anrufen, weil dann vielleicht meine Mutter an den Apparat geht, und ich möchte ihr keine Sorgen machen.

Sie soll nichts davon erfahren, ehe nicht alles vorbei ist. Und deshalb dachte ich, es wäre das Beste, Ihnen diese Nachricht zu hinterlassen.

Ich wäre Ihnen dankbar, wenn Sie Folgendes für mich tun würden. Bitte rufen Sie meinen Vater an und sagen Sie ihm, er möchte einen Streifenwagen zur Ecke Hedington Grove und Brook Street schicken, und zwar soll er um neun Uhr da sein. Dort wird ein Wagen auf mich warten, um mich mitzunehmen und nach Comerford zurückzubringen. Bitte veranlassen Sie, dass die Polizei dem Wagen folgt, unbedingt, es ist dringend. Ich habe etwas getan, um die Dinge ins Rollen zu bringen, aber die Polizei muss da sein, um es zu sehen, sonst ist alles umsonst und Kitty nicht geholfen.

Wenn mir etwas zustößt, bitte, versuchen Sie, Kitty zu helfen. Mir macht es nichts aus, wenn nur Kitty gerettet wird. Vielen Dank.

Dominic Felse

»Was, zum Teufel?«, sagte Leslie verständnislos. »Macht er Witze?«

»Nein, nicht wenn es um Kitty geht. Niemals. Ihm ist es bitter ernst, Leslie.« Jeans Finger umklammerten seinen Arm. »Er hat Angst. Was hat er nur getan?«

»Das weiß Gott! Irgendetwas Verrücktes. Ach, du große Güte!«, rief Leslie erschrocken und sah auf die Uhr. Er rannte zur Tür und hastete die Treppe hinunter. Es war elf Minuten vor neun.

Er hörte Jeans Absätze hinter sich auf den Stufen klappern und drehte sich um, um ihr zuzurufen, sie solle bleiben, wo sie war. Doch sie war direkt hinter ihm, als er die Tür zur Telefonzelle aufstieß.

Es schien ihm Ewigkeiten zu dauern, ehe er George Felses Nummer gefunden hatte, und noch länger, ehe sich jemand meldete. Dann war auch Bunty am Apparat. Dominics Hinweis, dass Mütter nicht in Sorge gestürzt werden dürften, band Leslie die Zunge. Nein, nein, nichts Wichtiges. Es konnte warten, wenn Mr Felse nicht zu Hause war. Er würde wieder anrufen. Er knallte den Hörer auf die Gabel und versuchte aufs Neue sein Glück.

»Polizeirevier Comerbourne? Hören Sie, es ist dringend. Bitte tun Sie sofort, worum ich Sie bitte, und lassen Sie mich später erklären. Es handelt sich um den Fall Armiger. Hier spricht Leslie Armiger. Wenn Mr Felse da ist, holen Sie ihn bitte. Nein, dann nicht, hören Sie zu –«

»Ich hole Barneys Wagen«, flüsterte Jean neben ihm. »Ich bin gleich wieder da.« Sie stieß die Tür auf und raste hinaus, das Stakkato ihrer Absätze verklang.

»Ecke Hedington Grove und Brook Street. Um neun Uhr.« Leslie wiederholte die Worte immer wieder. »Wir kommen von hier aus ihnen entgegen. Sorgen Sie dafür, dass ein Wagen da ist, um ihnen zu folgen.«

Es war zwei Minuten vor neun, als er den Hörer auflegte.

15

Zum hundertsten Mal an diesem Abend schlug Dominic den falschen Ton an und sagte resigniert: »Tut mir Leid. Ich krieg's einfach nicht hin. Soll ich nicht lieber aufhören?«

»Das schon«, bekannte Miss Cleghorn offen, »aber deine Eltern bezahlen für eine volle Stunde, mein Junge, und eine Stunde wirst du hier absitzen, selbst wenn ich dabei die Wände hochgehen muss. Allmählich glaube ich fast, ich muss auf die alten Methoden zurückgreifen und dir jedes Mal, wenn du meine Nerven so strapazierst, eins mit dem Lineal über die Finger geben.«

Dominic entlockte dem Klavier höhnisches Gelächter und

schnitt ein Gesicht. Miss Cleghorn war mollig, ungefähr sechzig Jahre alt, lebhaft wie ein kleiner Terrier und verstand sich glänzend mit ihren Schülern. Dominic betrachtete sie als das einzig Erfreuliche an diesen wöchentlichen Klavierstunden. Bunty hatte darauf bestanden, dass er ein Instrument lernte, da das ihrer Ansicht nach zum Schliff eines jungen Mannes gehörte.

»Mit einem Lineal, dass ich nicht lache«, brummte Dominic. »Ich glaube nicht einmal, dass Sie eines besitzen, geschweige denn jemanden damit schlagen würden.«

»Nur keine voreiligen Schlüsse. Das kann geändert werden. Komm jetzt, versuch keine Ablenkungsmanöver. Fang noch einmal an, und konzentriere dich um Himmels willen.«

Er tat sein Bestes, aber das Schlimme war, dass seine Gedanken sich hartnäckig mit seinem Vorhaben beschäftigten. Er biss die Zähne zusammen und kämpfte sich voller Erbitterung durch die Etüde, doch seine Gedanken eilten voraus, stellten Spekulationen über die Schrecken an, die ihm bevorstehen mochten. Es machte ihm die größten Sorgen, dass er sein Vorgehen fast ganz auf Vermutungen aufbauen musste, dass bei jedem Schritt eine Fehlspekulation alles zunichte machen konnte. Aber jetzt war es zu spät, um sich den Kopf zu zerbrechen. Jetzt gab es kein Zurück.

»Eines steht fest«, erklärte Miss Cleghorn und nickte nachdrücklich. »Seit letzten Donnerstag hast du das Klavier nicht einmal angesehen, oder?«

Damit hatte sie Recht, und er gab es zu.

»Wie willst du spielen lernen, wenn du nicht übst? Nichts da, du kannst mich mit klimpernden Fingerübungen nicht milde stimmen. Nimm die Hände von den Tasten und hör mir zu.«

Gehorsam folgte er ihr und saß zerknirscht da, die Hände im Schoß gefaltet, während sie ihn schalt. Niemand hätte behaupten können, dass er zuhörte, wenn auch seine Augen voller Aufmerksamkeit auf ihr rosiges Gesicht gerichtet waren. Es war tröstlich, sie anzusehen, sie war so normal und durchschnittlich, hatte nichts mit der Nacht da draußen gemeinsam.

»Das ist alles gut und schön«, sagte sie streng. »Du sitzt da und lächelst und denkst, damit ist alles wieder gut. Das ist dein Fehler, mein Junge, du glaubst, du brauchst nur ein charmantes Lächeln aufzusetzen, und dann verzeiht man dir sogar einen Mord.«

Sie hätte ihre Worte glücklicher wählen können, aber woher hätte sie wissen sollen, dass sie der Wahrheit so nahe kam?

»Ich weiß«, meinte er versöhnlich. »Aber die ganze Woche war ich beschäftigt. Ehrlich, ich hatte einfach keine Zeit. Nächste Woche mache ich es besser.« Wenn ich dann noch hier bin, dachte er und erstarrte innerlich vor Furcht. Er grinste sie an.

»Na schön, pack deine Sachen zusammen. Du kannst noch eine Tasse Schokolade mit mir trinken.«

Es war kurz vor neun, und er wollte auf keinen Fall auch nur eine Minute vor der verabredeten Zeit unten sein. Wenn Leslie seiner Bitte entsprochen hatte, dann musste der Polizeiwagen die Ecke beobachten. Er konnte nicht zu früh auftauchen, weil dann sein Vater ihn sehen und voller Zorn seinen missratenen Sohn unter die Fittiche nehmen würde. Das wäre das Ende seines sorgfältig ausgedachten Planes. Sogar einsichtsvolle Väter können recht seltsam reagieren, wenn man ihre Autorität missachtet und sich in Gefahr begibt. Und Dominic zweifelte nicht daran, dass er in Gefahr schwebte. Daran hing ja die ganze Sache. Wenn er nicht in Gefahr war, dann war er auch nicht auf der richtigen Spur, und Kitty war ihren Schergen ebenso hilflos ausgeliefert wie zuvor. Wenn er sich aber in Gefahr befand, dann durfte er sich nicht wehren. Er würde ruhig mit ansehen müssen, wie sie immer näher auf ihn zukam. Er durfte nicht kämpfen, er musste es anderen überlassen, ihn zu retten, und konnte nur hoffen, dass sie rechtzeitig zur Stelle sein würden, um Augenzeugen zu werden.

»Du bist aber auch in einem Zustand heute Abend«, stellte

Miss Cleghorn kopfschüttelnd fest. »Du hörst ja nicht einmal, dass ich dir Kekse angeboten habe. Was ist denn los mit dir? Hast du Sorgen in der Schule?«

Schule! Nur daran konnten sie denken. Wenn man sechzehn war, durfte man sich offenbar nur über die Schule Gedanken machen.

»Nein, es ist alles in Ordnung. Ich kann mich nur heute nicht konzentrieren. Nächstes Mal ist es bestimmt besser.«

»Das will ich hoffen. So, trink die Schokolade, draußen ist es eiskalt. Du musst etwas Warmes im Magen haben, wenn du auf den Bus wartest.«

Er trank seinen Kakao langsam. Lieber wollte er ein oder zwei Minuten später kommen, falls sie im Klub aufgehalten worden war.

»Ich sage meiner Mutter, dass Sie bei mir gute Fortschritte festgestellt haben, ja?«, meinte er, während er den Mantel anzog.

»Von wegen! Du kannst ihr sagen, ich empfehle eine Tracht Prügel. Geh vorsichtig jetzt, draußen ist es schon gefroren.«

»Gute Nacht«, sagte er.

»Gute Nacht, Dominic«, erwiderte Miss Cleghorn und schloss langsam, beinahe widerwillig die Tür hinter ihm. Was war mit dem Jungen los? Irgendetwas musste ihm im Kopf herumgehen. Soll ich mit seiner Mutter sprechen?, überlegte sie. Nein, lieber nicht. Er ist in einem komischen Alter, wahrscheinlich ist es etwas, wovon sie nichts wissen soll. Er würde es mir nie verzeihen, wenn ich mich da einmische. Sie stellte den Fernsehapparat an und machte es sich bequem. Nach einer Weile hatte sie Dominic vergessen.

Er wanderte zum Ende der Straße. Je näher er kam, desto langsamer wurde sein Schritt. Ich muss mich normal benehmen. Mir ist doch ein Stein vom Herzen gefallen, jedenfalls denkt sie das. Nimm dich zusammen, Dominic! Denk an Kitty! Er versuchte, sie sich vorzustellen, und die innere Spannung wich einer plötzlichen Wärme. Was bedeutet schon Gefahr? Wenn nur Kitty geholfen wird. Was jetzt geschieht, kann ihr nicht schaden, es kann sie nur befreien. Er fasste neuen Mut. Selbst wenn es geschah, wollte er es entgegennehmen und der Gefahr nicht weichen.

Es bestand natürlich immer die Möglichkeit, dass sie die Verabredung nicht einhielt. Dass sie es sich anders überlegt hatte. Und dann war da auch die Möglichkeit, dass sie kam, jedoch wirklich nur aus Hilfsbereitschaft. Dann würde sie das, was er ihr geben wollte, einfach an sich nehmen, ihn beruhigen und nach Hause fahren. Die tausend Tode, die er unterwegs sterben würde, hätte er dann mit Recht verdient. Es gab so viele mögliche Fehlerquellen, er konnte so leicht einem Irrtum zum Opfer gefallen sein, und doch wusste er die ganze Zeit im Innersten seines Herzens, dass er sich nicht irrte.

Sie war da. Als er sich der Ecke der stillen, frostglänzenden Straße näherte, erblickte er die lange, elegante Karosserie des alten Riley am Randstein. Lächelnd öffnete sie ihm die Tür. Niemals zuvor war ihm aufgefallen, wie still und einsam dieses Stadtviertel nachts sein konnte. Nirgends war eine Menschenseele zu sehen, und während er an den Wagen herantrat, fuhr nur ein einziges Auto auf der breiten Straße an ihnen vorbei. Als es verschwunden war, herrschte so tiefes Schweigen, dass seine leichten Schritte laut widerhallten.

»Tag, Dominic«, begrüßte ihn Miss Hamilton und raffte mit den Händen ein Gewirr von Dingen vom Sitz, um es auf den Rücksitz zu werfen. Schal, Handtasche und einen Stoß von Papieren, dazu eine große Taschenlampe, die in die hinterste Ecke des Ledersitzes rollte.

»Tag, Miss Hamilton. Das ist wirklich sehr freundlich von Ihnen. Macht es Ihnen wirklich keine Mühe? Ich könnte doch den Bus nehmen.«

»Kommt gar nicht in Frage«, erwiderte sie gelassen. »Steig ein. Es dauert höchstens eine Viertelstunde. Ich bin bald zu

Hause. Es ist viel zu kalt, um auf den Bus zu warten.« Sie beugte sich zu ihm hinüber und drückte die Türklinke zu. »Die hier ist schon ziemlich abgenützt. Ich muss mir bald mal eine neue Klinke machen lassen. Ich muss immer abschließen, sonst kann es geschehen, dass die Tür aufgeht, besonders an einer Kurve. Da ich manchmal recht lebhafte Passagiere befördere, könnte das gefährlich sein«, schloss sie mit einem Lächeln.

»Heute Abend ist keiner an Bord«, stellte er fest und warf einen Blick auf den Rücksitz.

»Ich habe gerade zwei von ihnen abgesetzt. Im Klub geht die Sitzung weiter, aber ich habe nicht die Zeit, den ganzen Abend zu bleiben.« Sie lehnte sich zurück und blickte ihn mit einem nachsichtigen Lächeln an, das seiner Jugend und seiner Empfindlichkeit galt, seinen hilflosen Tränen vom Nachmittag.

»Nun, hast du sie mitgebracht?«, erkundigte sie sich mit sanfter Stimme. »Oder hast du es dir anders überlegt und sie deinem Vater gegeben? Ich würde dir das gar nicht zum Vorwurf machen, im Gegenteil, ich würde es verstehen. Die Entscheidung liegt ganz bei dir.«

»Ich habe sie mitgebracht«, erklärte er.

»Dann ist es das Beste, du gibst sie mir jetzt gleich. Ich lege sie weg, und du kannst die Sache vergessen. Ich werde dich niemals daran erinnern, und sonst weiß niemand etwas davon. Du hast doch sonst niemandem etwas gesagt?«

»Nein, kein Wort.«

»Gut, das sollst du auch nicht. Von heute Abend an brauchst du dir keine Sorgen mehr zu machen, verstanden? Kitty wird bestimmt freikommen, wenn sie es nicht getan hat, und wir beide sind uns doch einig, dass sie es nicht war. Ja?«

»Natürlich.« Aus seiner Mappe mit den Noten zog er ein kleines, weiches Päckchen, das ziemlich unordentlich in Krepp-Papier eingerollt war, so lose, dass die Ecke eines durchsichtigen Plastikbeutels zu sehen war, und im Schein der Straßenlaternen konnte man einen Blick auf ein Stück schwarzes, verknittertes und beschmutztes Rehleder erhaschen. Er legte das Päckchen in Miss Hamiltons geöffnete Hand. Seine großen Augen waren vertrauensvoll auf sie gerichtet, und er seufzte voller Erleichterung, als sei sein Herz von einer Zentnerlast befreit.

Nur einmal huschten ihre Augen von seinem Gesicht zu dem Päckchen in ihrer Hand und wieder zurück. Sie öffnete das Handschuhfach vor ihm und schob die Handschuhe in die hinterste Ecke. »Keine Angst«, bemerkte sie, als sie seinen ängstlichen Blick sah, »ich werde sie nicht vergessen. Sie sind in Sicherheit. Tu du, was ich gesagt habe: Vergiss die ganze Sache. Du brauchst niemals wieder an die Handschuhe zu denken, du wirst sie niemals wiedersehen. Kein Wort mehr über diese Angelegenheit, weder jetzt noch später. Sie ist hiermit abgeschlossen, verstanden?«

Er nickte. »Danke«, antwortete er mühsam mit leiser Stimme.

Sie ließ den Motor an. Ein Motorrad knatterte an ihnen vorbei in Richtung auf die Stadt. Gleich darauf verhallte das Geräusch. Ein einsamer alter Mann, der wohl vom Briefkasten kam, bog in eine Nebenstraße ein und verschwand. Sie bewegten sich in einer entvölkerten Welt. Er durfte sich nicht umsehen. Ganz instinktiv wollte er den Kopf drehen, die Augen die Straße zurückwandern lassen, alle seine Sinne waren gespannt, er wartete darauf, irgendwo das Aufbrummen eines anderen Motors zu vernehmen; aber er durfte sich nicht umblicken, er durfte sich seine Spannung nicht anmerken lassen. Denn er war ja ein naiver Einfaltspinsel ohne den geringsten Verdacht, der keinem Menschen etwas von dieser Verabredung erzählt hatte. Was würde ihn unter normalen Umständen jetzt interessieren, da sie ihn von der Last befreit hatte? Ach ja, das Auto natürlich. Es war der Erwähnung wert, und zudem erwarten ja Erwachsene, dass sechzehnjährige Jungen ihre Sorgen schnell vergessen und leicht abzulenken sind.

»Welches Modell ist es?«, erkundigte er sich, während sich der Wagen in Bewegung setzte.

Sie lächelte schwach, als sie seine Frage beantwortete, das beherrschte, nachsichtige Lächeln eines verständnisvollen Erwachsenen, der sich dazu herbeilässt, das Interesse eines Kindes flüchtig zu teilen. Genau das Lächeln, das man unter den Umständen von ihr erwarten konnte, und es verriet ihm gar nichts. Dabei hatte er gehofft, irgendein Zeichen ihrer Absichten zu erhaschen. Dieser eine kurze Blick, den sie auf das Päckchen geworfen hatte, hätte ihm etwas enthüllen sollen, einen Hinweis darauf, ob er auf dem richtigen Weg war, oder ob er auf das falsche Pferd gesetzt und sich höchstens lächerlich gemacht hatte. Aber keine Regung hatte sich auf ihren Zügen gezeigt, weder ein Aufleuchten ihrer Augen noch ein plötzlicher Ausdruck der Härte auf ihrem Gesicht. Jetzt war es zu spät, darüber nachzudenken.

»Der Wagen ist in wunderbarem Zustand«, stellte er fest.

»Danke«, erwiderte sie ernst. »Ich tue mein Bestes.«

Die Straße war schmaler geworden, die Bäume an den Seiten hörten plötzlich auf, Gartenzäunen folgten Hecken, die freies Feld umrandeten. Am liebsten hätte er sich nach rechts gebeugt, um einen Blick in den Rückspiegel zu erhaschen, doch er wusste, dass er das nicht durfte.

»Wir fahren die Uferstraße entlang«, erklärte Miss Hamilton. »Sie ist kürzer. Du hast wohl noch nicht fahren gelernt?«

»Nein. Das wäre ziemlich schwierig. Auf der Straße darf ich noch nicht fahren, und zu Hause haben wir nur eine ganz kurze Einfahrt. Viel zu wenig zum Üben. In der Schule war mal die Rede davon, dass Stunden gegeben werden sollten, aber bis jetzt ist noch nichts dabei herausgekommen.«

»Aber das ist an sich eine gute Idee«, meinte sie. »In der Schule ist man so daran gewöhnt, dass man lernen muss, dass man auch das bestimmt schnell lernen würde. Heutzutage gehört Autofahren ja praktisch zur Allgemeinbildung.«

»Ja, aber ich glaube, die haben Angst um ihre Blumenbeete. Sie sind so stolz auf ihre Rosen.«

Voller Erstaunen wurde ihm bewusst, dass er über so alltägliche Dinge sprechen konnte, obwohl seine Kehle vor Nervosität ausgetrocknet war und das Herz ihm bis zum Hals schlug. Er streifte mit einem verstohlenen Blick ihr klares, herbes Profil im Widerschein der letzten Straßenlaterne, den Schimmer des schwarzen Haares, das in ihrem Nacken zu einem kunstvollen Knoten geschlungen war. Dann waren sie auf der dunklen, von Bäumen beschatteten Straße. Die Strahlen der Scheinwerfer zerrten einen schlanken Stamm nach dem anderen aus der Finsternis, im grellen Licht flogen die Stämme an ihnen vorbei, um wieder in der Schwärze der Nacht zu versinken. Irgendwo auf der rechten Seite, jenseits der Baumreihe, glänzte der Fluss, bitterkalt unter dem frostklaren Sternenhimmel. Im Sommer parkten hier immer einige Autos, in denen sich Pärchen, von der Außenwelt abgeschlossen, umschlungen hielten, und andere Paare schlenderten Hand in Hand unter den Bäumen oder lagen im Gras an den Flusshängen. Aber im Winter nicht.

Hier wird es geschehen, dachte er, hier unter den Bäumen. Er umklammerte den Rand des lederbezogenen Sitzes, spürte, wie seine Hände feucht wurden, weil er nicht mehr sicher war, dass er es durchstehen würde. Es ist nicht nur Angst, dachte er. Was soll man machen, wenn man einen Schlag oder einen Schuss kommen sieht und weiß, dass man sich nicht wehren darf, dass man nicht ausweichen darf, sondern ihn hinnehmen muss? Er bewegte seine verkrampften Finger. Er war stark, er konnte sich verteidigen, aber er durfte es nicht, bevor die Zeugen zur Stelle waren. Sie mussten selbst sehen, welches Schicksal ihm zugedacht worden war, sein Wort würde niemals ausreichen. Wenn sie nicht folgten, wenn sie nicht rechtzeitig eintrafen, dann würde wenigstens das, was ihm geschehen war, Kitty reinwaschen.

Miss Hamilton streckte die linke Hand aus und öffnete das

Handschuhfach. Hastig wühlte sie in dem Durcheinander verschiedener Dinge, bis sie eine Packung Zigaretten zum Vorschein brachte. Sie hatte das Tempo zu Schrittgeschwindigkeit verringert, während sie mit einer Hand steuerte, und schüttelte sich eine Zigarette in den Schoß. Mit einer selbstverständlichen Bewegung steckte sie sie zwischen die Lippen. Wieder griff sie in das Fach, suchte nach dem Feuerzeug, fand es nicht.

»Ach natürlich, es ist ja in meiner Handtasche«, sagte sie und hielt den Wagen an. »Kannst du mir bitte die Tasche geben, Dominic.«

Er warf einen Blick auf das Gewirr von Sachen auf dem Rücksitz. Die Handtasche war in die Ecke gerutscht, wo auch die Taschenlampe lag. Der alte Wagen war geräumig, zwischen den Vorder- und den Rücksitzen war mehr Platz als genug, und er musste sich umdrehen und auf den Sitz knien, um sich weit genug hinüberbeugen zu können. Angst und Entsetzen umkrallten ihn vor dem, was jetzt kommen würde, und er durchlebte es tausend Mal, bevor es Wirklichkeit wurde. Halb gelähmt vor Grauen zwang er sich zur Ruhe, obwohl jeder Nerv sich dagegen wehrte. Wie ein Tier in der Falle, so beugte er sich mit ausgestrecktem Arm über die Lehne. Bitte lass es schnell gehen! Ich kann es nicht mehr aushalten, ich muss mich umdrehen. Ich kann nicht! O Kitty. Vielleicht wirst du es nie erfahren!

Ein Schlag traf ihn mit voller Wucht, die Dunkelheit schien ihn zu verschlucken. Er sank über der Lehne zusammen. Die Finsternis sog ihn hinab, er fiel und fiel, und als der Fall beendet war, befand er sich in einem Vakuum, in dem es weder Schmerz noch Angst gab, weder Furcht noch blinde, hoffnungslose Liebe. Nichts.

16

»Ich wollte, wir wüssten, wonach wir eigentlich Ausschau halten«, meinte Jean, die angestrengt durch die Windschutzscheibe von Barney Wilsons Lieferwagen spähte. »Ein Auto – was für ein Auto? Es kann ja auch ein Taxi sein oder sonst was. Wir wissen gar nichts.«

»Es ist kein Taxi«, erklärte Leslie mit Sicherheit. »Er hat etwas getan, um die Dinge ins Rollen zu bringen. Das klingt, als wolle er es mit dem Täter selbst aufnehmen.«

»Aber wir wissen ja nicht mal, ob sie auf dieser Straße kommen werden. Es kann ja auch die Hauptstraße sein.«

»Wir wissen gar nichts. Aber die Polizei bewacht beide Straßen. Was können wir sonst noch tun? Wir können nicht an zwei Orten zugleich sein, aber das hier ist die dunkelste und einsamste Straße. Achtung, da kommen Scheinwerfer. Pass auf!«

Die Lichter waren noch mehrere Kurven entfernt, ab und zu verschwanden sie hinter den Bäumen, doch sie kamen rasch näher. Sie schossen in die S-Kurve, um jetzt auf der kurzen Geraden aufzutauchen. Leslie ließ das Fernlicht an und kroch in der Mitte der Straße dahin, um den entgegenkommenden Fahrer zu blenden und zu behindern. Die näher kommenden Lichter, die bereits abgeblendet waren, als sie auf dem geraden Stück auftauchten, blitzten ein paar Mal ärgerlich auf, und als Leslie nicht reagierte, ließ der Fahrer des anderen Wagens sein Fernlicht ebenfalls aufgeblendet. Leslie kniff die Augen zusammen, versuchte, die blendende Helligkeit zu durchdringen. Er konnte nur ein Gesicht erkennen, ohne unterscheiden zu können, ob es das einer Frau oder eines Mannes war.

Eine Hupe dröhnte empört. »O Gott!«, rief Leslie, »Siehst du was?«

»Nichts«, meinte Jean und stemmte sich im gleichen Augenblick gegen das Armaturenbrett, um nicht gegen die Windschutzscheibe geschleudert zu werden. »Leslie! Warum bremst du?«

Er beantwortete ihre Frage nicht, und gleich darauf wusste sie, was er vorhatte. Er drehte wie ein Wahnsinniger das Steuerrad, um zu wenden.

»Was ist denn los? Was hast du gesehen? Er war doch nicht drin.«

»Jedenfalls nicht zu sehen«, erwiderte Leslie. »Hast du den Wagen nicht erkannt?« Die Reifen quietschten, als er Tempo gewann. »Hammies Auto. Das kann kein Zufall sein. Gott sei Dank, dass ich die Hupe kenne. Dafür hat sie diesen Lieferwagen noch nie gesehen.«

Jean kuschelte sich fröstelnd an ihn. »Leslie, wenn sie es ist, nimm einmal an, er ist nicht mehr bei ihr? Vielleicht ist schon etwas geschehen.« Sie sagte nicht, es sei undenkbar, Miss Hamilton des Verbrechens zu verdächtigen. Jetzt war nichts mehr unvorstellbar, jede Regel war gebrochen. »Kann sie ihn nicht irgendwo da hinten auf der Straße liegen gelassen haben?«

Daran hatte er nicht gedacht. Es versetzte ihm einen Schrecken. In der Hand eines Mörders konnte der Riley ein tödliches Werkzeug sein. Doch seine Augen waren unverwandt auf die Schlusslichter gerichtet, und sein Fuß lag auf dem Gaspedal. »Die Polizei folgt hinter uns.«

»Ja, aber die Straße ist so dunkel.«

»Sie biegt ab«, stellte er plötzlich aufgeregt fest und gab noch mehr Gas. Warum, wenn sie allein war und nichts Böses im Sinn hatte, wollte sie in den kleinen Weg nach rechts einbiegen? Es war eine Sackgasse, die unmittelbar zum Fluss führte und früher durch ein Gatter abgeschlossen war, das jedoch seit langem schief in den Angeln hing. Leslie kannte die Stelle noch von Ausflügen im Sommer her. Beim Fluss war eine weite Wiesenfläche. Dort konnten Autos bis ans Wasser fahren und mit Leichtigkeit wenden. Aber was hatte eine einsame Frau an einem kalten Oktoberabend hier zu suchen?

Er bog in den Pfad ein und hielt an. »Du steigst aus und wartest hier auf die Polizei.«

»Nein«, protestierte sie und klammerte sich an seinen Arm. »Ich komme mit.«

»Steig aus. Du musst sie einwinken. Bitte, Jean, halt mich nicht auf.«

Sie stolperte hinaus. Er sah ihr blasses Gesicht mit den großen Augen, als er in die Dunkelheit unter den Bäumen hineinfuhr. Sie hatte Angst um ihn. Sie sah dem Lieferwagen nach, der über den unebenen Weg holperte, und stand dann fröstelnd allein, die Augen gehorsam auf die Straße gerichtet. In dieser Entscheidung hatte sich Leslies Überlegenheit gezeigt, es war die Probe gewesen, ob sie bereit war, sich ihm zu beugen oder nicht. Die härteste Probe, die ihr hatte widerfahren können. Er hatte sie gebeten, ihn allein der Gefahr ins Auge sehen zu lassen, gerade jetzt, da sie von neuem entdeckt hatte, wie viel er ihr bedeutete.

Der Lieferwagen schwankte über die Löcher und Wurzeln der Bäume. Er konnte die Rücklichter des Riley jetzt nicht sehen, er hörte auch den Motor nicht. Er musste sich ganz darauf konzentrieren, den Wagen so rasch wie möglich zu der Lichtung am Ufer zu fahren. Das Gewirr der Bäume wurde dünner. Er verringerte die Fahrt und schaltete das Licht ab, in der Hoffnung, lange genug unentdeckt zu bleiben.

Sie hatte den Wagen bis zu dem niedrigen Vorsprung froststarren Grases gefahren, der unmittelbar über dem Wasser lag, hatte einen Bogen geschlagen, um gleich wieder starten zu können. Beide Türen standen offen, und auf halbem Weg zwischen Wagen und Ufer zerrte sie etwas über den Boden, etwas Schlaffes, Schmales. Auf der anderen Seite zog sich das silberne Band des Flusses hin, rasch und bewegungslos zugleich.

Während der Fahrt über den holprigen Weg hatte Leslies Verstand kühl und klar gearbeitet, und er hatte sich genau überlegt, was er zu tun hatte: den Fluchtweg versperren, den Lieferwagen quer stellen. Doch als es so weit war, tat er nichts von alledem. Es war keine Zeit zu verlieren. Sie war zu nah am Wasser, und er kannte die tückischen Strömungen. Er überlegte nicht, sondern stieß einen gellenden Schrei aus, schaltete das Fernlicht ein und fuhr direkt auf sie zu. Sollte sie ruhig entkommen, wenn sie nur den Jungen losließ.

Der Wagen rüttelte und schwankte, als er auf sie zuraste. Wie ein Schemen stand sie im Strahl der Blendlichter. Er sah, wie sie zusammenfuhr und den Jungen fallen ließ. Mit einer wilden Bewegung hob sie den Kopf, und er erkannte das Gesicht, tödlich blass, hart und glatt, wie aus Marmor gehauen, der Mund leicht geöffnet, die Augen funkelnd vor Zorn. Dann bückte sie sich und ergriff den Jungen unter den Achseln, zog ihn mit wilder Entschlossenheit vom Boden hoch und schleppte sich mit ihrer Last stolpernd zum Wasser. Einmal entglitt der leblose Körper ihren Händen, und sie beugte sich hinunter, um ihn zu packen und ihr Werk zu vollenden.

Erst im letzten Augenblick, als der Lieferwagen mit kreischenden Bremsen wenige Meter vor ihr zum Stehen kam, gab sie auf. Mit einem plötzlichen Wutschrei stieß sie den Jungen von sich und raste wie gehetzt zu ihrem Wagen. Ihr Haar hatte sich gelöst und fiel in Strähnen um ihre Schultern. Leslie sprang aus dem Wagen, versuchte vergebens, sie an den Armen zu packen, und stürzte dann zu dem Jungen, der wie ein regloses Bündel dort lag, wo sie ihn hingestoßen hatte.

Beinahe wäre ihr Plan gelungen. Einige Minuten noch, und der Junge wäre im Fluss ertrunken. Sein Kopf und ein Arm hingen schlaff über den Rand. Leslie fiel neben ihm auf die Knie und zog ihn an sich heran, drehte ihn so, dass er mit dem Rücken im Gras lag. Unter dem wirren, kastanienbraunen Haar war Dominics Gesicht grau und still, die Augen waren geschlossen. Doch durch die leicht geöffneten Lippen drang mühevoll der Atem. Leslie hob ihn auf seine Arme. Gerade richtete er sich vorsichtig auf, da hörte er den Motor des Riley aufheulen.

Er hatte vergessen, dass sie noch immer diese letzte Waffe besaß. Der Kampf war noch nicht zu Ende. Zwischen Wasser und Lieferwagen war genug Platz. Sie konnte mit Vollgas auf sie zufahren und zwei Menschen ebenso kaltblütig töten, wie sie es mit einem vorgehabt hatte.

Die Scheinwerfer des Riley tanzten um den Lieferwagen und schossen wie zwei böse Augen auf ihn zu. Unter dem Gewicht des Jungen verlor er das Gleichgewicht, taumelnd begann er zu laufen. Es bestand keine Hoffnung, die schützenden Bäume zu erreichen. Doch er rannte auf den Lieferwagen zu, um sich und den Jungen dahinter in Sicherheit zu bringen. Sie würde den Wagen nicht rammen, nicht ihr eigenes Fluchtmittel ruinieren. Denn sie war nicht wahnsinnig, war ganz und gar bei Verstand. Die gleißenden Lichter blendeten ihn, er konnte den Lieferwagen nicht sehen und auch nicht den Boden oder den Sternenhimmel, er konnte sich nur noch vor dem nahenden Wagen hinüberwerfen auf die andere Seite, in die Dunkelheit.

Er rutschte auf dem glitschigen Gras aus, fiel über den Jungen in seinen Armen und unter die Hinterräder des Lieferwagens. Um Zentimeter brauste der Riley an seinen Füßen vorbei. Dann waren die Lichter und die schwarze Silhouette weg, und sein Körper entspannte sich in einem Aufschluchzen der Erleichterung. Er schob sich vom Körper des Jungen hinunter und legte seinen Kopf auf den Arm. Keuchend blieb er einen Augenblick liegen.

Das Heulen des Wagens verhallte, er schwankte den Pfad hinauf, an dessen Ende Jean wartete. Leslie riss sich aus seiner Betäubung, sprang auf und begann zu laufen. In wenigen Minuten würde der Riley die Straße erreicht haben. Er legte die Hände um den Mund und rief, so laut er konnte: »Jean! Pass auf! Der Wagen kommt!«

Sie würde eine Tat der Verzweiflung versuchen. Er konnte dessen sicher sein, gerade bei Jean, die es nicht ertragen konnte, geschlagen zu werden, die lieber starb als nachgab.

Auf der gewundenen Straße von Comerbourne näherten sich zwei Autos. Sie kamen spät, aber sie kamen schnell. Jean stand in der Mitte der Straße und winkte, als sie den brummenden Motor des Riley hörte, der sich den Pfad hinaufquälte. Sie fuhr zusammen, als Leslies Ruf sie erreichte. Angestrengt starrte sie in die Dunkelheit. Es war nicht der Lieferwagen, es war der Riley. Was war dort unten geschehen? Wo war Leslie? Was tat er? Die Hamilton durfte jetzt nicht entkommen, sie durfte nicht, auch wenn es im Grunde vielleicht keine Rolle mehr spielte. Wie eine Wahnsinnige raste Jean zu dem Gatter, drückte mit der Schulter unter die oberste Querlatte und zog mit aller Kraft. Mit einem protestierenden Ächzen gab das Gatter nach, sie stolperte über den Weg und rammte es gegen den Pfosten auf der anderen Seite. Krachend schob sie den großen hölzernen Riegel vor und warf sich in die Hecke, als der Riley in voller Fahrt dagegenprallte.

Die Holzlatten zerbarsten, ein Pfosten sank ins Gras. Holz- und Glassplitter flogen durch die Luft. Der Wagen hatte nicht genug Tempo, um das Hindernis zu überrennen, er neigte sich nach vorn und kam schwankend in den Trümmern zum Stehen. Der Motor erstarb.

Jean öffnete die Augen und nahm die Hände von den Ohren. Zitternd kam sie aus ihrem Versteck. Hinter dem Riley kroch der Lieferwagen die Anhöhe herauf. Sie sah Leslies wirres Haar und sein ängstliches Gesicht. Neben ihm schwankte Dominic bewusstlos hin und her. Die beiden Wagen aus Comerbourne standen am Straßenrand. Fünf Männer in Zivil waren herausgesprungen. Zwei von ihnen stellten sich rechts und links neben den Riley. Zwei weitere legten den Wagen von Holztrümmern frei. Der fünfte, George Felse, rannte auf den Lieferwagen zu, öffnete die Tür auf der Seite seines Sohnes und packte seinen Kopf.

Eine Welle der Angst und des Schmerzes spülte Dominic an die Oberfläche, er spürte, dass ihn jemand in den Armen hielt wie ein Baby, und fühlte die Berührung liebevoller Finger. Dankbar schmiegte er sich noch enger an die tröstliche Schulter und verbarg sein Gesicht, als er in seinen Augen das Brennen aufsteigender Tränen fühlte.

»Mammi, ich hab' Kopfweh«, jammerte er. Aber es war die Stimme seines Vaters, die antwortete. »Ja, mein Junge, ich weiß. Lieg still, es wird bald aufhören.«

Es überraschte ihn, die Stimme seines Vaters zu hören, und er öffnete die Augen, um sich zu vergewissern, dass er nicht träumte. Schnell schloss er sie wieder, diese Anstrengung bereitete ihm Schmerzen. Doch er hatte das Gesicht gesehen, das sich über ihn neigte. Es war wirklich sein Vater. Nun, wenn er die Ereignisse so aufnahm, dann war ja alles nicht so schlimm. Dominic hatte damit gerechnet, dass er sich seinen Zorn zuziehen würde.

In seinem schwebenden Zustand zwischen Traum und Wirklichkeit fiel ihm plötzlich ein, worauf es ankam, das Einzige, was wirklich eine Rolle spielte.

»Es war nicht Kitty«, murmelte er nicht sehr deutlich, doch George verstand. »Das weißt du doch, nicht wahr?«

»Ja, Dom, das wissen wir jetzt. Alles ist in Ordnung. Ruh dich aus.«

Widerstandslos versank er in einer Welt der Müdigkeit und Erleichterung. Tränen rannen aus seinen geschlossenen Augen, als ein plötzlicher grässlicher Laut ihn aus seiner Dämmerwelt riss. Jemand hatte schrill gelacht oder gellend geschrien.

Er schlug die Augen auf; über Georges Kopf hinweg, über Ducketts breite Schultern, jenseits von Jean und Leslie, sah er ein wildes Geschöpf in einem zerfetzten schwarzen Kostüm, die Wange blutig, schwarze Strähnen schüttelnd. Sie drohte mit gefesselten Händen, den Mund vor Hass verzerrt.

»Ja, ich habe ihn getötet! Jeder soll es wissen. Meint ihr, ihr könnt mir Angst einjagen? Es war kein Vorsatz. Glaubt ja nicht, dass ihr mich hinrichten könnt. Ich kenne das Gesetz. Zwanzig

Jahre«, schrie sie wild, »zwanzig Jahre meines Lebens hat er mir genommen. Ein dutzend Mal hätte ich heiraten können, aber nein, ihn musste ich haben. Zwanzig Jahre seine Geliebte, immer darauf warten, dass diese alte Hexe, seine Frau, endlich sterben würde –«

Dominic begann zu zittern und schluchzte. Er konnte es nicht unterdrücken, und als er einmal angefangen hatte, konnte er nicht mehr aufhören. Ihre ganze Würde, ihre Selbstbeherrschung, sie riss alles in Fetzen und warf es ihnen zu Füßen. Er konnte es nicht ertragen. Er vergrub seinen schmerzenden Kopf verzweifelt an der Schulter seines Vaters, doch ihrer Stimme war nicht zu entkommen.

»Dann habe ich weiter gewartet, nachdem sie tot war. Nichts geschah. Mein ganzes Leben habe ich vergeudet. Meine Zeit kam nie. Immer nur er. Und dann ruft sie mich plötzlich an, dieses einfältige Wesen, ich soll ihr helfen, ausgerechnet ich. Dass er sie heiraten wolle, hat sie gejammert. Und ich? Jahre meines Lebens geopfert und alles umsonst! Bitte, Hammie, schreiben Sie! So hieß es tagsüber, und nachts durfte ich ihn im Bett haben, wenn ihm der Sinn danach stand. Und sie, die junge Gans, sollte das Zepter schwingen. Ja, ich habe ihn getötet«, keuchte sie, »aber es war nicht genug. Er hätte bei Bewusstsein sein müssen. Er hätte es fühlen sollen – jeden einzelnen Schlag. Hundertfach hätte er den Tod fühlen müssen für das, was er mir angetan hat.«

17

An die Heimfahrt konnte sich Dominic später nicht mehr erinnern. Er war bei Bewusstsein, doch völlig geistesabwesend. Eine leichte Gehirnerschütterung, hatte der Arzt festgestellt, später würde er sich wieder an alle Ereignisse des Abends erinnern können. Doch die Erinnerung an die Heimfahrt kehrte nicht zurück. Seine Eltern brachten ihn zu Bett und flößten ihm irgendetwas ein, das den Schmerz betäubte. »Es ist nicht schlimm«, erklärte der Arzt. »Morgen werden wir ihm ein Beruhigungsmittel geben, dann wird er gegen Abend schon wieder ganz auf dem Damm sein.«

Einmal in der Nacht erwachte er, schlug um sich und schrie, unfähig, im Traum die Selbstbeherrschung zu bewahren, zu der er sich Stunden früher gezwungen hatte. Bunty brachte ihm etwas zu trinken. Er schluckte gierig, fragte sie verwundert, was denn los sei, und schlief in ihren Armen wieder ein. Gegen Morgen begann er wild zu schluchzen, doch als sie seine heiße Stirn mit einem feuchten Tuch kühlte, beruhigte er sich und fiel in tiefen Schlummer. Am Morgen erwachte er hungrig, mit klarem Kopf und wollte mit seinem Vater sprechen.

»Heute Abend«, sagte Bunty fest. »Im Augenblick erledigt er gerade die Formalitäten zur Freilassung von Miss Norris. Das beschäftigt dich doch, nicht wahr? Nur keine Aufregung, alles ist in bester Ordnung.«

»O Mammi«, stellte er vorwurfsvoll, beinahe beleidigt fest, »du bist so entsetzlich gelassen.« Wahrscheinlich, dachte sie, hätte er dieses Wort kaum gewählt, wenn er ihr Gesicht gesehen hätte, als sie ihn am Abend gebracht hatten. »Du bist doch nicht wütend auf mich, oder?«, fragte er schmeichelnd.

»Nun«, erwiderte Bunty liebenswürdig und legte das Thermometer weg, »eigentlich nur ein kleines bisschen.«

»Wirklich? Gut. Ja, also hör mal, ich habe mein Taschengeldkonto überzogen. Die Handschuhe haben dreiundzwanzig Schilling gekostet. Ich hätte nie gedacht, dass sie so teuer sind. Kann ich das nicht als Sonderbelastung absetzen?«

»Wir können es nicht zulassen, dass der Privatdetektiv bei seiner Arbeit auch noch Verluste hat«, stellte sie fest. »Es überrascht mich, dass du nicht einfach zu Hayward gegangen bist und sie auf mein Konto hast aufschreiben lassen.«

»Na so was«, erklärte Dominic, »daran habe ich überhaupt nicht gedacht.«

Gegen Abend erlaubte man ihm, so viel zu sprechen, wie er wollte. Später würde man seine Aussage zu Protokoll nehmen, doch im Augenblick kam es nur darauf an, dass er sich die ganze Sache bei seinem Vater von der Seele reden konnte.

»Ist alles in Ordnung?«, erkundigte sich Dominic eifrig, noch ehe George sich einen Stuhl ans Bett gezogen hatte. »Ist Kitty frei?« Es gelang ihm nicht ganz, das Zittern in seiner Stimme zu unterdrücken.

»Ja, Kitty ist frei.« Mehr sagte er nicht. Sie selbst sollte ihm den Rest sagen. George wusste, was er für sie getan hatte. Was immer Dominic auch sagen wollte, es konnte die Bedeutung seiner Handlungsweise nicht vergrößern. »Du brauchst dir nicht mehr den Kopf zu zerbrechen. Du hast es geschafft. Wie geht's deinem Kopf?«

»Tut noch ein bisschen weh, und mein Hals ist steif. Aber nicht schlimm. Womit hat sie mich geschlagen?«

»Du wirst es nicht glauben, so eine Art Totschläger, wie ihn hier die Halbstarken haben.«

»Nein!« Dominics Mund blieb vor Erstaunen offen. »Wo hatte sie das Ding her?«

»Na, von irgendeinem Jungen aus dem Klub. Vor ein paar Wochen hat sie es ihm abgenommen und ihm einen Vortrag darüber gehalten, dass der Besitz solcher Waffen verboten ist. Wie bist du eigentlich auf sie gekommen?«

»Daran war im Grunde genommen Jean schuld. Mir fiel plötzlich ein, dass alle, die in den Fall verwickelt sind, Mr Armiger doch schon seit Jahren gekannt haben. Ich überlegte mir, weshalb einer von ihnen ganz persönlich den Gedanken gefasst haben sollte, ihn an jenem Abend zu töten. Da kam ich zu dem Schluss, dass das wahre Motiv in einer Wendung liegen musste, die genau an jenem Abend eintrat und für den Täter große Bedeutung haben musste. Als wir über Kittys Anruf Bescheid wussten und es ziemlich sicher schien, dass die Person, die Kitty angerufen hatte, auch der Täter war, überlegte ich, dass Kitty das Motiv unabsichtlich am Telefon verraten haben musste. Darauf baute ich dann einen Fall gegen Mr Shelley auf und unterbreitete meine Theorie Leslie und Jean. Aber Jean behauptete sofort, dass es so nicht gewesen sein könne. Sie meinte, Kitty hätte sich niemals an einen Mann, sondern an eine Frau gewandt. Sie sagte«, fuhr Dominic fort und stählte seine Stimme, um dieselben Worte zu gebrauchen, mit denen Jean es ausgedrückt hatte, »dass Kitty doch gerade vom Sexuellen her eine äußerst widerwärtige und abstoßende Szene mitgemacht habe, die noch schlimmer gewesen sei, weil dieser eklige alte Mann sich ihr aufgedrängt hatte, und zwar nicht etwa aus Liebe, sondern aus rein geschäftlichen Überlegungen. Das, siehst du, hat alles noch viel widerlicher gemacht. Und das Schlimmste war –«

Er wandte seinen Kopf gegen die Wand. Er konnte es nicht sagen, nicht einmal jetzt. Das Schlimmste war, dass sie Leslie noch immer liebte, und dass gerade deshalb der Heiratsantrag seines Vaters ein grauenhafter Schock für sie gewesen sein musste. » Jean sagte, dass sie unter solchen Umständen sich an eine Frau gewandt hätte, wenn sie Hilfe brauchte.«

»Aha«, meinte George und dachte daran, dass Bunty ihm in der Nacht Ähnliches angedeutet hatte. »Und dann ist dir eine Frau eingefallen, die älter war, die sie gut kannte und die an jenem Abend mit ihr zusammen war.«

»Ja. Ich überlegte, was Kitty zu ihr gesagt haben konnte, das einem Mordmotiv gleichkam. Da fiel es mir ein, es sprang mir förmlich ins Auge. Ich möchte wetten«, meinte Dominic, »dass Kitty der einzige Mensch ist, der nicht weiß, was die Leute über Mr Armiger und Miss Hamilton getratscht haben. Sie steht so weit über solchen Dingen. Selbst wenn es ihr jemand erzählen würde, hätte sie es im nächsten Augenblick vergessen. Sie hört gar nicht, was sie nicht interessiert.«

»Als wir die Handschuhe nicht fanden, hast du dich also entschlossen, es mit einem Bluff zu versuchen. Wie hast du das angestellt?«

Dominic berichtete ihm die Geschichte in allen Einzelheiten. Es war schwer, sich hier an diesem vertrauten Ort die Angst vorzustellen, die er durchlebt hatte, doch manchmal zitterte er noch.

»Ich bin hingegangen, nachdem Mr Shelley das Haus verlassen hatte, und behauptete, ich wollte ihn sprechen, es handle sich um den Fall. Als sie so schnell anbiss und vorschlug, ich solle stattdessen mit ihr sprechen, war ich sicher, dass ich auf dem richtigen Weg war. Dann erzählte ich ihr, ich hätte die Handschuhe gefunden, es seien Damenhandschuhe. Ich tat so, als glaubte ich, sie gehörten Kitty, und als wollte ich euch nichts davon sagen. Da wurde ich mir meiner Sache noch sicherer, weil sie meinte, ich könnte sie ihr geben, sie würde es auf sich nehmen. Damit wollte sie mir zu verstehen geben, dass sie sie vernichten würde. Na ja, und es ist doch nicht normal, dass jemand eine solche Verantwortung auf sich nimmt, schon gar nicht für einen fremden Menschen. Oder? Meiner Ansicht nach jedenfalls musste sie ihre eigenen, dringenden Gründe haben. Sie versuchte mich auszuhorchen, wo ich sie gefunden hatte und wie sie aussahen, um sich zu vergewissern, ob sie tatsächlich etwas zu befürchten hatte; aber ich benahm mich ganz hysterisch, und sie konnte nichts aus mir rausbringen. Ihr blieb nichts anderes übrig, als meine Geschichte zu glauben, denn sie durfte ja nicht das geringste Risiko eingehen. Also schlug sie mir vor, sie ihr zu geben. Wenn ich es gleich dort getan hätte, dann weiß ich nicht, was passiert wäre. Ich konnte förmlich fühlen, dass sie mich für ebenso gefährlich hielt wie die Handschuhe und dass sie entschlossen war, auch mich verschwinden zu lassen. Aus meinem kindischen Benehmen musste sie schließen, dass ich niemals den Mund halten, sondern früher oder später alles meinem Vater erzählen würde. Ich glaube, dass sie mich gleich dort im Büro beseitigt hätte, weil ja schon alle weg waren. Aber ich sagte, ich hätte die Handschuhe nicht bei mir, weil die Jungen in der Schule manchmal so neugierig sind; ich würde sie ihr geben, wenn ich zu meiner Musikstunde ginge. Du hättest sehen sollen, wie sie anbiss. Kein Mensch würde jemals von der Verabredung erfahren, und wenn ich verschwand, würde niemand sie damit in Verbindung bringen. Sie wollte an der Ecke auf mich warten. Dann musste ich ihr versprechen, keinem Menschen etwas davon zu sagen. Da war ich ganz sicher. Sie hatte die blutbefleckten Handschuhe tatsächlich irgendwo in der Nähe des Tanzsaales weggeworfen, und sie hatte auch Mr Armiger getötet. Warum sonst hätte sie dieses Theater mitgemacht?«

»Und warum«, erkundigte sich George sanft, »bist du nicht zu mir gekommen? Warum musstest du die Sache unbedingt allein erledigen? Hast du mir nicht vertraut?«

Der Unterton des Vorwurfs, wenn auch ganz schwach, war ein Fehler. »Schon gut, ich weiß«, meinte George hastig. »Es war kein Beweis, und du meintest, du müsstest den Beweis erbringen. Aber musstest du denn dein Leben dafür einsetzen?«

»Ich konnte nicht auf halbem Wege stehen bleiben. Wenn ich es dir erzählt hätte, dann hättest du mich daran gehindert. Du hättest mich daran hindern müssen. Ich konnte es tun, aber du hättest es nicht zulassen können. Du machst mir doch keinen Vorwurf?«

»Dir nicht, nur mir selbst. Ich hätte es dir leichter machen sollen, mir mehr zu vertrauen. Aber das spielt jetzt keine Rolle. Du hast getan, was du glaubtest tun zu müssen. Dabei wollen wir es belassen. Woher wusstest du, was für Handschuhe du ihr geben musstest? Wenn es die falschen waren, dann genügte ihr ein Blick, um festzustellen, dass du lügst.«

»Aber dann hätte sie auch gewusst, dass ich sie verdächtigte und versuchte, ihr eine Falle zu stellen. Das wäre auf dasselbe herausgekommen. Sie hätte erst recht versucht, mich loszuwerden. Aber ich habe mich trotzdem bemüht, mein Bestes zu tun. Ich sah, dass sie keine Handschuhe trug, als wir das Büro verließen, deshalb folgte ich ihr zum Wagen, und dort hatte sie tatsächlich Handschuhe, kurze, schwarze aus Rehleder, die noch ganz neu aussahen. Ich überlegte mir, dass sie wahrscheinlich ähnliche wiedergekauft hatte, und fuhr zurück in die Stadt, um auch so ein Paar zu kaufen. Ich tauchte sie ins Wasser und drückte sie zusammen und machte sie schmutzig, und dann wickelte ich sie ganz klein zusammen. Den Rest weißt du«, erklärte Dominic. »Ich habe ja nicht ahnen können, dass mein Brief an Leslie erst so spät überbracht würde, sonst hätte ich acht Uhr geschrieben, statt halb neun.«

»Das glaube ich«, meinte George voller Wärme. »Es war fast neun, als sie mich in der Tankstelle bei Miss Hamiltons Wohnung fanden. Als wir zur Brook Street kamen, war von dem Riley keine Spur mehr zu sehen. Wenn Leslie nicht gewesen wäre –«

»Angenommen, sie nimmt ihr Geständnis zurück? Könnt ihr auch ohne die Handschuhe beweisen, dass sie es getan hat?«

»Ohne weiteres. Ihr Wagen ist voller Blutspuren, überall in den Nähten des Fahrersitzes. Das Leder ist gewaschen worden, aber sie hat den üblichen Fehler gemacht und warmes Wasser benützt, und aus den Fasern bringt man es sowieso nicht heraus. Außerdem haben wir den Reißverschluss des schwarzen Rockes gefunden, den sie am Tatabend trug, und zwei Metallknöpfe von ihrem Rock. Sie lagen im Aschenkasten. Sie muss gedacht haben, die Jacke weise keine Spuren auf, denn sie überließ sie der Gemeindefürsorgerin, die für Bedürftige sammelt. Aber wir haben sie gefunden und auf dem rechten Ärmel Blut festgestellt. Ja, wir können sie überführen. Sie muss neben ihm auf dem Boden gekniet haben, kein Wunder, dass Kittys Rock Spuren trug.«

Dominic starrte auf den Zipfel des Betttuches, den er in seinen Händen zerknüllte. »Hast du sie heute gesehen?«

»Wen? Ruth Hamilton?«

»Nein, Kitty. Als sie – als sie entlassen wurde.«

»Ja.«

»Wie sah sie aus? Hat sie etwas gesagt?«

»Sie sah noch ein bisschen benommen aus«, erwiderte George vorsichtig. »In ein oder zwei Tagen wird sie wieder ganz sie selbst sein. Zuerst war die Wahrheit natürlich nur ein weiterer Schock für sie, aber dann erholte sie sich ganz gut. Sie wollte zum Friseur gehen und sich ein neues Kleid kaufen.«

Dominic schwieg. Seine Finger spielten unablässig mit dem Saum des Betttuches. Seine Augen waren niedergeschlagen.

»Und sie sagte, sie würde dich gern heute Abend besuchen, wenn das erlaubt ist.«

Dominic drehte sich um und setzte sich in einem Durcheinander von Decken und Betttüchern auf, seine Augen strahlten. »Das hat sie wirklich gesagt? Ehrlich? Du hast ihr wohl eingeschärft, ich müsste Ruhe haben?«, fragte er argwöhnisch.

»Ich sagte ihr, dass es dir gut gehe«, erwiderte George grinsend. »Sie wird gegen acht Uhr hier sein. Du hast noch eine Viertelstunde Zeit, um dich schön zu machen.«

Dominic war schon halb aus dem Bett und rief nach Bunty. George packte ihn wieder hinein und brachte ihm seinen neuen grünseidenen Morgenrock, den er nur bei besonderen Gelegenheiten zu tragen pflegte. »Du bleibst im Bett. Du siehst sehr vorteilhaft aus in deiner Rolle als Leidender. Hier.« Er warf Kamm und Spiegel auf Dominics Bett und ging.

Er schloss schon die Tür, als Dominic plötzlich rief: »He! Irgendjemand muss ihr doch von mir erzählt haben – ich meine, was ich getan habe.«

»Ja, da hast du Recht«, meinte George. »Wer das wohl gewesen ist?«

Auf der Treppe begegnete er Bunty, die hinaufeilte, um die Wünsche ihres Sprösslings zu erfüllen. George breitete mit einer plötzlichen Bewegung der Dankbarkeit und der Erleichterung, für die er gar keinen Grund wusste, die Arme aus und schwang sie hoch. Er küsste sie und setzte sie dann behutsam wieder auf die Erde. Sie erwiderte seinen Kuss voller Wärme, ehe sie weiterrannte.

Bunty begegnete der ungewohnten Eitelkeit ihres Sohnes mit mehr Respekt als George. Sie lächelte nicht darüber, sie war ebenso ernst wie Dominic, wenn sie ihn auch behandelte, als sei er ein kleiner Junge. Sie brachte ihm einen Seidenschal von George und drapierte ihn kunstvoll um seinen Hals. Er war viel zu aufgeregt, um ihr die mütterliche Fürsorge übel zu nehmen; er ließ sich sogar das Gesicht waschen und die Haare kämmen, wie ein hilfloses Kind.

»Jetzt reg sie nur nicht zu sehr auf«, riet Bunty, »du darfst nicht vergessen, dass sie viel durchgemacht hat. Du musst ruhig und behutsam sein, damit sie sich wieder erholt.«

Kitty kam pünktlich. Sie war dünner und blasser, als er sie in Erinnerung hatte, und auf ihren Lippen lag das kleine, ein wenig traurige Lächeln, das er so gut kannte. Sie sah wunderschön aus. Das neue Kleid war ein Kostüm aus Rohseide, in einer Farbe zwischen Honiggelb und Bernstein gehalten. Der Duft des lichtbraunen Haares, das in weichen Wellen ihr Gesicht umrahmte, verzauberte ihn. Sie setzte sich an sein Bett und streckte ihre langen, schmalen Beine in den hauchzarten Nylons aus. Erst starrte sie auf die Spitzen ihrer Schuhe, dann blickte sie Dominic an.

Sie waren beide befangen und sprachen nicht, um den seltsamen Zauber nicht zu brechen. Dann kräuselte sie plötzlich die Nase und lächelte spitzbübisch, und da wusste er, dass alles gut war, dass es der Mühe wert gewesen war. Noch hatte sich der Schatten nicht verflüchtigt, das Lächeln war noch nicht ganz wahr, aber die Zeit würde kommen.

»Was soll ich dir nur sagen?«, begann Kitty. »Es zeigt nur, dass jede gute Tat belohnt wird. Wenn ich nicht plötzlich die Anwandlung gehabt hätte, Blut zu spenden, dann hätte ich dich vielleicht nie kennen gelernt, und was wäre dann aus mir geworden?«

»Sie hätten auch ohne mich die Wahrheit entdeckt«, erwiderte Dominic bescheiden. »Mein Vater war schon auf der Spur, nur ich wusste nichts davon. So bin ich eben, einfach eingebildet. Ich habe geglaubt, niemand außer mir sei auf dem richtigen Weg.«

»Ich weiß schon, wie du bist«, meinte Kitty bestimmt. »Geht es dir jetzt gut? Keine Schmerzen? Nichts?«

»Ich fühle mich ganz gesund, sie wollen mich nur nicht vor morgen aus dem Bett lassen. Wie geht es Ihnen?«

»Oh, gut. Ich habe im Gefängnis zehn Pfund abgenommen«, sagte Kitty, und diesmal war ihr Lächeln wärmer und sicherer. »Man soll versuchen, die guten Seiten zu sehen. Seh' ich schlecht aus?«

»Nein, wunderbar«, erwiderte Dominic feurig.

»Gut. Alles für dich.« Sie beugte sich vor und spielte mit dem Rand seiner Steppdecke. »Ich wollte dir als Erstem von meinen Plänen erzählen, Dominic. Armigers Geld will ich nicht haben. Am liebsten möchte ich die Erbschaft ausschlagen, aber vorher muss ich sicher sein, dass sie dann an Leslie geht. Sonst muss ich sie annehmen und mir überlegen, wie ich sie später Leslie und Jean übergeben kann, ohne dass es wie ein Almosen wirkt. Ich werde morgen mit Ray Shelley über die verschiedenen Möglichkeiten sprechen.«

»Leslie nimmt das bestimmt nicht an«, sagte Dominic.

»Das weiß ich. Aber ich glaube, dass er es doch tun wird, um mich nicht unglücklich zu machen.« Beinahe hätte sie gesagt »noch unglücklicher«. Der Junge war so ernst und teilnehmend, dass es ihr schwer fiel, nicht zu vergessen, dass auch er litt. »Ich glaube, dass Jean aus demselben Grund einverstanden sein wird. Ich fahre weg. Wenn ich im Prozess gebraucht werde, muss ich so lange warten, aber danach reise ich ab. Ich könnte hier nicht mehr leben, Dominic, jetzt nicht.«

Sie hob den Kopf, ihre großen tiefvioletten Augen blickten ihn an, und er sah die Einsamkeit in ihnen und war glücklich über ihr Vertrauen.

»Ja«, entgegnete er. »Das kann ich verstehen. Sie haben Recht, dass Sie gehen.«

»Es ist nicht, weil ich im Gefängnis war oder weil ich Angst habe, den Leuten ins Gesicht zu sehen«, erklärte sie. »Es ist nur das Gefühl, dass ich von hier wegmuss.«

»Ich weiß«, sagte Dominic.

»Ja? Weißt du, wie es ist, wenn man jemanden liebt, der nicht einmal weiß, dass man da ist?«

Darauf antwortete er nichts; er konnte nicht. Sein Herz hämmerte wild, schlug bis zum Hals hinauf, und er war unfähig, ein Wort zu sprechen. Doch plötzlich verstand sie die Antwort, die er ihr schuldig geblieben war. Mit einem Laut der Reue und der Zärtlichkeit beugte sie sich über ihn, nahm seine Hände in die ihren und legte ihre Wange darauf.

Sein Herz schien zu bersten, er konnte wieder atmen, wieder sprechen. Er entzog ihr eine Hand und begann behutsam ihr Haar zu streicheln. »Sie werden einen anderen finden«, sagte er wie ein Mann. »Die Zeit heilt alle Wunden. Sie werden von hier weggehen, und alles wird anders werden.« Überrascht und ehrfürchtig lauschte er seiner eigenen Stimme. Die Worte, von denen er geglaubt hatte, sie würden bitter klingen, waren süß wie Honig. Sie schmeckten nicht nach Verzicht, sondern nach Vollendung. »Ziehen Sie nicht einfach irgendwo anders hin, Kitty. Noch nicht. Reisen Sie. Fahren Sie um die ganze Welt. Sie werden ihn finden. Bestimmt.«

Sie saß ganz still und lauschte dem Klang seiner tröstenden Worte und erkannte, dass er einen großen Schritt auf dem Weg zur Männlichkeit getan hatte. Und sie hatte das bewirkt. Den ganzen Tag hatte sie sich den Kopf zerbrochen, was sie ihm mitbringen sollte als Dank für alles, was er für sie getan hatte; es war ihr nichts eingefallen, was nicht seinen Triumph geschmälert hätte, anstatt ihn zu vollenden. Jetzt, ohne es zu beabsichtigen, hatte sie ihm das größte Geschenk gemacht, ihr Leben für sein Leben, das Geschenk, ihr eigenes einsames, hilfloses Selbst trösten, ermutigen und auf eine neue Bahn lenken zu können. Warum nicht? Er hatte sie gerettet, er hatte auch das Recht, über sie zu verfügen. Comerbourne war nicht die Welt. Ein Mann konnte nicht das Leben sein. Ich darf mich vor dem Leben nicht verschließen, dachte sie. Ich bin ein Stück seines Lebens, ich bin es ihm schuldig zu leben.

»Weißt du was?«, sagte sie weich. »Du hast ganz Recht. Genau das werde ich tun.«

»Fahren Sie nach Indien, nach Südamerika, an all die Orte mit den aufregenden Namen. Es gibt überall Menschen, nette Menschen. Sie müssen sich ihnen nur aufschließen.«

»Vielleicht sogar solche, die so nett sind wie du«, meinte sie und lächelte ihn an. Sie war in einem inneren Zwiespalt. Einerseits hätte sie ihm gern das Vergnügen gegönnt, mit ihr Pläne zu schmieden, doch dann entschied sie sich dagegen. Nur noch eines konnte sie für ihn tun. Sie konnte diesen Besuch zu seinem Höhepunkt bringen und dann aus seinem Leben verschwinden, um ihm eine wunderbare, reine Erinnerung zurückzulassen, die ihm keiner nehmen konnte und der niemals die Ernüchterung folgen würde. Eine Weile würde er unglücklich sein, den süßen Schmerz kultivieren. Sein Schmerz ist nicht wie der meine, dachte sie, der sich von einem Tag zum anderen, von einem Monat zum anderen hingeschleppt hat. Ich werde nicht zulassen, dass ihm das geschieht. Es war allein meine Schuld. Wenn ich genug gefühlt hätte, dann hätte ich all das verhüten können. Dann wäre Armiger noch am Leben, und die arme, verbitterte, berechnende, rachedurstige Hammie wäre keine Mörderin. Aber ich habe nur mein eigenes Elend gesehen. Jetzt blicke ich Dominic an und sehe mich selbst nicht mehr so klar, sondern ich sehe ihn, er ist Wirklichkeit für mich. Ich werde nicht wieder in den gleichen Fehler verfallen.

»Genau das werde ich tun«, wiederholte sie. »Und wenn ich ihn gefunden habe, dann erfährst du es als Erster.«

Sie beugte sich über ihn und strich mit zögernder Hand leise über sein Haar. Die Berührung ihrer Finger war so behutsam, dass er sie kaum fühlte, und das Gesicht mit den großen, warmen Augen war so dicht vor ihm, dass es leicht verschwamm. Plötzlich legte er die Arme um sie und zog sie an sich und küsste sie. Unerfahren, aber nicht plump, mit einer unvermittelten, unschuldigen Leidenschaft.

Sie hielt ihn zart umfasst, solange er es wollte, und als er sich wieder an seine Rolle des Erwachsenen erinnerte und sie losließ, richtete sie sich auf und trat von ihm weg.

»Auf Wiedersehen, Dominic! Danke für alles. Ich werde dich nie vergessen.«

Sie hatte das Zimmer verlassen und die Tür geschlossen, noch ehe er mit dünner, erstaunter Stimme hervorbrachte: »Auf Wiedersehen, Kitty! Viel Glück!« Er sagte nicht, dass er sie nie vergessen würde, doch sie wusste es ohnehin.

Als Bunty eine halbe Stunde später einen Blick ins Zimmer warf, lag Dominic zusammengerollt in seinen Kissen und schlief. Ein kleines Lächeln der Erfüllung und Befriedigung, wie das eines satten Kindes, lag auf seinen Lippen.

Kitty hielt Wort. Neun Monate später, im Hochsommer, lag eine Postkarte aus Rio de Janeiro neben Dominics Frühstücksgedeck.

Ich habe ihn gefunden. Er heißt Richard Baynham und ist Ingenieur. Wir heiraten im September. Ich bin schrecklich glücklich.

Alles Liebe, Kitty.

Dominic las den Text mit verständnislosem Gesicht und runzelte die Stirn, als er die unbekannte Handschrift sah. Er war noch nicht ganz wach, und neun Monate sind eine lange Zeit.

Am Ende sagte er fragend: »Kitty?« Und dann, in einem ganz anderen Ton: »Oh, Kitty!« Das war alles. Doch er ließ die Karte nicht herumliegen, sondern steckte sie in seine Brieftasche, und niemand bekam sie mehr zu sehen. Er stand auf, mit einem Strahlen der Erinnerung in den Augen, und sah plötzlich viel größer aus, ein Mann mit einer Zukunft und einer Vergangenheit.

ENDE